19 BIS, BOULEVARD MONTMARTRE

Ce roman a été publié précédemment sous le titre *Grands boulevards*, en 2013 aux éditions Jean-Claude Lattès.

76, boulevard Pasteur
75015 Paris – France
www.editionscharleston.fr

ISBN : 978-2-38529-074-0
Maquette : Patrick Leleux PAO

Pour suivre notre actualité, rejoignez-nous sur Facebook (Éditions.Charleston), sur Twitter (@LillyCharleston) et sur Instagram (@editionscharleston) !

Charleston s'engage pour une fabrication écoresponsable ! Amoureux des livres, nous sommes soucieux de l'impact de notre passion et choisissons nos imprimeurs avec la plus grande attention pour que nos ouvrages soient imprimés sur du papier issu de forêts gérées durablement.

Tonie Behar

19 BIS, BOULEVARD MONTMARTRE

Saga Grands Boulevards

Saison 1

Roman

JC Lattès

De la même autrice :

Saga Grands boulevards :

Si tu m'oublies, Charleston, 2019

La Chanson du Rayon de lune, Charleston, 2021

On n'empêche pas une étoile de briller, Charleston, 2022

Une folle envie de liberté, Charleston, 2023

Romans indépendants :

En scène, les audacieuses !, Michel Lafon, 2011

Coups bas et talons hauts, Jean-Claude Lattès, 2008

La Sieste (c'est ce qu'elle fait de mieux), Atelier de presse, 2007 et Jean-Claude Lattès, 2015 (ebook)

Nouvelles, avec la #TeamRomCom :

Le Grand Hôtel du Val des Neiges, Charleston, 2023

Si maman si, Charleston, 2022

Petits réveillons entre amis, Charleston, 2021

Noël Actually, Charleston, 2020

Noël et préjugés, Charleston, 2019

Y aura-t-il trop de neige à Noël ?, Charleston, 2017

Document :

Le rap est la musique préférée des Français, avec Laurent Bouneau et Fif Tobossi, DonQuichotte, 2014

Pour Monica, ma sœur.

« C'est un des lieux les plus agréables qui soient au monde. C'est un des points rares sur la terre où le plaisir s'est concentré. Le Parisien y vit, le provincial y accourt, l'étranger qui y passe s'en souvient [...] Restaurants, cafés, théâtres, bains, maisons de jeu, tout s'y presse ; on a cent pas à faire : l'univers est là. »

Alfred de Musset

Note de l'autrice sur l'édition poche

19 bis, boulevard Montmartre est paru pour la première fois en juin 2013 sous le titre *Grands boulevards* et reste mon roman fétiche, celui qui a donné naissance à toute la saga. Un jour, la productrice Nathalie Drouaire, m'a commandé une bible pour une série qui se passerait dans un immeuble. La série n'a pas (encore ?) vu le jour mais cet immeuble imaginaire s'est ancré en moi, ses occupants sont devenus mes amis, presque ma famille, et depuis, j'adore retourner sur les grands boulevards, ce quartier mythique de Paris, pour chacun de mes romans. Chaque histoire de la saga peut se lire séparément, mais ensemble elles constituent une fresque, qui donne à chaque fois un nouvel éclairage sur les personnages et les événements. C'est pourquoi je remercie infiniment les éditions Charleston, et en particulier mes éditrices Alice Bercker, Danaé Tourrand-Viciana et la boss Karine Bailly de Robien, de permettre la réalisation de ce projet qui me tient tellement à cœur : la sortie de toute la saga Grands boulevards en poche avec des couvertures signées par la talentueuse Angéline Melin. J'espère que cette nouvelle collection vous donnera envie de flâner sur mes grands boulevards.

Bienvenue au 19 bis, boulevard Montmartre !

NOVEMBRE 2012

1

Derrière la porte, B.B. King susurrait *Sweet Sixteen* et les jetons cliquetaient

Doria zigzaguait parmi la foule en descendant les grands boulevards. Ses boots claquaient sur le trottoir, son sac en bandoulière battait la mesure de sa démarche rapide. La nuit était noire, mais les réverbères, les phares et les décorations de Noël éclairaient comme en plein jour. Le regard de Doria zooma sur un marchand pakistanais de marrons grillés qui soufflait sur ses doigts noircis, s'arrêta sur une jeune fille bavant d'envie devant un bustier à paillettes scintillant dans une vitrine, fit un gros plan sur l'homme d'affaires, portable à l'oreille, qui volait un réglisse à l'étalage d'un marchand de bonbons ambulant... Elle ordonna à son cerveau d'arrêter, parce que c'était fatigant, cette manie d'enregistrer des foules de détails inutiles. Arrivée boulevard Montmartre, elle remarqua que le Broadway Boulevard en bas du 19 bis avait un nouveau coin grec, avec un kebab rôtissant autour d'une broche, qui lui mit l'eau à la bouche. Doria composa le code et poussa le battant d'une lourde porte cochère vert bouteille à la peinture écaillée.

Le porche, vestige fastueux d'une époque révolue, affichait un dôme en demi-lune orné de caissons ouvragés et blancs comme de la meringue. La porte se referma lentement, atténuant le brouhaha du boulevard. C'était un immeuble haussmannien de composition classique : avec une grande cour carrée agrémentée d'arbres en pots, des appartements sur cinq étages qui se faisaient face, escalier A contre escalier B. La voix de Frank Sinatra s'échappait d'une fenêtre, ponctuée par le *beat* sourd d'un morceau de hip-hop qu'on jouait quelque part.

Doria se dirigea vers l'entrée de l'escalier A, tout de suite à droite, sous le porche, et pianota sur le digicode. Depuis peu, une porte vitrée bloquait l'accès aux appartements. La Banque générale, propriétaire de l'immeuble, voulait du standing et de la sécurité. Doria pénétra dans le charmant ascenseur inchangé avec sa cabine en bois. La banquette de velours usé sur laquelle, petite fille, elle adorait s'asseoir avait disparu, ainsi que la grille de protection qui coulissait en grinçant.

Arrivée au quatrième étage, Doria respira profondément et sonna. La scène qu'elle venait de vivre, à peine une heure plus tôt, avait été éprouvante.

Dans l'appartement, Frankie Sinatra s'égosillait sur *The Way You Look Tonight,* soutenu par des voix masculines éraillées par des années de whisky et de cigarettes. N'obtenant aucune réponse, Doria s'acharna consciencieusement sur le carillon. Son neveu ouvrit la porte ; long et mince, un jean, un torse nu, un pétard aux lèvres, de longs cils noirs sur un regard vitreux, sa chevelure brune artistiquement ébouriffée. Elle préféra ne pas se demander si c'était la crasse ou un gel ultra-puissant qui les maintenait dressés.

— Doria ?

— Oui, Simon. C'est bien moi. Papa est là ?

Le garçon s'effaça pour la laisser entrer. La table ronde de la salle à manger était recouverte d'un tapis vert sur lequel s'étalaient des piles de jetons éparses, un cendrier fumant et des cartes. Autour de la table, quatre bonshommes en bras de chemise s'étripaient au poker. Pour Doria (et son sens aigu du mélodrame), la scène qui se jouait sous ses yeux était désastreuse. Elle signifiait une disponibilité minimum de la part de son père, pour qui une partie de cartes était plus sacrée que le Jour du Grand Pardon. Doria enterra mentalement la tragédie qu'elle s'apprêtait à jouer (s'effondrer en larmes dans les bras paternels en geignant misérablement sur la traîtrise des hommes), ce qui paradoxalement lui donna encore plus envie de pleurer.

— Frédéric m'a trompée. Je peux dormir chez toi ce soir ? demanda-t-elle sobrement, un exemple de dignité.

Lâchant son cigare, Max Dahan quitta sa chaise pour serrer sa fille contre lui. Certes, il avait aujourd'hui l'estomac presque aussi large que les épaules, mais il était toujours aussi grand et le nez blotti dans son cou, le corps à l'abri dans l'enceinte de ses bras, Doria s'autorisa la crise de larmes qui couvait depuis le début de la soirée. Les copains s'étaient levés et l'entouraient avec sollicitude, se risquant à des commentaires plus ou moins bienvenus, du genre : « Les filles, aujourd'hui, ne savent plus garder un homme. »

— Comment l'as-tu découvert ? demanda Max sans paraître plus surpris que ça.

Doria renifla.

— Après une journée de travail épuisante, je suis passée devant *notre* restaurant et je l'ai vu ! Affalé sur une banquette, il roulait un énorme patin à une blonde immense. Je me suis plantée devant eux. Il m'a dit que ce n'était pas ce que je croyais, qu'il vérifiait le bon alignement de ses dents avec sa langue…

Max se tourna vers ses acolytes en précisant : « Il est photographe », comme si cela expliquait tout. Les autres hochèrent gravement la tête.

— J'ai renversé les verres, vidé les assiettes sur leurs genoux, arraché la nappe. Puis j'ai marché longtemps à la dérive, ne sachant où aller, vers qui me tourner…

— Bref, tu as atterri chez ton père.

— Un soir de poker…, glissa insidieusement Gégé Giacobbi.

Doria les regarda tour à tour, avec leurs cheveux gris, leurs trognes patinées, et s'aperçut qu'ils avaient tous gardé leurs cartes en main, jeux soigneusement repliés contre leurs paumes. C'était toujours les mêmes compagnons qu'elle voyait depuis l'enfance, sympathiques, mais affligeants d'immaturité et complètement accros au jeu.

— Vous êtes vraiment des pauvres drogués ! Le monde peut s'écrouler, rien ne vous intéresse à part vos parties de cartes !

— Mais pas du tout ! La vérité, ta vie nous passionne ! Prends un *drink*, ça te fera du bien, minauda le gros Joe Boutboul en lui tendant un whisky qu'elle avala sans broncher.

— Bon, tu vas t'installer dans mon bureau pour cette nuit, déclara Max. C'est un peu le bordel, mais il y a un lit. Simon, donne-lui des draps propres, s'il te plaît.

Le jeune homme émergea d'un nuage de fumée et se dirigea vers une armoire avec des gestes lents.

— Tu veux jouer avec nous ? Ça te changerait les idées, proposa Maurice Ackermann, dont la devise était « il n'y a pas de chagrin qu'une heure de poker n'ait effacé ».

Doria déclina poliment et suivit Simon jusqu'au bureau.

La pièce était grande, dotée de deux hautes fenêtres qui donnaient sur la cour. À part un bureau Habitat qui croulait sous la paperasse et quelques tableaux posés à même le sol, l'ensemble était étonnamment ordonné. Simon posa les draps sur le lit, s'assit à côté, tira une longue taffe de son joint.

— C'est tout le temps comme ça ? demanda Doria.

— Tu veux dire le poker, la musique, les potes ? Presque tous les soirs.

Derrière la porte, B.B. King susurrait *Sweet Sixteen* et les jetons cliquetaient.

— Il te laisse fumer des bédos ?

Simon regarda dans le vide, tira une autre bouffée.

— Tu rigoles ? Il a fait tellement pire... Peut pas dire grand-chose.

Elle ouvrit la fenêtre histoire d'aérer. Certaines pièces dans l'escalier B étaient encore éclairées. Juste en face, un homme brun à la raie bien peignée travaillait, penché sur une table d'architecte. Au cinquième étage, elle remarqua le rougeoiement d'une cigarette. Quelqu'un fumait dans le noir.

— C'est Angélique..., fit Simon avec langueur.

Il s'était accoudé à la rambarde, à côté de Doria, et levait les yeux vers la fenêtre noire. Soudain le mégot fut éjecté dans la cour, une petite main agita l'air pour chasser la fumée, la fenêtre fut prestement refermée.

— Ça va, les études ? questionna Doria en supposant que c'étaient là des paroles qu'on attendait d'une tante.

Elle n'avait que dix ans de plus que Simon, le fils de sa demi-sœur, et le considérait plutôt comme un petit frère. Il avait décroché son bac en juin et s'était inscrit à la fac. Depuis la rentrée, il vivait chez son grand-père, Max. Cela évitait à ses parents, qui résidaient à Chantilly, de lui louer un studio hors de prix. Simon fit un geste vague de la main.

— Fait chier médecine !

— Tu dissèques des cadavres ?

— Pas en première année ! Pour moi c'est juste chimie, biochimie, biologie...

— Dis-moi si tu tombes sur des cas bizarres, j'ai besoin de sujets pour mes vidéos.

Simon lui tendit la fin de son pétard qu'elle fuma en silence avant de faire mine de le balancer. Il arrêta son geste.

— Mira fait la gueule quand elle retrouve des mégots dans la cour. Elle est sympa... Faut pas lui donner du taf supplémentaire.

Doria lui caressa la joue, émue comme si elle venait de retrouver le petit garçon d'autrefois, avec ses grands yeux doux. Ils ne se voyaient pas très souvent mais elle se souvenait qu'il était toujours attentif à ne pas peiner les autres. Elle referma la fenêtre à crémone, déplia les volets intérieurs typiques des vieux appartements parisiens, tira les rideaux. Il l'embrassa sur la joue.

— Bonne nuit.

— Tu vas te coucher ?

— Euh… Je crois que je vais aller prendre un verre chez Karim.

— Karim, c'est le patron du café en bas ?

— Ouais, c'est assez cool. Tu veux venir ?

— Merci, mais je suis épuisée.

La jeune femme sortit de son sac une brosse à dents, un petit flacon de lait démaquillant, une nuisette, du linge de rechange pour le lendemain. Doria était douée pour imaginer un plan et l'exécuter au millimètre près. Jusqu'ici, tout avait parfaitement fonctionné, ce qui était affreusement triste quand on y pensait. En se dirigeant vers la salle de bains, elle déposa un baiser sur le sommet du crâne de son père, qui répondit sans lever les yeux de son jeu. Sa toilette achevée, elle regagna son refuge.

Allongé dans le noir, les bras tendus sur les draps tirés, Doria récapitula sa journée : elle avait refusé de jouer dans une pub pour de la margarine, elle avait surpris son mec en flagrant délit d'infidélité, son père était un joueur de poker. Elle ferma les yeux.

2

Ce mélange de compassion et de moquerie qu'on réserve aux maris cocus

Dans la cuisine, Max, ganté de caoutchouc vert pâle, un grand tablier ceint autour du ventre, passait une éponge sur le plateau en marbre de la table bistrot. À côté de l'évier en inox, des cendriers et des verres lavés égouttaient. Un pâle soleil de novembre jouait sur les carreaux et se déversait sur le carrelage octogonal blanc à cabochons noirs. Les joues douces, la mâchoire carrée et la chevelure grise peignée en arrière, Max Dahan était toujours, à soixante-six ans, un homme séduisant et même, selon l'expression de sa fille, un « authentique beau gosse ». En l'embrassant, Doria respira avec délice les effluves familiers de Vetiver teintés d'agrumes et de bois de santal. Tel le Phénix, Max renaissait de ses pires nuits de java avec l'œil vif et le plumage brillant. Il menait sa vie de patachon avec une discipline de fer, ne se couchait jamais sans avoir vidé les cendriers, descendu la poubelle, rangé la vaisselle sale dans l'évier. Chaque matin, il prenait longuement sa douche, se rasait, se parfumait et attendait parfois que ses yeux pochés dégonflent derrière des lunettes de soleil. C'était une des (multiples) raisons pour lesquelles sa fille l'admirait. Simon, lui, semblait avoir dormi dans le même tee-shirt que la veille. Debout, pieds nus, il engloutissait un bol de céréales. La radio annonça 10 heures.

— Bonjour princesse, j'ai fait chauffer de l'eau pour ton thé et j'ai acheté une baguette fraîche.

— Merci…

Doria versa l'eau bouillante dans la théière, sortit le beurre et la confiture du réfrigérateur.

— Tu comptes réintégrer l'appartement de Frédéric ? demanda Max.

Elle savait que si elle retournait boulevard Saint-Martin, Fred l'accueillerait probablement avec un sourire et des croissants. Pour lui, les coups de canif dans le contrat faisaient plus ou moins partie de l'accord. Mais avec cette petite entaille-là, le photographe venait d'érafler le cœur de Doria. Une autre fille aurait pu choisir de fermer les yeux et s'accrocher. La vie avec Fred était loin d'être désagréable. Mais Doria ne refusait jamais la vérité. Au contraire, elle était plutôt du genre à mener l'enquête pour la découvrir. Au risque de faire n'importe quoi. Au risque de se faire mal.

— Je ne pense pas… Non.

— Excellente décision ! la félicita Max. Une fois, ça passe, deux fois, tu te casses !

— Du coup... je peux rester ici quelque temps ? demanda-t-elle.

Max lui tourna le dos pour se faire un café. Elle vit ses épaules se crisper sous le tee-shirt blanc et se sentit glacée. Elle avait passé une partie des premières heures du jour blottie sous les draps à imaginer ce qu'elle ferait s'il la mettait à la porte. Il attendit que son expresso soit prêt avant de se retourner, son éternel sourire aux lèvres.

— Bien sûr ! Tu es chez toi le temps qu'il faudra. Assieds-toi et mange tes tartines, tu es maigre comme un clou.

Soulagée, elle mordit avec satisfaction dans son pain et se mit à fixer le dos du paquet de céréales de Simon, un jeu débile avec un labyrinthe. Le sort en était jeté. Restait à s'organiser…

— Je n'y crois pas ! Regardez !

Max et Doria s'approchèrent de Simon, qui écrasait frénétiquement son front contre la vitre. La cuisine donnait sur la grande cour, dont les murs repeints en clair luisaient sous le soleil d'hiver. Au cinquième étage, juste en face, un long jeune homme brun se tenait debout sur le rebord d'une fenêtre. Un de ses pieds nus tentait laborieusement de s'accrocher à une gouttière qui se trouvait environ à un mètre sur sa droite. Penchée sur la rambarde, une femme le regardait avec anxiété.

— C'est Angélique ? demanda Doria en contemplant le décolleté généreux qui jaillissait d'une nuisette noire.

— Non, sa mère !

— Isabelle Delgado.

Le jeune homme avait réussi à agripper la gouttière d'une main. La femme s'agitait, comme pour lui intimer de se dépêcher.

— Et lui, c'est qui ?

— Sacha Bellamy.

— Un musicien, il vit au cinquième.

— Escalier A.

Le dénommé Sacha enlaça fermement la gouttière de son bras droit, cala sa jambe autour et dans un élan quitta le rebord de la fenêtre. La partie gauche de son corps se balança un instant dans le vide avant de venir s'écraser contre le tuyau, qu'il serra contre lui comme s'il en était fou amoureux.

— Il est complètement dingue !

Peu à peu, les voisins apparurent. Bientôt, tout ce que l'immeuble comptait d'habitants présents à cette heure de la matinée fut rassemblé aux fenêtres pour observer la périlleuse descente de Sacha. Même les financiers du deuxième étage, les zélés employés de la Banque générale, le fixaient à travers les doubles vitrages de leurs bureaux climatisés. Le regard de Doria s'attarda sur la chute de rein étroite, révélée par le tee-shirt remonté jusqu'aux épaules. Le dos était fin, la peau bronzée, les cheveux noirs rebiquaient sur la nuque. Elle plissa les yeux pour mieux détailler le visage dont elle ne voyait qu'un profil : belle bouche, yeux en amandes de couleur non identifiable, menton étroit... Incroyable ! Elle avait devant elle un authentique beau gosse. Craquant en diable.

— Ouille ! On dirait que ça se corse !

Deux baskets lancées à la volée planèrent au-dessus de la cour avant de s'écraser près des poubelles. Isabelle Delgado referma précipitamment sa fenêtre. Sacha accéléra sa descente avant de s'immobiliser au niveau du premier : une marquise de verre l'empêchait d'aller plus loin. Il se trouvait à trois mètres au moins du sol. S'il sautait, il risquait de se casser les os. Ça s'agitait du côté des voisins.

— Il faut appeler Mira pour qu'elle lui apporte une échelle !

— C'est ce que je fais. Elle ne répond pas !

— Je préviens Manuela !

— Tiens bon, mon gars !

Presque aussitôt, une fenêtre s'ouvrit au premier étage, une longue chevelure noire ondula au vent, un bras de femme se tendit vers Sacha qui l'attrapa prestement et s'engouffra à l'intérieur.

— Putain, sauvé par Manuela. Je n'y crois pas, il va se la taper aussi, j'en suis sûr. Ce mec a trop de chance ! se lamenta Simon.

Dans la cour, Mira, la gardienne, ramassa prestement les chaussures et retourna dans sa loge. La fenêtre du premier étage se referma au moment même où celle du cinquième se rouvrit violemment. Un homme aux cheveux ras se pencha en vociférant, visiblement ivre de rage. Il scruta longuement la façade lisse et la cour déserte, interloqué. On entendait Isabelle Delgado crier qu'il était fou. Les voisins, toujours agglutinés aux carreaux, le contemplaient avec ce mélange de compassion et de moquerie qu'on réserve aux maris cocus.

— Vous voulez ma photo, bande de cons ?

Ce fut comme un signal. Pris en flagrant délit de voyeurisme, chacun retourna prestement à ses occupations. Max passa la main dans les mèches mi-longues de sa fille.

— Je vais débarrasser mon bureau et le transformer en chambre pour toi. Je travaillerai dans la salle à manger.

En dehors des week-ends inoubliables de son enfance, Doria n'avait jamais vécu avec son père. Ce serait une première.

— Merci !

— Cool, commenta Simon.

— Mais il est trop bizarre, cet immeuble !

3

Un séducteur toxique ? Arrête, tu me fais rêver…

La façade du 15, boulevard de la Madeleine, est ornée de cariatides, détail architectural qui échappe généralement au passant lambda, mais que le sens de l'observation hypertrophié de Doria avait maintes fois repéré. À l'entresol de cet immeuble vivait autrefois Marie Duplessis, la plus jolie et la plus tragique des grandes courtisanes de son siècle, immortalisée par Alexandre Dumas fils sous le nom de Marguerite Gauthier dans *La Dame aux camélias*, qui inspira par la suite Verdi pour *La Traviata*. Elle mourut ici même en 1847, pauvre dans un appartement somptueux, et ses biens furent vendus aux enchères.

Un matin de novembre 2012, au deuxième étage de ce même édifice, une créature vêtue d'une longue blouse de chimiste tachée de sang, un foulard orné de têtes de mort noué autour du crâne, ouvrit sa porte à Doria, lui arrachant un cri de terreur. Bettina Diamant se retourna, surprise, pour voir ce qui pouvait bien effrayer la visiteuse, mais ne trouva rien.

— C'est quoi ce look ?

— Je donne à manger à Capucine.

Doria suivit sa meilleure amie qui retournait en courant à la cuisine, car il ne fait pas bon laisser une fillette de vingt mois seule sur sa chaise haute. La tête de l'enfant émergeait d'un énorme bavoir en plastique rigide maculé de bouillie rouge.

— Elle est déjà fan d'Edward Cullen ?

— Julienne de carottes bio maison ! Alors, quoi de neuf ? demanda Bettina en introduisant une cuillerée de légumes dans la bouche de sa fille.

Doria se cala sur une chaise design en inox, le plus loin possible de Capucine. Elle venait de remarquer les mêmes taches sanglantes sur le carrelage blanc et se trouvait presque mal.

— Elles sont hyper rouges, ces carottes !

— J'ajoute un peu de ketchup pour qu'elle mange plus vite.

— Bio, le ketchup ?

— Ne me saoule pas. Raconte !

— Je les ai surpris dans un restau, boulevard Beaumarchais. Heureusement que je passais par là ! J'ai un de ces instincts, parfois !

— S'il te plaît ! Pas à moi !

Elle ouvrit de grands yeux innocents.

— Quoi ?

— La vé'ité ! scanda Capucine en tapant sur son assiette.

Une lichette de sauce gicla sur la blouse déjà maculée de sa mère.

Doria se rongea l'ongle de l'index avant de passer aux aveux.

— Depuis quelque temps, il efface ses textos aussitôt reçus, et tu me connais, ça m'a intriguée. Pour en avoir le cœur net, j'ai piraté sa boîte mail en devinant son code secret. Ne me regarde pas comme ça, c'est sa date de naissance, comme 99 % des gens.

— Je n'ai rien dit ! Mais je n'en pense pas moins…

— J'ai remarqué qu'il échangeait des mails avec une certaine Romane. Hier, il lui a donné rendez-vous au Bar à huîtres.

— Alors ? Tu les a vus ?

— Oui ! Au début, ils se comportaient normalement. Ils étaient assis l'un en face de l'autre, ont commandé, bu du vin, etc. Puis le plateau est arrivé, énorme, avec des huîtres, des crevettes… La totale ! Ça m'a donné une de ces dalles, vu que j'avais juste grignoté une crêpe en les attendant, planquée derrière une porte cochère. Et voilà que Frédéric se glisse sur la banquette à côté d'elle, et se met à lui préparer ses huîtres et à les lui donner à la cuillère, genre sensuel !

Bettina plaqua ses mains contre ses lèvres.

— Quelle horreur !

— Évidemment, à force de tourner autour de sa bouche, il a fini par lui rouler une pelle ! À partir de ce moment, je n'avais plus de plan précis. J'ai dû improviser…

— Arrête, je te connais par cœur : tu avais préparé ta scène à la virgule près !

Doria hésita à poursuivre. Il était vrai qu'elle avait prévu une action un peu spectaculaire, mais difficile à avouer. Capucine pencha la tête et plongea ses yeux clairs dans ceux de Doria le plus sérieusement du monde. Sous ce regard parfaitement innocent, la jeune femme se sentit le devoir de dire la vérité.

— Très bien, marmonna-t-elle. Je suis entrée dans le restau, je me suis approchée de leur table en silence, et j'ai brusquement posé un test de grossesse à côté de son assiette.

— Un test de grossesse ! hurla Bettina. Tu sais ce que ça signifie ?

Son visage rond se crispa de colère, ses taches de rousseur rougirent, elle tapa du poing sur le plateau de la chaise haute. Capucine se mit à pleurer et bava ses carottes.

— Un désir inconscient d'enfant !

Depuis qu'elle était mère, Bettina s'était mis en tête d'évangéliser ses copines restées célibataires : « Faites des enfants et vous serez récompensées. » Elle se leva et prit sa fille dans les bras pour la calmer. La petite en profita pour lui tartiner le visage de purée rouge. La mère s'esclaffa comme si un amant la chatouillait. Doria contempla Capucine, son menton tapissé de bouillie grumeleuse, et réprima un haut-le-cœur.

— Tu rêves d'avoir un bébé, mais tu ne veux pas te l'avouer.

Doria leva les yeux au ciel.

— N'importe quoi ! C'était juste pour l'intensité dramatique. Mais écoute la suite…

Calant d'un bras Capucine contre sa hanche, Bettina prit une lingette pour se débarbouiller ainsi que sa fille. La petite retrouva immédiatement ses joues roses et lisses comme une soie tendue. Elle leva ses bras potelés vers sa mère et gazouilla

« Mam-ma ». C'était si tendre, si magique, que même Doria se sentit fondre. Bettina attrapa un petit-suisse dans le réfrigérateur.

— Il est temps que tu arrêtes de sortir avec ce genre de séducteur toxique.

— Séducteur toxique ? Arrête, tu me fais rêver... C'est trop sexy ! ironisa Doria.

Son amie reposa l'enfant dans sa chaise haute et se mit à rire. Selon les critères de Bettina, était jugé toxique tout homme se révélant, à l'usage, faire plus de mal que de bien.

— Je ne plaisante pas. Il faut que ton prochain mec soit un type sérieux, fiable, responsable, équilibré...

— Je vais vomir, là !

Bettina continua, imperturbable :

— Avec un métier bien stable, genre banquier...

— Économe, voire radin...

— Et bien sûr, mal habillé, le cheveu gras-mouillé et l'haleine chargée, pour qu'aucune fille n'ait l'idée de te le piquer !

— Ouiiii ! J'en veux un comme ça ! C'est décidé, à partir d'aujourd'hui, je fuis les authentiques beaux gosses, les fêtards, les branleurs, les baratineurs, les dragueurs, les rêveurs, les glandeurs, les ados attardés, les pseudo-artistes, les fauchés branchés. Je m'attaque à du lourd, du sérieux...

— Je descend' ! exigea Capucine.

Bettina déposa l'enfant qui détala vers sa chambre, et glissa immédiatement les vêtements maculés dans le tambour de son lave-linge. Elle détacha le foulard à têtes de mort, libérant ses épaisses boucles rousses qui se répandirent sur ses épaules et dans son dos. Débarrassée de sa blouse blanche, Bettina révélait une silhouette plantureuse, tout en courbes et en rondeurs, qu'elle mettait en valeur avec des jupes crayon et des talons hauts, alors que Doria portait le jean comme personne. Qu'il pleuve ou qu'il vente, son fidèle denim moulait ses hanches étroites et ses longues jambes de manière parfaitement rock'n'roll.

Leurs caractères étaient aussi opposés que leurs garde-robes. Placide, souriante, Bettina savait mettre la vie en scène pour la rendre plus belle. Cette désinvolture apparente dissimulait néanmoins une volonté de fer. Bettina savait se fixer un objectif et s'y tenir farouchement. À l'opposé, Doria, agitée et agile, toujours sur le qui-vive, si curieuse que ça frisait l'indiscrétion, avait l'esprit et le corps toujours en mouvement. Elle marchait vite, bondissait, dansait, buvait parfois un peu trop pour calmer ses ardeurs et endormir ses inquiétudes. L'action et l'adrénaline étaient son oxygène. Bettina tentait parfois de canaliser cette énergie débordante, sans effets notoires. Toujours occupée par des aventures abracadabrantes, échafaudant sans cesse des stratégies élaborées, Doria la faisait rire. Elles s'étaient rencontrées à dix-huit ans, au cours Florent. Comme beaucoup d'adolescentes, elles rêvaient d'être comédiennes. Simplement, contrairement à beaucoup de jeunes femmes de leur âge, cela ne leur était pas passé. Pour se faire connaître, elles tournaient ensemble des petites vidéos humoristiques qu'elles postaient sur YouTube.

— Comment s'est terminée l'histoire finalement ? reprit Bettina.

Les yeux de son amie brillèrent de malice.

— Fred a regardé le test et il a blêmi. Romane a pris son manteau, genre digne, et s'est cassée. Le pire, c'est que le test n'était même pas positif ! Je venais de l'acheter à la pharmacie. Le pauvre mec a juste vu une ligne rouge, il a paniqué. J'ai repris le test et je me suis tirée aussi. Frédéric a enfin réagi et s'est mis à crier : « Doria ! Romane ! » dans cet ordre. Et au moment où je passais la porte, Fred à mes trousses, j'ai entendu le maître d'hôtel lui dire : « Monsieur, l'addition… »

4

Rendre les femmes surhumainement belles ou terriblement humaines

Après avoir quitté Bettina, profitant de l'absence de Fred qu'elle savait en studio, Doria se rendit à son ancien appartement, boulevard Saint-Martin, pour récupérer ses affaires. Le soleil de cette après-midi d'automne s'invitait en rayons obliques par le bow-window du séjour. Les reliefs du petit déjeuner de Fred s'étalaient encore sur la table basse. Doria eut un petit pincement de plaisir en constatant qu'il n'y avait qu'une tasse et qu'une assiette. Elle se dirigea vers la chambre. Le lit défait, avec sa couette entortillée, témoignait d'une nuit agitée. Elle s'allongea sur le drap clair en se demandant quelle tête ferait Fred s'il la découvrait là, endormie, en rentrant. Une vague lourde passa sur son cœur et lui serra la gorge, un sentiment douloureux : le manque... Plus jamais elle ne dormirait dans ce lit, ni ne se réveillerait avec le regard de

Fred posé sur elle. Elle ne lui en voulait pas, non. Simplement, elle aurait aimé que cela dure un petit peu plus longtemps.

Frédéric Denis aimait les femmes, toutes les femmes. Se restreindre à n'en fréquenter qu'une seule lui paraissait terriblement injuste et difficile. Doria ne savait quels manques, quels complexes ou quelles blessures avaient généré en lui ce besoin inépuisable de compagnie féminine. Mais la faille était déjà là, bien visible et profonde, lorsqu'elle avait rencontré Fred. Elle s'était engagée dans la relation en connaissance de cause.

C'est que le bonhomme était tellement plus intéressant que la moyenne ! Il n'était pas vraiment beau, non, il était mieux que ça. Drôle. Indulgent. Sachant voir l'ironie du sort et en rire avec tendresse. Talentueux. Si sensible qu'il captait l'essence d'un être en un seul clic, pour la faire ressurgir dans les millions de pixels de ses photographies. Il savait rendre les femmes surhumainement belles ou terriblement humaines, et ressentait les individus bien au-delà des apparences. Doria en savait quelque chose. Fred l'avait mitraillée tant et tant, le jour, la nuit, qu'elle s'était découvert des visages inconnus, des expressions étranges venues de sa mère ou de sa grand-mère, des fragilités cachées, des langueurs inattendues…

Fred travaillait pour des magazines féminins, avec des mannequins professionnelles. Mais il aimait aussi débusquer la beauté dans la rue. Son appareil photo et son regard clair derrière les lunettes rondes étaient des sésames puissants auprès de la gent féminine. Oui, oui, Doria s'en était souvent agacée.

Frédéric était curieux, Frédéric était passionné, Frédéric était – aussi – un bon amant. À cette pensée, qui faisait naître des regrets déjà cuisants, Doria se redressa vivement. Son temps auprès de lui était terminé, il fallait partir et passer à autre chose. Elle entreprit de regrouper ses affaires, qui étaient peu nombreuses. Doria étaient une nomade de l'amour.

Après sa première rupture, elle était retournée vivre chez sa mère.

Après la deuxième, elle s'était installée en colocation avec Bettina.

À la troisième, elle s'en allait squatter chez son père…

Doria bourra rapidement sa lourde valise de vêtements, de livres, de produits de beauté et de bottes. Rassembler ses livres épars, ses dossiers, ses photos, ses quelques objets fétiches (comme la poupée Barbie aux pieds mâchouillés que son père lui avait offert pour ses cinq ans) lui prit un peu plus de temps. Enfin, elle cala son ordinateur et son iPad au milieu des pulls, rabattit le capot et zippa le tout avec difficulté, en songeant qu'il serait peut-être agréable, pour une fois, de poser ses bagages quelque part…

5

Le prélude de *La Traviata* s'éleva dans l'air du soir

La nuit tombait sur le boulevard Montmartre quand Doria revint, traînant derrière elle sa valise à roulettes, lourde comme le destin. Dans la cour régnait une animation surprenante. Des photophores multicolores étaient disséminés un peu partout. La façade rose de la boutique Oh My Gode !, située dans le fond de la cour, était vivement éclairée, et sur le pavé inégal déambulaient une dizaine de filles, une coupe de champagne à la main. Sous le porche, Doria croisa Mira, la gardienne, plantée devant la porte de sa loge, qui surveillait les allées et venues en bougonnant :

— Apéros coquins... Je t'en foutrais, moi ! Regarde-moi le bordel que ça me fait !

— Bonsoir, Mira ! Que se passe-t-il ?

— On est le deuxième jeudi du mois. Manuela vend ses fanfreluches ! Tu t'installes ? demanda-t-elle en plissant les yeux sur le bagage de Doria.

— Oui, je viens vivre avec Papa et Simon pendant quelque temps. Mais raconte, qui est Manuela ? J'entends parler d'elle depuis hier.

— Quand le vitrier au fond de la cour a fermé boutique il y a un an, c'est Manuela qui a repris le bail pour installer son petit commerce. Elle a beau appeler ça « le palais du plaisir au féminin », pour moi, c'est un sex-shop, ni plus ni moins. Une fois par mois, madame invite des demoiselles à qui elle vend sa marchandise autour d'une coupe de champagne…

Doria écoutait, réjouie, ce nouveau chambardement survenu dans l'immeuble de son père, qui décidément offrait des divertissements de choix. Tout le long de sa conversation avec Mira, elle avait vu affluer un certain nombre de femmes, en grappes de deux ou trois, venues acheter des jouets sexy avec la même désinvolture qu'une baguette de pain. Doria ne distinguait pas tout ce qui se passait dans la cour depuis le porche, mais il lui semblait qu'une foule y était maintenant rassemblée ; et elle se demanda, intriguée, comment quelques voix féminines pouvaient provoquer un tel brouhaha. Mira continuait à discourir sur ces réunions commerciales d'un genre nouveau, quand une femme aux longs cheveux noirs se planta devant elles.

— Mira, je suis désolée de vous déranger, mais il faut absolument que vous fassiez quelque chose ! Karim a ouvert la porte de ses cuisines. J'ai toute la racaille de son restaurant qui se déverse dans la cour pour emmerder mes clientes. C'est *juste* pas possible !

Mira la dévisagea, sans chercher à dissimuler son agacement.

— Je n'y peux *juste* rien, Manuela. La cour est à tout le monde ! Si je l'interdis à l'un, je dois l'interdire à l'autre... C'est peut-être ce qui va finir par se passer. Et puis, vous voyez bien que je suis en train de discuter avec la fille de Max !

Manuela dévisagea Doria avec curiosité :

— J'avais oublié que Max avait une fille.

— Il en a même deux, grinça Mira.

Elle leur tourna le dos et claqua la porte de sa loge. Presque aussitôt, le prélude de *La Traviata* s'éleva dans l'air du soir, parant la cour d'une atmosphère baroque et libertine. Doria se retrouva seule face à Manuela. La propriétaire d'Oh My Gode ! frémissait d'une rage contenue. Elle adressa à Doria un sourire que celle-ci qualifia intérieurement de commercial.

— Venez nous rejoindre ! Vous verrez, c'est très amical et sympathique.

La curiosité de Doria avait été suffisamment éveillée pour qu'elle n'ait pas besoin de se faire prier. Elle promit de redescendre après avoir déposé sa valise chez son père.

— Laissez-la chez Mira, vous la récupérerez plus tard !

Dix minutes plus tard, Doria était sur place, une flûte de champagne à la main, observant autour d'elle quel genre de filles étaient capables de se rendre à un apéro coquin après une journée de boulot. Elles avaient trente, quarante ans, peut-être un peu plus ou un peu moins, avec un air non pas déluré mais déterminé, une assurance tranquille qu'il n'y a pas de honte à venir chercher un supplément de plaisir dans de petits jouets en latex, en métal ou en plume. Doria remarqua qu'elles n'étaient pas seules dans la cour. Quelques spécimens masculins, attirés par cet afflux providentiel de jeunes femmes ouvertement intéressées par le plaisir, s'étaient introduits clandestinement dans les lieux, malgré les panneaux roses vifs que Manuela avait pris la peine d'installer un peu partout, stipulant en lettres pailletées « seulement pour les filles », « les garçons dehors ». Était-ce le petit parfum d'interdit ? Malgré le temps froid, quasi glacial, de ce soir de novembre, la scène qui se jouait dans la cour avait pris un tour étonnamment chaleureux. Le grand air de Violetta se déversait par la fenêtre entrouverte de Mira et le pétillement des bulles de champagne réchauffait les corps et les sens. Les femmes étaient venues pour s'amuser. Elles se sentaient belles, éclairées par les flammes scintillantes des bougies ; et désirables, avec ces hommes qui osaient braver le courroux de la maîtresse des lieux pour les rencontrer.

Dominant la situation du haut des trois marches qui menaient à l'entrée de sa boutique, Manuela surveillait l'assemblée du coin de l'œil tout en discutant avec une cliente. Elle arborait son sourire commercial, passait la main dans sa longue chevelure noire d'un geste doux, mais Doria devinait – à la vue de ses narines qui se dilataient par intermittence – qu'elle était encore furieuse. Elle lui adressa un sourire de loin et leva son verre en sa direction. Manuela lui fit un petit geste de la main.

Doria but une longue gorgée de champagne et soupira d'aise. Pour la première fois depuis les dernières vingt-quatre heures, elle se sentait bien. Le nœud qui lui enserrait le cœur se relâcha un peu. Elle s'adossa contre un mur et se sourit à elle-même en regardant les étoiles naissantes.

— Mademoiselle, je parie que vous êtes tombée du ciel !

— Pardon ?

— Vous avez l'air d'un ange !

Il se tenait devant elle, charmant, un chapeau de feutre crânement penché sur la tête. Elle reconnut Sacha, le jeune homme qui, le matin même, avait joué les chats de gouttière en s'enfuyant du cinquième étage. Il était aussi mignon de près que de loin. Doria n'était pas le genre de fille à rembarrer un joli garçon qui l'abordait. Oh non ! Elle détailla les merveilles qui s'offraient à sa vue : des dents ultra-blanches, des yeux caressants bordés de très, très longs cils, des lèvres, mmm… des lèvres bombées et ourlées.

— Un ange… plutôt curieux !

— Qui vient s'encanailler dans les arrière-cours des grands boulevards. C'est la première fois que tu viens chez Manuela ?

— Je suis là un peu par hasard, mais c'est intéressant.

— Un ange ne peut pas toujours savoir où il atterrit.

Ils rirent ensemble. La voix mélodieuse de Manuela s'éleva, invitant les filles à pénétrer à l'intérieur de la boutique pour découvrir les sensuels secrets de son univers, le palais du plaisir au féminin. Il y eut un petit mouvement de foule, quelques filles se dirigèrent vers la boutique. Sacha se pencha vers Doria.

— Tu veux vraiment y aller ? Sinon, on peut prendre un verre chez Karim, c'est juste devant. Et je peux te montrer un passage secret…

Doria cacha son hésitation derrière un sourire et une gorgée de champagne, le temps d'un petit conciliabule avec elle-même. Sa curiosité avait changé d'objet. Les godes pouvaient attendre. Que pèsent quelques grammes de plastique contre des kilos de muscles et de charme ? Soudain, elle mourait d'envie d'en savoir plus sur ce garçon, capable de quitter le domicile d'une blonde par la fenêtre le matin et de draguer une brune comme elle le soir. Doria ne balança pas bien longtemps. Suivant Sacha, elle passa par une petite porte qui donnait dans une cuisine de restaurant animée, puis emprunta un étroit couloir qui les mena directement derrière le comptoir en zinc du Broadway Boulevard.

Dans le restaurant, les bières à la pression coulaient à flots. Le bar était deux fois plus bondé qu'à l'ordinaire. Le patron, un malabar au visage jovial sous des cheveux bruns coupés très court, affichait un sourire réjoui. Doria remarqua plusieurs tables occupées par de petits groupes ou des couples qui se trouvaient précédemment devant les marches d'Oh My Gode ! Derrière le bar, une belle jeune femme au teint mat nettoyait mollement les verres. Doria se faufila derrière Sacha jusqu'au zinc où le patron leur servit d'autorité deux demis et un bol de pop-corn.

— Merci Karim ! Tu penseras à moi pour le concert dont je t'ai parlé.

— Je sais pas trop, mon pote… C'est compliqué à organiser ici.

Sacha pencha la tête de côté et imprima sur son visage une expression de désespoir consterné.

— Allez ! Tu ne veux quand même pas que je fasse ça au Delaville !

Karim éclata d'un gros rire communicatif et se tourna vers Doria.

— Il est terrible ! Il faut se méfier de ce petit gars. Il serait capable de faire du charme à un camion pour obtenir ce qu'il veut ! Vous étiez venue pour l'apéro coquin ?

— Non. J'habite dans l'immeuble, en fait.

Ils la regardèrent tous les deux avec des yeux ronds.

— Je suis la fille de Max.

— Max ? Il est génial !

La serveuse, qui n'avait pas perdu un mot de leur conversation, posa le verre qu'elle était en train d'essuyer pour intervenir.

— Max, il est cool.

Oui, toutes les personnes qui avaient croisé Max, ne serait-ce qu'une seule petite fois dans leur vie, chantaient ses louanges. Un puissant sentiment d'amour et de fierté gonfla la poitrine de sa fille. Elle leur sourit :

— Je suis Doria.

Sacha leva son demi.

— Bienvenue sur les grands boulevards, Doria l'exploratrice ! Moi, c'est Sacha. L'armoire à glace, là, derrière le bar, c'est Karim, et la bombasse qui essuie les verres, sa copine, Sonia.

Doria allait lui poser une question à propos du concert qu'il voulait organiser, lorsque Manuela surgit inopinément derrière le zinc, mâchoires crispées, narines frémissantes, son sourire commercial remplacé par un rictus de fureur non contenue. Elle se planta devant Karim et survola l'assistance d'un œil acéré. Doria sentit la brûlure de son regard enflammer son visage comme un rayon laser.

— Huit ! grinça Manuela.

Karim se tourna vers elle.

— Huit ?

— Huit filles, qui étaient censées acheter chez moi ce soir, et que je retrouve ici, en train de consommer ta mauvaise bière. Ça s'appelle du vol de clientèle.

Doria eut soudainement envie de se faire toute petite. Le cafetier écarta légèrement les jambes et bomba le torse.

— Je n'ai rien volé, ces filles sont libres. Si elles préfèrent être chez moi plutôt que chez toi, je n'y peux rien, et j'ajouterai que je les comprends.

— Si ! Tu y peux quelque chose, monsieur. À l'avenir, empêche tes clients d'envahir ma cour quand j'organise un apéro. C'est une question de respect, de courtoisie et de bon voisinage.

— Si certaines personnes éprouvent le besoin d'aller prendre l'air dans la cour, quel que soit le soir, je ne les en empêcherai pas. Et le jeudi soir, je les y encouragerai, madame ! C'est une question de principe !

— Quoi ?

Karim croisa lentement les bras sur sa poitrine.

— Oui, madame. Vous aurez beau essayer de baiser toutes seules avec vos petits trucs en plastique, moi je dis que rien ne remplacera jamais un homme. Et c'est pour ça que je n'empêcherai pas mes clients de draguer vos nanas.

Manuela éclata d'un rire désabusé, méprisant.

— Oh non ! Encore un macho débile qui ramène tout à la taille de son machin. Je parle de commerce, là, de chiffre d'affaires.

Karim contempla son bar bondé d'un œil satisfait.

— Eh bien justement, je trouve ce jeudi excellent pour mes affaires !

Manuela le toisa de haut en bas et de bas en haut, comme pour évaluer ce qu'il avait dans le ventre.

— Très bien. Tu veux la guerre ? Tu l'auras !

Doria aurait juré que Karim venait de perdre quelques centimètres sous la pression de ce regard impérieux. Manuela tourna les talons, faisant claquer ses hautes bottes sur le parquet fatigué. Très droite dans son pantalon de cuir noir qui moulait ses longues jambes, les épaules rejetées en arrière et sa chevelure noire répandue dans son dos, il se dégageait d'elle une autorité naturelle un peu terrifiante. Doria s'attendait presque à la voir sortir un fouet, comme un dompteur dans la cage aux lions. Karim essuya un verre :

— Pour une fois qu'on se marrait un peu !

6

Une fois ses gants Mapa enfilés, il s'y employait avec une espèce de plaisir masochiste

Ses lunettes en demi-lune posées sur le bout de son grand nez, son fidèle tablier blanc noué autour de son ventre, Max préparait du poisson à l'escabèche, une de ses spécialités, pour le dîner. Dans une large poêle mijotaient déjà quelques oignons et poivrons émincés et revenus dans l'huile d'olive. Il finit de râper soigneusement des tomates bien mûres avant de les ajouter à la préparation, saupoudra d'une pincée de sel et de quelques tours de moulin à poivre, mélangea le tout avec une cuillère en bois et retourna s'asseoir pour dénoyauter des olives noires. Il travaillait calmement dans le silence de la cuisine bien rangée, goûtant la quiétude du moment, avec la nuit qui était tombée dehors et la lumière chaleureuse de la lampe sur le plateau en marbre de la table bistrot.

Par la fenêtre entrouverte, il entendait en sourdine les chants joyeux du Carnaval dans les rues de Paris, extraits du dernier acte de *La Traviata*. Il pressa le jus d'un demi-citron puis s'empara d'un bouquet de persil aux larges feuilles fraîchement lavées qu'il hacha avec dextérité sur une planche en bois. Sa tâche achevée, Max Dahan versa le jus de citron dans la sauce qui avait pris une belle texture onctueuse, ajouta les olives et le persil et laissa mijoter. Les filets de sardines, levés par le poissonnier, attendaient dans une assiette. Il les ferait cuire au dernier moment, lorsque Doria serait rentrée. Simon était déjà revenu de la fac et travaillait dans sa chambre, mais Max le soupçonnait plutôt de jouer au poker sur Internet, dans une quelconque version simplifiée pour permettre aux ados de se ruiner en ligne.

Après avoir accueilli son petit-fils en septembre, Max Dahan se retrouvait maintenant avec sa fille sous son toit. Une inquiétude imprévue mais fulgurante l'avait frappé au cœur la veille au soir quand, après le départ de ses amis, il l'avait regardée dormir. Dans l'abandon du sommeil, elle était maigrelette et fragile, les paupières crispées sur quelque rêve déplaisant. Éveillée, son énergie débordante donnait le change. Doria paraissait alors forte et lucide, débarrassée d'un bon paquet d'illusions, traçant son chemin avec détermination. Mais Max sentait bien qu'elle n'était pas au sommet de sa forme. Depuis quelques années, elle tournait en rond, sans avancer ni construire. Ses histoires d'amour duraient le temps des roses, et elle était loin d'avoir percé en tant que comédienne. Les jobs qu'elle trouvait, en plus d'être précaires, étaient en deçà de ses capacités.

Elle était tellement douée pourtant, même si Max ne percevait pas chez elle cet égocentrisme forcené qui était le fil indispensable à l'étoffe dont on fait les stars. Il était bien placé pour le savoir. Non, Doria était généreuse, tournée vers les autres, et Max ne pouvait s'empêcher de se tourmenter pour elle. Il s'était penché sans faire de bruit pour embrasser sa joue pâle. Avec ses mèches éparses sur l'oreiller, semblables à des plumes légères, noires et brillantes, Doria lui avait fait penser à un oisillon tombé du nid. Assis dans le noir sur le bord du lit, Max avait pris conscience avec amertume d'avoir bien piètrement tenu son rôle tout au long de l'enfance et de l'adolescence de sa fille. Il s'était soudain promis de la couver, de la nourrir et de l'aider à prendre finalement son envol. C'est-à-dire se comporter – enfin – en père.

Max passa une éponge sur la table et se vilipenda intérieurement en secouant la tête. Ce n'était pas le moment de devenir sentimental ! Il avait passé une longue partie de la soirée à préparer un bon repas pour ces deux gamins égarés dont il avait soudain la charge, et se sentait un peu crevé. Ce nouveau rôle de patriarche gâteau représentait un sacré changement pour un célibataire convaincu de soixante-six ans.

Max rinça l'éponge et passa à la vaisselle. Il détestait récurer ses ustensiles, et pourtant, une fois ses gants Mapa enfilés, il s'y employait avec une espèce de plaisir masochiste. Il avait tout un matériel : éponge à double face, tampon à récurer en inox, liquide ultra-dégraissant, et il frottait, faisait mousser, grattait, à l'affût de la moindre trace de graisse ou de brûlé, puis il rinçait à l'eau claire et essuyait ses casseroles avant de les contempler sous la lumière pour être sûr de n'y avoir laissé aucune trace. Car s'il y avait une chose que Max détestait plus encore que faire la vaisselle, c'était de manger un plat cuisiné dans des casseroles douteuses.

Il consulta sa montre : 21 heures ! Il se demanda si Doria aurait l'audace de sécher son petit dîner. Il se rendit compte qu'ils n'en avaient pas discuté le matin même. Elle était partie vaquer à ses occupations sans rien dire et lui-même n'avait pas songé à lui demander ses plans. Il faudrait mieux s'organiser à l'avenir…

Le couvert était dressé, le riz cuit, la sauce mijotée, la salade attendait dans le saladier et les fruits dans leur panier. Il résista à l'envie de regarder l'heure une nouvelle fois et se servit un *drink* avec un bol de pistaches, puis se laissa tomber dans le canapé du salon avec un petit soupir de fatigue. Ses vertèbres manifestèrent un instant leur mécontentement, mais comme elles râlaient chaque fois qu'il changeait de position, Max avait décidé de les ignorer. Il fit tinter ses glaçons et but une gorgée de whisky. À travers les fenêtres fermées lui parvenaient les lumières et le léger brouhaha du boulevard. Malgré ses doubles vitrages, l'appartement n'était jamais parfaitement silencieux, mais Max aimait cette animation. Il décortiqua quelques pistaches, but encore un peu de whisky et s'assoupit, la tête en arrière.

7

Un type tordu, tu veux dire… dans ton genre ?

— Dis donc, qu'est-ce que tu ronfles !

Doria regarda son père se réveiller en sursaut et rattrapa le verre de whisky qui menaçait de lui glisser des mains. Elle en but une gorgée.

— Mmm, tu bois tout seul ? Pas très sympa !

— Désolé, tu veux un *drink* ?

— Oui ! Je vais chercher aussi des pistaches en rab. Et prévenir Simon.

— Oh, ça m'étonnerait qu'il nous accompagne, il ne sort de son antre que pour inspecter le frigo ou engloutir son repas en cinq minutes.

— On parie ?

Effectivement, Doria revint quelques instant plus tard suivie de Simon, les cheveux curieusement calés d'un seul côté de sa tête.

— Incroyable ! Comment tu as fait ?

— Je l'ai soudoyé, je lui ai promis du Coca.

Ils rirent tous les trois. Quand il était enfant, Simon était complètement accro au Coca. Un jour, Doria l'avait chronométré pendant qu'il descendait une bouteille de cinquante centilitres. Il l'avait pulvérisée en sept secondes trente-deux dixièmes. Il avait onze ans et s'était vanté de son exploit pendant des mois. Tout le monde l'avait félicité. Sauf sa mère.

Doria se lissa les cheveux en regardant Simon d'un air entendu, sans obtenir d'autre réaction que de le voir plonger ses longs doigts dans le bol de pistaches et en retirer une pleine poignée. Elle servit le whisky dans les trois verres. Son père l'aimait *on the rocks*, elle le prenait sec, et Simon... avec du Coca.

— Elle marche, ta cheminée ? demanda-t-elle en regardant le beau manteau de marbre gris et son foyer fermé par un volet noir.

— Je ne sais pas. La dernière fois que je l'ai utilisée, c'était il y a plusieurs années. J'avais fait une fête ici. Une nana a commencé à jeter des trucs dans le feu, au début ce n'était rien, un petit-four par-ci, une serviette en papier par-là. Elle trouvait ça de plus en plus drôle, elle a fini par jeter son verre de vodka. Ça a fait whoff ! Les flammes sont devenues bleues, elle a eu les cils et les sourcils brûlés. Comme elle était complètement allumée, elle a trouvé ça très cool, et a passé le reste de la soirée à se prendre pour Élisabeth Ire. Mais le lendemain, elle m'a appelé en pleurant qu'elle était défigurée. Je n'ai plus jamais fait de feu.

— C'est trop énorme ! Et ils ont repoussé ? s'extasia Simon.

— Aux dernières nouvelles, elle avait tout récupéré. Bon, vous avez faim ? Parce que j'ai préparé un petit truc…

Les sardines à l'escabèche étaient délicieuses, même si Max affirma que la sauce était trop cuite. Doria se rendit compte qu'elle était affamée, n'ayant grignoté depuis le matin qu'un sandwich et les pop-corn de Karim. Elle se resservit du riz avec une belle cuillerée de sauce. C'était à qui engloutirait le plus de nourriture. Max regardait sa fille avaler avec une inquiétude non dissimulée.

— Tu ne mangeais pas à ta faim avec Fred ?

— Si ! Mais les émotions, ça creuse ! J'ai eu une journée chargée et intense. Je sens que cette épreuve m'a fait mûrir.

— Et cette belle maturité t'est venue d'un coup d'un seul, en une journée ?

— Exactement ! J'ai pris une décision majeure aujourd'hui : ma prochaine relation sera stable ou ne sera pas. Je ne veux plus d'un truc perdu d'avance avec un mec impossible.

— Excellent ! approuva son père en lui resservant du poisson. Si un type tordu s'approche, change de trottoir !

— Un type tordu, tu veux dire… dans ton genre ? Dragueur, joueur, fêtard, glandeur ? demanda Simon.

Oui, Simon parlait peu, mais il disait toujours exactement ce qu'il pensait.

— Pardon, mais j'ai travaillé toute ma vie et je travaille toujours !

— O.K., je retire glandeur.

— Sans le côté paresseux, c'est à peu près l'idée… concéda Max.

— Vous savez avec qui j'ai pris un verre ce soir ? se hâta de demander Doria pour changer de sujet. Sacha, notre voisin. Il est super sympa et beaucoup plus sérieux qu'on ne pourrait le croire. On a discuté boulot pendant une heure.

Max réprima un imperceptible gémissement.

— Tu veux dire qu'il te plaît ? demanda Simon.

Doria se troubla légèrement, avant d'affirmer d'une voix convaincue :

— Je vous assure que sous ses dehors de séducteur, c'est un mec ultra-sensible et qui en veut. À mon avis, il ira loin. Et bon, j'avoue, j'ai un peu craqué…

Simon et Max se regardèrent. Ce n'était pas gagné pour la maturité.

— Essaie de croquer sans te faire manger, suggéra Max. C'est ma devise.

8

Elle était chez Max, mais elle se sentait aussi chez elle

Après le dîner, Doria entreprit de déballer les affaires qu'elle avait empaquetées quelques heures plus tôt. Son père avait fait quelques aménagements dans sa chambre, qui avait changé de physionomie depuis la veille. Max avait posé un kilim sur le parquet et enlevé les tableaux qui traînaient par terre. Il avait accroché un Henri Béraud au mur : une vue du boulevard des Italiens, avec le théâtre du Vaudeville au premier plan. On reconnaissait parfaitement l'architecture en rotonde de ce qui était aujourd'hui le cinéma Gaumont Opéra. Le bureau avait été débarrassé de sa paperasse, un grand châle de soie colorée servait de dessus de lit. Doria s'assit sur le fauteuil Coste, designé par Philippe Starck, acheté par son père aux enchères qui avaient suivi la fermeture du célèbre café de la place des Innocents, dans les années 1980. La pièce était cosy, bohème. Elle était chez Max, mais elle se sentait aussi chez elle. Doria posa son ordinateur et son iPad, ses fidèles compagnons, sur le bureau, rangea ses vêtements dans le placard. Elle se demanda quoi faire des photos que Fred avait prises d'elle, et décida de les laisser au fond de la valise, excepté un portait grand format en noir et blanc qu'elle adorait. Elle le punaisa au dessus de son lit. La fatigue de la journée lui tomba dessus comme une lourde couette. Il était minuit passé et dehors la pluie battait contre les vitres.

Doria ouvrit la fenêtre pour respirer un peu d'air frais car la tête lui tournait. Elle avait oublié que son père avait une sacrée descente ! Elle n'aurait pas dû le suivre. En face, dans l'escalier B, il ne restait plus qu'une lumière allumée. Celle de l'homme brun à la mèche bien peignée, qui bûchait toujours sur sa table de travail. Ce n'était pas le genre de mèche souple et sexy, qui tombe sensuellement sur l'œil et qu'on relève en soufflant négligemment dessus. Non, c'était une mèche à la coupe impeccable, qui tenait toute seule, sagement étalée vers le côté droit du crâne. Elle se demanda à quoi cet homme pouvait bien travailler, seul, avec autant de concentration. Vu la forme de son bureau et de sa lampe, elle supposa qu'il devait être architecte. Peut-être était-il en train de créer les plans d'un salon de coiffure spécialisé dans les raies magnifiquement tracées ? Sentant le poids d'un regard sur lui, il releva la tête. Doria découvrit un visage aux traits réguliers et à la mâchoire carrée. Il la dévisagea un instant, puis replongea le nez dans son travail, comme un premier de la classe studieux. Doria referma ses volets d'un geste sec.

9

Son cerveau fit défiler un catalogue familier d'images érotiques

Dans la pièce voisine, Simon tendait l'oreille dans l'espoir que sa tante s'endormirait rapidement. La veille, il l'avait entendue ronfler légèrement à peine sa lumière éteinte, mais il mettait cette aubaine sur le compte de l'émotion. La pauvre Doria avait apparemment eu son compte et s'était écroulée sans bruit, mais Simon subodorait qu'il ne serait pas tous les soirs à pareille fête. Si, comme lui, elle traînait des heures sur son iPhone ou son ordinateur, il était bon pour un retour à la case insomnie. Depuis son enfance, Simon avait du mal à s'endormir. Enfant, il appréhendait l'arrivée de la nuit. L'heure du coucher occasionnait des angoisses sans nom qu'il n'osait avouer à personne, pas même à sa mère. Son installation chez son grand-père, pour désagréable qu'elle lui eût paru au départ, avait eu l'immense avantage de régler le problème. Ici, il pouvait s'adonner sans souci aux deux seules activités qui lui assuraient un sommeil facile : la fumée d'un petit joint d'herbe suivi d'une branlette, exercices somnifères imparables. Après cela, il ne lui restait plus qu'à se glisser entre ses draps et plonger dans un sommeil bienheureux. Simon ne se lassait pas de ce nouveau bonheur, que perturbait l'arrivée inopinée de Doria. Passe encore qu'elle sente l'odeur de la beuh, mais il était terrifié qu'elle puisse l'entendre ! Il sentait ses oreilles chauffer et ses joues rougir de honte, sans même songer à ce qui se passerait s'il laissait échapper un gémissement incontrôlé.

Simon décida d'attendre que Doria s'endorme, et, pour l'occasion, prit même le temps de se brosser les dents. Dans le miroir de la salle de bains, il remarqua que ses cheveux se tenaient regroupés du côté droit, passa sa main dans la matière poisseuse pour tenter de les rééquilibrer et décida qu'il était temps de se faire un shampoing… demain. Simon se demanda s'il avait passé toute la soirée ainsi coiffé et se sourit à lui-même dans le miroir. Un petit rire lui monta à la gorge. Il avait vraiment l'air d'un con avec sa coupe de Télétubby. Il s'esclaffa tout seul, la bouche pleine de dentifrice. La tête lui tournait. Pour résumer la situation, il s'était murgé avec son grand-père et sa tante. Trop bizarre ! Pour un vieux, Max tenait carrément la route. Après le whisky, il avait ouvert une bouteille de chablis pour accompagner le poisson, et une de brouilly pour faire honneur au fromage. Ç'avait été une bonne soirée, finalement, s'étonna Simon en regagnant sa chambre. Les sardines n'avaient pas été trop dégueu, même s'il avait eu peur au début en voyant les morceaux blancs nager dans la sauce rouge.

C'est peu dire que Simon n'avait pas été ravi de s'installer chez son grand-père. Il aurait largement préféré louer une chambre de bonne vers Saint-Germain-des-Prés, pas trop loin de la fac, mais vu les prix prohibitifs pratiqués pour une simple studette avec toilettes sur le palier, il avait dû se résoudre à squatter chez Max, sur les grands boulevards. Il savait que son grand-père n'était pas emballé non plus à l'idée de l'accueillir, ayant surpris une conversation téléphonique au cours de laquelle sa mère avait ouvertement forcé la main à son paternel.

— Tu peux au moins me rendre ce service ! Vu que tu n'as rien fait pour m'aider dans mes études, avait-elle grincé sur ce ton aigri, désagréable, qu'elle utilisait pour s'adresser à Max.

L'égoïsme du grand-père était légendaire dans la famille. Résultat, Simon se faisait le plus petit possible et passait son temps enfermé dans sa chambre, ce qui ne lui réussissait pas particulièrement au teint. Chantilly lui manquait, le jardin de ses parents, les chevaux, la forêt, sa mère, sa chambre... Toutes ces choses qu'il avait quittées deux mois plus tôt pour venir à Paris.

Il ouvrit la fenêtre pour allumer son bédo et jeta un œil à droite, vers la fenêtre de Doria. La lumière était éteinte, bon signe. Il leva ensuite les yeux vers celle d'Angélique. Certains bons soirs, il la voyait se déshabiller, mais là, elle devait déjà dormir... La dernière lampe du bâtiment B s'éteignit. Léo Klein, du Studio Klein Design, quittait enfin son bureau. Simon aspira la dernière taffe de son joint, referma la fenêtre, rabattit les volets et se glissa jusqu'à son lit. Son cerveau fit défiler un catalogue familier d'images érotiques, certaines au pouvoir fulgurant, mais ce soir-là, Simon Lambert s'endormit immédiatement, la main posée sur son caleçon.

10

Je suis une femme qui remarque ce genre de choses

Un matin, Mira sonna à la porte de l'appartement pour remettre à Doria du courrier qu'un jeune homme blond venait de déposer pour elle. Frédéric dans le rôle du facteur photographe.

— Quand il a vu ma loge, il a voulu me photographier dedans. Il a pris son temps, en souriant. C'est rare, quelqu'un d'aussi chaleureux. Ses yeux étaient bienveillants derrière ses lunettes. Je suis une femme qui remarque ce genre de choses…

Mira attendit un moment, les doigts crispés sur les enveloppes, espérant obtenir des détails sur l'angélique messager.

— Merci, Mira ! conclut Doria en lui arrachant le courrier des mains d'un geste sec.

Le visage de la gardienne se pinça.

— Il a demandé que tu effectues le changement d'adresse. Il ne veut plus s'occuper de tes lettres.

Doria referma la porte en soupirant. Elle se rappelait avoir rapporté un paquet d'enveloppes le jour où elle était allée récupérer ses affaires chez Fred. Elle les avait posées sur le bureau, en se disant qu'il faudrait les ouvrir plus tard. Elle disposa les lettres en un beau tas rectangulaire, s'assit à son bureau et s'attaqua à la pile. Elle chercha un expéditeur qui aurait pu lui envoyer une bonne nouvelle, un chèque par exemple, ou une invitation à une super soirée, mais ne trouva rien. En revanche, il y avait trois courriers de son banquier. Doria avait un compte à la Banque générale depuis ses seize ans. Par une étrange ironie du sort, cette même banque était propriétaire de l'immeuble dans lequel vivait Max.

Dans la première enveloppe, son relevé bancaire l'informait qu'elle était à découvert de quatre cents euros et que, par conséquent, le dernier chèque qu'elle avait émis avait été refusé. Dans la deuxième enveloppe, une lettre la mettait en demeure de régulariser sa situation au plus vite. Un troisième courrier contenait un récapitulatif de ses frais bancaires du mois, soit une bagatelle de mille cinq cents euros, répartis entre agios, lettres de rappel, frais liés à la procédure d'interdiction bancaire et timbres fiscaux. Par ailleurs, son banquier la priait de prendre rapidement contact avec lui.

Doria reposa le courrier le cœur battant. Mille cinq cents euros ! Pour quatre cents malheureux euros de découvert...

Doria se mit à ranger sa chambre à grands gestes énervés, polissant mentalement les répliques qu'elle servirait au banquier, « votre système est une pelleteuse pour creuser des découverts », « c'est avec les frais que vous facturez à des milliers de petits comptes comme le mien que vous bâtissez votre fortune », « un Français sur cinq est à découvert », « il y a quelque chose de pourri au royaume de la finance… »

Elle frappa violemment les coussins que son père avait disposés sur son lit pour le transformer en sofa, casa ses paires de bottes au pied de l'armoire, qu'il avait dégagée pour lui faire de la place. Tout à coup, sa situation lui apparut dans toute sa crudité. Rien de ce qui était dans cette pièce ne lui appartenait, à part ses vêtements. Elle n'avait jamais eu un toit qui lui soit propre, elle n'avait aucune visibilité quant à l'avenir, aucun projet concret, aucune rentrée d'argent prévue. Pourquoi avait-elle choisi ce métier de galère ? Quelle force inconnue la poussait chaque jour à se lever pour affronter ce challenge ? Elle ne rêvait pas de devenir un nom de la conversation courante, elle ne jouissait pas à l'idée de voir son image projetée sur les murs de la ville, les écrans, les magazines. Elle n'aspirait qu'à une chose, de toute son âme : entrer dans la peau de quelqu'un autre, sentir, agir, vibrer ailleurs. L'espace d'un rôle, ne plus être Doria Dahan.

Doria était comédienne. Une comédienne absolument inconnue et pourtant débordée. Son talent dramatique n'avait pour l'heure pu s'exercer que dans quelques téléfilms et de nombreux spots publicitaires. Son agente, Jocelyne Dubois, était censée lui décrocher des rôles, des vrais, des beaux, mais ne lui proposait le plus souvent que des publicités des produits attristants, comme la margarine. Ces tournages constituaient néanmoins l'essentiel des revenus de Doria.

Pour se faire connaître, elle avait imaginé un concept de vidéos humoristiques, le Bizz Buzz, journal télévisé déjanté présenté par Doria et Bettina, qui n'annonçaient que des nouvelles hautement insolites : la naissance de jumelles de couleurs différentes – blanche pour l'une, noire pour l'autre –, une jeune Anglaise handicapée faisant de la plongée dans un fauteuil roulant équipé de deux moteurs à propulsion et de flotteurs, l'invention d'un pulvérisateur d'ivresse permettant de ressentir une ébriété de quelques secondes…

Elles passaient un temps fou – surtout Doria – à rechercher les infos, écrire les textes, se faire belles, tourner, monter, et mettre les vidéos en ligne sur leur chaîne YouTube, leur page Facebook et toutes les connexions possibles sur les réseaux sociaux. Leur succès relatif ne leur avait pas encore permis de se faire remarquer par des professionnels de la télévision ou du cinéma, mais elles ne désespéraient pas d'y arriver un jour.

Le reste du temps, c'est-à-dire la nuit, Doria était dehors, dans les bars, les salles de concerts, les clubs. La nuit lui donnait des ailes et des yeux qui voyaient dans le noir. C'est pourquoi on lui disait souvent qu'elle était chouette.

En attendant, Doria devait près de deux mille euros à sa banque. Elle prit sa veste et improvisa une visite surprise chez son agente.

II

Il faut avouer que tu n'es pas très demandée non plus...

Les bureaux de l'agence Rachel occupaient le premier étage d'un immeuble délabré du boulevard Bonne-Nouvelle, mitoyen au théâtre du Gymnase. L'agence portait le nom de la comédienne Rachel, une gloire du XIXe siècle qui avait fait ses premiers pas sur la scène du Gymnase en janvier 1837, à l'âge de seize ans. Elle avait vécu une brève histoire d'amour avec Alfred de Musset, qui avait écrit à son sujet : « C'est une créature toute d'instinct, ignorante, vraie princesse bohémienne, une pincée de cendre où il y a une étincelle sacrée. » Ces quelques lignes s'étalaient pompeusement sur les cartes de visite, les composites, ainsi que toute la correspondance issue de l'agence Rachel, y compris les contrats.

La directrice de l'agence était, disait-on, intimement persuadée qu'en chacun de ses poulains brûlait cette « étincelle sacrée ». Doria n'avait jamais pu vérifier si cette certitude s'étendait jusqu'à son cas : elle ne l'avait jamais rencontrée.

La jeune femme poussa la porte d'entrée. Contrastant avec la vétusté de l'immeuble, les locaux de l'agence étaient rigoureusement neufs, murs immaculés et meubles de bois blond aux lignes épurées. Derrière le bureau d'accueil s'étalait le fameux trombinoscope de l'agence : des centaines de visages de comédiens, scénaristes, réalisateurs, célébrités et anonymes mêlés, exposés en noir et blanc, sur tout un mur. Une façon comme une autre de rappeler aux intéressés qu'ils n'étaient qu'un petit poisson parmi tant d'autres. Doria renonça à se chercher dans la mer de visages, salua brièvement la standardiste et, faisant claquer ses bottes sur le parquet pour se donner de l'assurance, pénétra dans le petit bureau de son agente, Jocelyne, qui préférait se faire appeler Joss. Celle-ci tapait avec deux doigts sur son clavier, le nez collé à l'écran de son ordinateur.

— Comment se fait-il que je n'aie pas travaillé depuis des mois ? grinça Doria.

— Mais enfin, Doudou, et la margarine Delsol que tu as refusée la semaine dernière ?

— Un *vrai* rôle !

Joss ôta ses lunettes en écaille sombre qui lui mangeaient tout le visage, et se frotta les yeux, ce qui lui donna l'air vulnérable. Doria savait qu'elle ne l'était pas. Elle croisa les bras dans l'attitude de la fille qui attend une explication. Son agente soupira, comme si elle était épuisée à l'avance à l'idée de devoir expliquer une série d'évidences.

— Le métier est devenu compliqué… Les gens n'aiment plus prendre de risques. On préfère une actrice *bankable* à une inconnue.

— Ton rôle est justement de m'aider à me faire connaître.

— J'essaie, Doudou, mais tout est sclérosé. Les chaînes télé s'autocensurent pour plaire aux financiers, les réalisateurs s'autocensurent pour plaire aux chaînes, les *casting directors* s'autocensurent pour plaire aux réalisateurs, et les comédiens galèrent.

— Je me fous de ton baratin, Joss, je veux bosser.

— Il faut avouer que tu n'es pas très demandée non plus…

La phrase fut prononcée avec tant de candeur qu'on aurait pu la croire exempte de perfidie. Elle ne l'était pas. Doria rougit sous le coup de l'humiliation. Évidemment qu'on ne la demandait pas, on ne la connaissait pas ! Elle se força à rester calme.

— La prochaine fois qu'on te parle d'un boulot qui pourrait me correspondre, insiste pour me faire passer des essais. Fais tourner mes vidéos du Bizz Buzz. Vends-moi !

Joss leva les yeux au ciel.

— C'est ça, Doudou, explique-moi mon métier !

— Au fait, c'est encore possible pour la margarine ? Parce que j'ai réfléchi et…

— C'est mort ! C'est tourné et monté. Trop tard.

— J'ai vraiment besoin de bosser là, très vite.

Joss réajusta ses lunettes et pianota sur son ordinateur en secouant la tête. Ses cheveux longs et noirs, qu'elle faisait lisser tous les deux mois chez un coiffeur afro, s'animèrent gracieusement sur ses épaules. Elle fit défiler des dizaines de pages, consulta ses mails, ses ongles courts cliquetèrent sur le clavier.

— J'ai peut-être quelque chose à te proposer pour demain. La comédienne prévue vient de les planter, mais je ne suis pas vraiment sûre…

12

Un regard d'où suintait le plus grand des mépris

Il faisait très chaud dans la salle de bains et Doria étouffait dans sa tenue noire : legging et justaucorps à manches longues. La tentation était grande de s'essuyer discrètement le front avec un coin de sa cape en satin vert et jaune, car elle commençait à transpirer légèrement sous sa cagoule serrée et son loup. La salle de bains était d'un blanc éclatant et le carrelage rutilant étincelait sous les spots. La femme assise sur le rebord de la baignoire se limait imperturbablement les ongles, son collier de perles brillait presque autant que l'émail des lavabos. Elle chassa les plis de sa jupe crayon en faisant attention de ne pas froisser son chemiser du même blanc immaculé, et adressa à Doria un regard d'où suintait le plus grand des mépris.

— Pff ! Cette cuvette est complètement incrustée de bactéries et de microbes, ça ne marchera jamais !

Doria bondit, imprimant à chaque mouvement de son corps un air de détermination absolue, et se planta jambes écartées face aux w-c en question. Elle tendit ses bras armés d'un flacon de détergeant coiffé d'un spray aérodynamique comme si elle brandissait une mitraillette ultra-puissante, et pshitta quatre fois sous la lunette avec le sérieux d'un démineur en Irak. Elle plongea ensuite la tête dans le trou pour inspecter le résultat et se tourna vers la femme en blanc avec un sourire victorieux :

— Et ils sont où les microbes ?

— Coupez ! hurla une voix derrière les caméras et les projecteurs. Il faut la refaire. Doria, tu as le front qui dégouline sur toute la séquence !

DÉCEMBRE

13

Tendant ses mains gelées vers l'âtre comme une héroïne du XIXe siècle

Frigorifiée, trempée, Doria ouvrit la porte de l'appartement et se laissa happer par sa chaleur. Elle était remontée du boulevard de la Madeleine au boulevard Montmartre à pied, après avoir terminé le tournage d'un Bizz Buzz chez Bettina. Le froid et l'humidité s'étaient infiltrés sous son blouson en cuir jusqu'à la pointe de ses bottes. La pluie tombant sans discontinuer avait transformé les boulevards en un miroir dans lequel se reflétaient tous les néons, toutes les guirlandes, tous les réverbères. Là-haut, le ciel était noir, avec de gros nuages violets qui glissaient au-dessus des toits. Doria eut la surprise de trouver Max et Simon installés face à un feu de cheminée crépitant.

Un ramoneur avait sonné à la porte dans l'après-midi pour proposer ses services, et Max lui avait ouvert, emmitouflé dans son gros cardigan de laine. Le jeune homme avait un visage ingrat et doux, noirci de suie jusqu'à ses lunettes rondes au travers desquelles il devait à peine voir, et ce détail avait décidé Max à le laisser entrer. La cheminée endormie retrouvait, par ce soir glacial, sa fonction première. Doria se précipita vers le feu, tendant ses mains gelées vers l'âtre comme une héroïne du XIXe siècle. Ce faisant, elle remarqua un objet inhabituel posé sur le manteau de marbre : entre deux colossales défenses d'éléphant montées sur des socles de cuivre se trouvait un chandelier en argent ouvragé à neuf branches. Elle se tourna vers Max avec un air interrogateur. D'aussi loin qu'elle s'en souvienne, elle n'avait aucun souvenir de son père allumant les bougies de Hanoukka.

— Je l'ai retrouvé dans ma chambre. Et comme c'est le premier soir aujourd'hui, j'ai pensé que c'était une bonne idée.

— Comment on les allume ? demanda Simon.

Max se leva, posa une kippa sur sa tête, une autre sur celle de Simon, et récita sans trop d'erreur les bénédictions qu'il croyait oubliées depuis des décennies. Il fit ensuite allumer la première bougie à sa fille et la seconde à son petit-fils. Puis ils s'assirent, approchèrent leurs trois fauteuils du feu et se servirent à boire.

Sur la table basse était déjà disposés le whisky et les pistaches. C'était devenu une habitude à laquelle ils prenaient grand plaisir, profitant de ce moment pour évoquer les joies et les peines, les actions et les inactions, les espoirs et les déceptions qui avaient ponctué les dernières vingt-quatre heures. En se racontant, ils s'apprenaient, se comprenaient, chacun découvrait le quotidien des autres : la chasse aux tableaux et les clients de Max, les castings et tournages de Doria, les cours de Simon. Et même si ce n'était pas une volonté partagée qui les avait réunis sous le même toit, mais plutôt un enchaînement de circonstances non maîtrisées, ces trois-là se disaient ce soir, en grignotant leurs pistaches et sirotant leur whisky, que des situations très sympathiques pouvaient parfois naître du hasard.

— On allumait les bougies à la maison quand j'étais enfant, en Turquie, raconta Max. Quand mon père était encore vivant. Le premier soir de Hanoukka, ma mère se faisait belle, elle faisait briller le chandelier, celui que vous avez sous les yeux, et quand mon père rentrait, on allumait les bougies tous les trois. Mon père m'apportait toujours des petits cadeaux, des toupies... Il adorait cette fête. Quand il est mort – j'avais quatorze ans –, nous avons quitté Istanbul. Ma mère est venue rejoindre son frère, qui était fourreur, à Paris. Nous nous sommes installés dans un petit appartement du Faubourg-Poissonnière, pas très loin d'ici. Ma mère cousait et coupait parfois à s'en abîmer les yeux, mais je crois qu'elle aimait ça, elle adorait la mode. Elle était toujours élégante, jolie et drôle... Mais une fois à Paris, elle n'a plus jamais rallumé les bougies.

— Tu ne m'as jamais parlé de ta mère ! s'exclama Simon. Je ne sais même pas comment elle s'appelait.

— Elle s'appelait Doria, répondit Max en souriant. Doria Dahan, née Tolédo.

Doria avait beau le savoir, une émotion terrible lui noua la gorge. Cela faisait partie du passé de Max, un passé dont elle ne savait rien, ou si peu.

Quelque chose remua en elle, comme une digue prête à se fissurer.

— Tu as une photo ? demanda-t-elle.

Max sembla hésiter, puis il se leva et se dirigea vers sa chambre. Il en revint quelques instants plus tard avec une grande photo en noir et blanc dans son cadre de bois verni. Doria attrapa l'objet tendu et contempla avidement la photographie. Elle regardait cette Doria, qui était à la fois sa grand-mère et une inconnue.

C'est une femme mince et gracieuse, elle est assise dans un fauteuil, les jambes croisées en biais, les pieds chaussés d'élégants escarpins. Elle tient une cigarette entre ses doigts. Sous ses yeux de biche relevés d'un trait d'eye-liner flotte un sourire tendre. Ses cheveux sont relevés en chignon, et, de sa main libre, elle tente de rattraper une mèche folle qui s'est échappée. Max se tient à demi assis sur l'accoudoir, chemise blanche et cravate fine, jambes tendues, bras croisés, le dos légèrement appuyé contre l'épaule de sa mère. Il a une grande masse de cheveux bruns ramenés en avant en une arrogante banane, ses yeux sombres brillent de plaisir et d'énergie contenue. On reconnaît le sourire irrésistible de Max sur son beau visage tout neuf. Il émane de cette photo une complicité tranquille, une grâce et une tendresse infinie, deux êtres qui sont tout l'un pour l'autre et n'en font pas tout un plat.

Max contemplait le portrait par-dessus l'épaule de Doria, en souriant.

— Celle-là, c'était le cliché raté ! Un ami de Maman, qui se piquait de faire de la photographie le dimanche après-midi, nous avait fait poser. Il n'arrêtait pas de se plaindre qu'on bougeait tout le temps. Il voulait faire de l'officiel, du guindé. Il ne fallait pas trop sourire. C'est lui qui avait insisté pour que je pose en costume. J'aurais préféré mettre mon blouson noir !

— Tu me la passes ! se plaignit Simon, ça fait une heure que tu la regardes !

Doria lui tendit la photo à contrecœur.

— Parle-nous d'elle, demanda Simon.

— Ma mère était la personne la plus drôle et la plus tendre que j'aie jamais connue. On riait beaucoup tous les deux, elle avait un sens de la repartie affolant ! Pourtant, elle avait perdu l'homme qu'elle aimait et quitté le pays où elle était née. Elle ne se plaignait jamais, elle voulait toujours que je sorte, que je m'amuse et que je me fasse des copains. Le Golf-Drouot était tout à côté de la maison, alors ça n'a pas été très difficile ! J'y étais presque tous les soirs. Elle s'était fait un petit cercle d'amis, elle aussi. Elle aimait aller au restaurant, s'habiller. Mais elle n'avait que moi pour veiller sur elle.

Max se tut. Tous les trois regardèrent silencieusement les bougies se consumer. Bientôt, il ne resta plus que deux filets graciles qui s'évaporèrent comme de la fumée d'argent.

— Elle ne s'est jamais remariée, ajouta Max.

— Toi non plus, remarqua Simon.

Max semblait avoir décollé. Il fixa Simon un long moment sans rien dire.

— Tu as raison, répondit-il enfin. Moi non plus, je ne me suis jamais marié.

Doria reprit la photo à Simon pour regarder encore. Max et sa mère. Elle frissonna et, comme toujours, pour refouler ses émotions, reporta son attention ailleurs. Il faudrait qu'elle essaye une fois de se mettre en jupe. Pourquoi n'en portait-elle jamais ?

— On pourra quand même faire un sapin de Noël ? demanda Simon.

— Bien sûr, petit garçon ! Et si tu es sage, tu trouveras une PlayStation dans tes chaussons !

Max termina son verre et se leva.

— Vous m'excuserez, mes enfants, mais ce soir, vous dînerez sans moi. Je suis un peu fatigué, je crois que je vais aller me coucher.

Doria serra son père contre elle, embrassa ses joues parfumées et le regarda marcher vers sa chambre. Son regard faisait des allers-retours entre le jeune homme fringant de la photo et l'homme mûr d'aujourd'hui. Elle se sentit être deux personnes à la fois : une fille qui admirait son père, et une mère couvant son fils chéri d'un regard protecteur, infiniment tendre.

14

Un peu comme si la Nana de Zola était allée passer ses vacances à Marrakech

Karim Harriga, patron du Broadway Boulevard, « restau-lounge-kebab », n'avait pas aimé la manière dont Manuela lui avait parlé lors d'un certain apéro coquin organisé un mois plus tôt. Il avait laissé mijoter sa rancune, il avait trouvé sa vengeance et se sentait très satisfait de lui-même. Ce soir-là, deuxième jeudi du mois de décembre, vers 19 heures, Karim avait posé non sans une certaine excitation un tableau sur le trottoir, sur lequel était inscrit en belles lettres cursives : « Apéro coquin : pour une boisson consommée, un anneau vibrant offert. »

Il n'en fallait pas plus pour titiller la curiosité de Doria, qui avait prévu de se trouver aux premières loges. Bettina, qui souhaitait la voir, avait été tenue de se rendre sur place avec Capucine, car, évidemment, l'enfant n'était plus à la crèche à cette heure. Installée à l'intérieur dans le coin lounge, Doria fit signe à Bettina qui arrivait avec sa fille dans sa poussette. Son amie se faufila avec difficulté jusqu'à elle, bousculant plusieurs personnes, renversant une ou deux chaises sur son passage. Elle déplaça une table pour installer l'enfant et se laissa choir sur un pouf recouvert de velours rouge.

— Je vais te tuer ! Plus jamais de rendez-vous dans un bar après 18 heures !

Elle promena un regard noir autour d'elle. Karim avait imaginé une décoration hybride, avec lustres à pampilles, murs patinés vermillon, fauteuil de velours à dossier en ogive et tables à plateau noires, un peu comme si la Nana de Zola était allée passer ses vacances à Marrakech. Bettina donna un petit livre avec de grandes images à sa fille et se cala contre les coussins de brocard cramoisi.

— J'espère que les cocktails sont bien servis. Il faut absolument que je te raconte : j'ai trouvé le thème de ma collection de bijoux. Elle s'appellera « Princesse Mathilde », comme la cousine de Napoléon III, celle qui tenait salon. Qu'est-ce que tu en penses ?

— De quoi tu parles ? Il faut se concentrer sur nos vidéos. Tu n'auras jamais le temps de faire des bijoux en plus. Et Capucine ?

— Je ne pouvais pas faire autrement... Amanda, ma copine créatrice de bijoux, m'a proposé de partager son stand au salon Première Classe. Sur le coup, ça m'avait paru être une bonne idée, et je me suis peut-être montrée un peu trop enthousiaste.

Quand elle m'a appelée pour me demander si j'étais toujours d'accord, je n'ai pas osé lui dire non.

— Tu t'es encore mise dans la merde toute seule. Du Bettina pur jus !

Karim arriva avec son plateau et posa sur la table deux vodkas cranberry ornées de pic à cocktails en forme de cœur – ainsi que deux petits sachets plats, carrés et scintillants, l'un rouge, l'autre bleu.

— Les anneaux vibrants de ces dames !

— Vib'ant ! répéta Capucine.

Doria en attrapa un, intriguée.

— Alors, il est pas beau mon apéro coquin ? demanda Karim. Je ne sais pas si Manuela a du monde ce soir, mais chez moi, c'est carton plein. Il y a pas mal de nanas qui croient que c'est vraiment ici que ça se passe !

Effectivement, en regardant autour d'elle, Doria remarqua plusieurs petits groupes de filles qui consommaient tranquillement des cocktails roses, appuyées sur les coussins rouges. Sur le bar trônait une énorme coupe remplie des fameux sachets multicolores : les anneaux vibrants.

— C'est abusé, quand même ! s'exclama-t-elle.

— À la guerre comme à la guerre. Tu as vu comment elle m'a parlé la dernière fois ? Oh ! J'ai oublié vos pop-corn. Je reviens.

— Moi, au moins, je tente un truc pour gagner des sous. Toi, tu joues la vache à lait pour Joss. Et si tu te cherchais un vrai job ? reprit Bettina.

Doria détestait quand sa meilleure amie la sermonnait sur la vraie vie, les vrais jobs, les vrais mecs. Pour passer à autre chose, elle pianota un texto à l'attention de Manuela. Ce n'était pas très bien de mettre de l'huile sur le feu, mais elle trouvait que la déesse d'Oh My Gode ! mettait du temps à réagir. Bettina avait repris son exposé sur la princesse Mathilde sans s'apercevoir que Capucine, attirée par les petites pochettes colorées et brillantes que Karim avait déposées sur la table, venait de lâcher son livre pour s'emparer du sachet rouge. Elle examina un moment ce nouveau joujou passionnant, et le fourra tranquillement dans sa bouche.

— Alors son père, Jérôme Bonaparte, toujours fauché, l'avait mariée au comte Demidoff, fabuleusement riche mais violent, expliquait Bettina. Du coup, Mathilde s'était enfuie pour Paris en emportant les bijoux magnifiques qui étaient censés constituer sa dot.

Doria fit un effort de concentration pour comprendre pourquoi Bettina lui parlait soudain de Jérôme Bonaparte.

Tout à coup, Capucine poussa un cri terrifié : le jouet qu'elle suçotait s'était mis à bouger tout seul ! Bettina se tourna vivement vers sa fille qui pleurait, le sachet rouge bourdonnant entre ses doigts. Horrifiée, elle lui arracha l'objet et le posa violemment sur la table. Emporté par le vibreur, le pochon se déplaça tout seul avec un vrombissement de moteur.

— Il en a sous le capot, murmura Doria, songeuse.

Capucine vit son nouveau jouet foncer droit sur elle. Son esprit apeuré visualisa clairement un mini-monstre, plein de pattes velues avec une grosse tête grimaçante, caché à l'intérieur du sachet.

— Méchant monst'e ! hurla-t-elle, terrifiée.

Alerté par ses pleurs, un homme se retourna, métis, les cheveux ras, le costume bien coupé. Il fronça les sourcils derrière ses lunettes en écaille.

— Je ne sais pas si c'est vraiment un jouet approprié pour un bébé.

Bettina et Doria se regardèrent, se demandant s'il fallait rire ou se vexer. Le sachet rouge avançait toujours, propulsé par le vibreur qui ne faiblissait pas. Il termina sa course en tombant par terre, provoquant une nouvelle crise de larmes chez Capucine. L'homme ramassa l'anneau et le rendit à Bettina, qui tenta fébrilement d'arrêter le bourdonnement.

— Il vaudrait mieux l'ouvrir, je crois.

— Non mais ça va pas ?

— Juste pour stopper le moteur.

Capucine pleurait toujours, tendant ses petits doigts potelés vers l'objet qu'elle voulait manifestement récupérer. Bettina tenta de détourner son attention en lui donnant son livre, que la petite balança par terre, puis en lui fourrant dans la bouche une tétine, qu'elle recracha aussitôt. Doria agita une serviette en papier sous son nez, sans effet notoire. Plusieurs personnes se retournèrent, apparemment agacées par les cris.

— Emmener un bébé dans un *after-work*, quelle idée ! grinça une voix féminine.

En désespoir de cause, Bettina déchira le papier brillant, faisait apparaître une sorte de grosse bague surmontée d'un cabochon, le tout en plastique souple rouge vif. Sauf que l'anneau était de la largeur d'un préservatif. Elle appuya sur les côtés du vibreur et le moteur s'arrêta. À la vue de l'objet,

Capucine afficha un sourire ravi et tendit ses petit bras avec des cris de joie.

— Je veux le vib'eur ! lança-t-elle avec enthousiasme.

— Tu rêves, ma Capuche ! s'exclama Bettina en enfouissant l'anneau au fond de son sac.

L'enfant ouvrit la bouche pour crier. Doria vit passer une expression de terreur sur le visage de Bettina. Quand elle prenait son souffle comme ça, la petite pouvait concurrencer la sirène des pompiers. Bettina plongea fébrilement au fond de son sac à la recherche de l'anneau perdu. Au même moment, Capucine poussa un hurlement aigu, vraiment très strident. La jeune mère émergea du fond du sac le visage en feu, et tendit le sex-toy à sa fille avec un sourire hypocrite. La petite s'en empara, les yeux brillant de joie, et le suçota comme un hochet. Bettina et Doria se regardèrent, légèrement atterrées.

— Oui, je suis prête à tout pour qu'elle se taise. Et alors ?

— Est-ce que j'ai dit quelque chose ? Avant, on a des principes, après, on a des enfants.

Elles examinèrent la gamine, au summum de la décontraction, qui gazouillait quand le petit vibreur venait lui tapoter les narines. Bettina aspira une grande lampée de cocktail. La conversation reprit entre les adultes.

— Les bijoux de Mathilde étaient ravissants, je m'inspire en particulier d'une collection de médaillons…

— Je me présente : Félix Baltimore, interrompit l'homme aux lunettes en écaille, tendant la main vers Bettina, puis vers Doria.

Il la dévisagea comme un chercheur d'or qui venait de découvrir une pépite. Doria remarqua qu'il se rongeait les ongles.

— Vous venez souvent ici ?

— Non, coupa sèchement Bettina, qui voulait absolument terminer son histoire.

— Oui, puisque j'habite dans l'immeuble, sourit Doria, prête à toutes les compromissions pour ne plus entendre parler de bijoux ni de la princesse Mathilde.

— Quelle coïncidence, j'y travaille ! Je suis le patron de Laser Finance, nos bureaux sont au deuxième étage.

Doria fronça les sourcils.

— Je croyais que c'était la Banque générale...

— Nous sommes une filiale de la B.G. Nous créons des produits financiers.

Doria ne put retenir une grimace écœurée. Sa mésaventure avec la Banque générale lui restait encore sur l'estomac. Elle avait obtenu un délai pour le paiement, mais la banque n'avait rien voulu négocier. Elle devait *tout* payer.

— Oh ! Je sais ce que vous pensez. Je sais ce que pensent tous les locataires...

— On ne pense rien.

— Justement !

— Doria ! coupa Bettina, les yeux fixés vers la porte. C'est qui, cette bombe atomique ?

Manuela venait de faire son entrée, brune et furieuse comme une déesse de la colère.

— Manuela.

— Mais non, derrière !

Derrière elle se tenait Sacha Bellamy, plus beau qu'un acteur italien des années 1960. Il était suivi par tout un cortège de filles accourues à la suite de Manuela.

— Le B.G. dont je t'ai parlé.

— La Banque générale ? demanda Félix Baltimore, qui avait de la suite dans les idées.

— Non, le Beau Gosse !

— Toxique. Forcément toxique, murmura Bettina.

Avançant à grandes enjambées vers le bar, Manuela s'empara de la coupe d'un bras vengeur, comme une prise de guerre, puis se retourna d'un beau mouvement fluide, sa lourde chevelure fouettant les airs… et buta sur Karim qui la contemplait, bras croisés. Manuela recula d'un pas. On aurait pu la croire impressionnée, mais l'éclat dangereux de ses yeux, qui se plantèrent comme des couteaux dans ceux du patron du bar, indiquait le contraire. Elle fit alors un geste de sa main libre et soudain il se mit à pleuvoir… des pop-corn ! À son signal, toutes les jeunes femmes de sa suite avaient commencé à en balancer par poignées. Ça tombait comme de la neige sur les clients, dans les verres, dans les assiettes, sur les têtes, par terre. Les gens criaient, tournoyaient sur eux-mêmes pour éviter les projectiles, écrasant des dizaines de flocons salés sur leur passage. Certains clients en profitèrent pour filer sans payer. Manuela plongea sa main dans le sac qu'elle portait en bandoulière et en ressortit une pleine poignée de pop-corn, qu'elle balança à la figure de Karim.

— La seule chose que tu peux distribuer gratuitement dans ta taverne, c'est ça !

15

Ce sentiment délicieux de retrouver les draps encore tièdes

Quand Simon fut parti en cours et que Doria eut claqué la porte pour se rendre à un casting, Max décida de se recoucher. Comme tous les matins, il s'était levé, avait préparé le thé et les céréales, pris son café avec eux. Depuis l'arrivée de Doria, c'était ainsi que sa journée démarrait. Max trouvait cette effervescence sympathique et avait presque réussi à s'habituer à ce nouveau rythme. Seulement la veille, il était allé au Cercle anglais avec les copains, et ils avaient joué jusqu'à tard, très tard dans la nuit. Résultat, son corps demandait grâce et son esprit, tout guimauve, ne trouvait pas grand-chose à répondre. Max passa un dernier coup d'éponge sur la table de la cuisine et se rua presque jusqu'à son lit. Oh ! Ce sentiment délicieux de retrouver les draps encore tièdes, cette détente de tous les muscles comprenant qu'ils auraient droit à un petit supplément de repos… Frémissant de plaisir anticipé, il glissa ses jambes sous la couette.

C'est alors qu'on sonna à la porte.

La postière était plutôt jolie, et le premier réflexe de Max fut de lui sourire. Elle tenait à la main un paquet d'enveloppes identiques, provenant sans doute du même expéditeur, toutes envoyées en recommandé, et lui demanda avec beaucoup de douceur, un peu comme quand on s'adresse à un grand malade, s'il était bien M. Max Dahan. Il signa l'accusé de réception et referma la porte.

Monsieur Max DAHAN
19 bis, boulevard Montmartre
75002 Paris
BANQUE GÉNÉRALE
12, boulevard des Capucines
75009 Paris

Paris, le 14 décembre 2012

Objet : fin de bail – vente du logement.
Lettre recommandée avec accusé de réception.

Monsieur Dahan,

Vous occupez actuellement un logement, propriété de la Banque générale, que nous vous louons au 19 bis, boulevard Montmartre 75002 Paris. Le bail que nous avons signé arrivera à échéance le 30 juin 2013.

Je vous informe qu'à cette date je vous donnerai congé de ce logement afin de procéder à sa vente.

En vertu de l'application de l'article 15-2 de la loi du 6 juillet 1989 – que vous trouverez ci-dessous –, je vous indique que le logement et ses annexes seront vendus au prix de... euros. Étant donné que vous occupez actuellement cette habitation, vous êtes prioritaire pendant les deux mois à venir pour procéder à son acquisition.

Sans réponse de votre part, passé ce délai, je considérerai cela comme un refus.

Je vous prie d'agréer, monsieur Dahan, mes salutations distinguées.

Jérôme Lenormand
Président-directeur général de la Banque générale

PJ : Article 15-2 de la loi du 6 juillet 1989 alinéas 1er à 5.

Max resta longtemps assis sur le canapé du salon. Son corps était immobile, mais son regard affolé balayait la pièce, s'échappait par les hautes fenêtres, revenait buter contre les murs. Il occupait cet appartement depuis plus de quarante ans. Chaque détail, chaque moulure, chaque latte du parquet lui étaient plus familiers que son propre visage. Au-dehors, le boulevard Montmartre continuait à s'agiter, les voitures roulaient, les passants passaient, les restaurants restauraient et les boutiques boutiquaient. Max Dahan n'était plus qu'un vieil homme pétrifié au fond de son sofa. Il savait qu'il ne pourrait pas acheter ce bien. Il n'avait pas suffisamment d'économies, et, à son âge, aucune banque n'accepterait de lui accorder un prêt. Les conseils de sa mère, de son banquier, de son oncle ou de ses amis lui revenaient en mémoire, mais il n'avait jamais écouté personne. Il avait vécu comme un oiseau sur la branche. Ne pas mettre d'argent de côté, tout claquer dans les plaisirs éphémères. Sortir, boire, jouer, rencontrer des gens fascinants ou vides, discuter, réfléchir, lire, écouter de la musique. Aimer une seule femme, séduire toutes les autres, leur faire l'amour, les quitter sans les blesser, conserver leur amitié. Voir ses copains, souvent, beaucoup, tout le temps, négliger ses filles, ignorer son petit-fils. Acheter des tableaux et les revendre, être bouleversé par une œuvre et la contempler, découvrir le talent d'un artiste et vibrer. S'offrir une toile de temps en temps. Jouer au poker, avoir peur de tout perdre, jouer au poker, aimer cette peur, jouer au poker, faire en sorte de vivre sur un fil pour rendre la vie plus intense.

Max avait soudain l'impression de planer très haut, de comprendre d'un coup toutes les failles de son système, son inconséquence vertigineuse. Sa légèreté le rattrapait. La vie lui apportait sa facture sous la forme d'une lettre d'expulsion. Dans six mois, il risquait de se retrouver dehors, incapable d'offrir un toit à Simon et Doria, loin des grands boulevards, loin de tout ce qui constituait sa vie.

Il se leva avec difficulté, retourna dans sa chambre. Les draps étaient encore ouverts. Max se roula en boule sous la couette et se laissa lourdement glisser vers le néant.

16

Regarder passer les filles, ça fait passer le temps

À la sortie de la station Strasbourg-Saint-Denis, Doria vit un adolescent, mains contre le mur, se faire fouiller par des policiers. Un groupe d'Africains, massés autour du brasero d'un marchand de marrons, la dévisagèrent un peu plus longtemps que nécessaire, sans rien dire, simplement parce que regarder passer les filles, ça fait passer le temps. Le trottoir était couvert de verglas sur le boulevard Saint-Denis. Doria dérapa et jura, mais continua son chemin. Posté devant la porte d'un salon de coiffure afro, un jeune homme lui demanda si elle voulait une manucure. Non, elle voulait parler à Jocelyne Dubois. Il s'effaça pour la laisser entrer. Le salon était petit comme une boîte à musique, ses murs croulaient sous les étalages de produits cosmétiques, de mèches de cheveux, de perruques, de tresses... Assise comme une reine dans un large fauteuil en skaï, face à un miroir baroque, trônait Joss, les cheveux recouverts d'une texture luisante qu'une coiffeuse lui appliquait au pinceau. C'est ici qu'elle faisait lisser sa chevelure pour obtenir ses fameuses mèches longues, souples, brillantes. Elle sursauta quand elle vit apparaître la jeune comédienne dans le miroir.

— Qu'est-ce que tu fous là ? Qui t'a donné l'adresse ?

Doria se planta derrière elle.

— Toi ! Un jour où je te disais que j'avais envie de me faire poser des extensions. Alors, quand la standardiste m'a appris que tu étais chez le coiffeur, je suis venue directement.

— Je déteste qu'on vienne m'emmerder ailleurs que dans mon bureau. Qu'est-ce que tu veux ? J'arrête pas de te trouver du boulot, grommela Joss.

— Oui, après la margarine, le désinfectant w-c, les yaourts allégés, les serviettes hygiéniques... Merci ! Tu sais que c'est déplorable pour l'image d'une comédienne. Si ça continue, je vais être grillée auprès de tous les *casting directors* de Paris.

— Je ne comprends pas, Doudou. L'autre jour, tu viens pleurer pour gagner de l'oseille, et maintenant tu pleures parce que tu bosses trop.

— Je veux un vrai rôle, Joss ! Je veux faire mon métier. Fais-moi jouer une infirmière, une maîtresse d'école, une braqueuse, une flic... Je voudrais pouvoir dire une ou deux répliques pas trop connes, dans une vraie histoire ! Pas dans un spot de trente secondes pour un produit débile.

— C'est pas si facile, je t'ai expliqué...

Dans le miroir, Doria vit son visage pâlir, ses poings se serrer. Elle se pencha vers Joss qui l'observait avec un petit sourire désolé, totalement hypocrite, et gronda à son oreille.

— Écoute-moi bien : je te donne six mois pour me dégoter un *vrai* rôle dans un *vrai* film ou une *vraie* pièce. Sinon, je te lâche. Terminé la vache à lait !

Dans sa colère, Doria avait agrippé le peignoir en coton noir que l'autre portait pour protéger ses vêtements. Joss se dégagea d'un geste sec.

— Vache à lait, c'est très prétentieux.

17

Un Louis XIV quasi nu et très musclé, qui la laissa rêveuse

Énervée, fragilisée, Doria décida de rentrer à pied. Le froid vif lui emplissait les poumons et lui brûlait les joues. Comme souvent quand elle ruminait ses problèmes, elle se mit à observer autour d'elle. Cette contemplation avait le pouvoir de la tirer de ses idées noires. Elle traversa pour admirer de plus près les deux arcs de triomphe qui se dressaient au bord du boulevard : la porte Saint-Martin et, une centaine de mètres plus bas, la porte Saint-Denis. Sur un bas-relief de la première porte, Doria observa un Louis XIV quasi nu et très musclé, qui la laissa rêveuse. Il brandissait sa massue, ses ennemis vaincus couchés à ses pieds.

Elle descendit une centaine de mètres pour admirer la porte Saint-Denis. Il fut un temps où les carrosses royaux passaient sous cet arc pour emmener le souverain mort vers sa dernière demeure, à la basilique de Saint-Denis. L'inscription latine, « *ludovico magno* », lui rappelait que c'était Louis le Grand qui, le premier, avait imaginé les grands boulevards, détruisant l'ancienne enceinte de Paris qui datait de Charles V et remplaçant les murailles, qui couraient de la Madeleine à la Bastille, par un lieu de promenade pour les Parisiens. Soudain, Doria était une marquise en robe de cour bleu nuit, et le jeune Louis XIV sur son fidèle destrier s'apprêtait à passer sous la porte Saint-Denis. Leurs regards se croisaient, elle lui souriait langoureusement en imaginant les pectoraux puissants qui palpitaient sous sa cuirasse…

Un coup de klaxon furieux la fit sursauter alors qu'elle tournoyait avec grâce au milieu de la chaussée. Doria courut rejoindre le XXIe siècle sur le trottoir d'en face. Boulevard Bonne-Nouvelle, elle passa devant le Delaville, café branché dont la grande terrasse aux chaises colorées couvrait tout le trottoir. Elle hésita un instant à s'arrêter pour prendre un café, et puis bof.

— Hey ! Doria l'exploratrice !

Elle plissa les yeux, cherchant qui l'appelait. Mais oui ! C'était bien lui, l'authentique beau gosse, le play-boy des gouttières, Sacha Bellamy ! Il était assis seul à une petite table et lui faisait signe. Doria étira ses lèvres en un semblant de sourire et s'approcha. Déjà, il enlevait ses affaires sur la chaise à côté de la sienne, l'invitant à s'asseoir.

— Tu veux un café ? Tu as bonne mine, les joues toutes rouges !

— Je me demande si je ne vais pas prendre un truc plus fort… Je suis un peu énervée.

— Bienvenue au club ! Tu parles à un homme vert qui a besoin d'un verre.

Sacha était bien malheureux lui aussi : le patron du Delaville avait refusé de l'accueillir avec ses musiciens pour un concert. Il avait fait tous les boulevards de haut en bas. Ni le Gymnase, ni le Paradise, ni le Delaville, ni le Hard Rock Café, ni le Baramundi de la rue Tait bout, ni le Silencio, ni le O'Sullivan, ni le Café Oz, ni ni ni… Personne n'avait consenti à les prendre. Sacha avait envie de jouer en *live*. À quoi sert d'être un chanteur de rock si on ne peut pas se produire devant un public ?

— Mais pourquoi cherches-tu seulement dans le quartier ?

Il arbora un grand sourire.

— Pour la légende ! Quand je chanterai à l'Olympia, je veux pouvoir dire : « C'est là que tout a commencé pour moi, sur les grands boulevards. »

Doria secoua la tête, amusée et incrédule.

— Et Karim, tu lui en as reparlé ?

— Rien à faire, c'est non, et encore moins depuis qu'il jure m'avoir vu balancer des pop-corn sur ses clients la semaine dernière. En plus, j'ai rien fait ! J'ai juste regardé !

Doria commençait à trouver sa journée moins pourrie. Il suffisait parfois d'un verre de vin rouge et d'un regard de velours noir pour faire disparaître les ondes négatives qui lui brouillaient la vie. Elle parla tant et tant qu'elle toucha à peine son verre, cela faisait du bien de livrer ses angoisses à quelqu'un qui pouvait comprendre ce qu'elle vivait.

— Tu fais quoi pour gagner des ronds ? demanda-t-elle à Sacha.

— Ingénieur du son en studio. Mais ça ne va pas durer. Je serai bientôt le plus grand chanteur de rock français ! Et toi, ta plus grande ambition ?

— Pouvoir vivre de mon métier… sans plus jamais tourner une pub !

Sacha afficha une moue déçue mais ne fit pas de commentaire. Il déposa un billet de dix euros sur la table et se leva.

— Viens, je voudrais te montrer quelque chose.

Doria le suivit bien sûr ; qui aurait eu envie de résister à ce sourire de neige ? Sacha entra dans le théâtre du Gymnase, voisin immédiat du Delaville, mais au lieu de se diriger vers la salle, il bifurqua sur la gauche, poussa une petite porte qui s'ouvrait sur un étroit escalier dont les murs poussiéreux étaient tapissés de rouge sombre. Doria en profita pour admirer sa très jolie paire de fesses, étroite et rebondie dans son jean serré. Arrivé en haut des marches, il se retourna, elle se sentit rougir, comme une ado perverse. D'un large geste du bras, il l'invita à entrer.

— L'ancien foyer du théâtre ! Au XIXe, on venait ici pendant l'entracte pour se montrer en pleine lumière.

Ils pénétrèrent dans une grande salle rococo, où de beaux lustres de bronze pendaient des hauts plafonds ouvragés et ornés de fresques célestes. Sur les murs, des miroirs encadrés de moulures faisaient face à une rangée de portes-fenêtres. Sacha en ouvrit une, ils se retrouvèrent sur une terrasse. En bas, le boulevard Bonne-Nouvelle grondait de tout son trafic et la foule se mélangeait de toute sa mixité. Face à eux se dressait le dôme du Grand Rex et ses volutes Art déco.

— C'est magique ! s'extasia Doria.

Elle imaginait déjà comment tirer parti de ce lieu unique.

— Ce serait génial de pouvoir tourner ici avec Bettina.

— On devrait pouvoir arranger ça, murmura Sacha avant d'effleurer ses lèvres.

Le cœur de Doria s'emballa. Elle ferma les yeux, prête à s'abandonner, attendant un baiser plus intense mais sa bouche ne rencontra que le vent. Sacha était déjà en train de partir.

— Tu viens ?

Elle capta la lumière de ses yeux, dorée, malicieuse et tendre. Elle le suivit, à la fois sur un nuage et très, très frustrée.

18

Chacun se concentra sur ses pensées et, ce faisant, le bol de pistaches se vida

Max avait préparé le whisky et les pistaches, mais, contrairement à son habitude, il ne souriait pas. Emmitouflé dans un gros gilet en laine, pâle et sérieux, il buvait en silence pendant que Doria racontait joyeusement sa découverte du foyer du Gymnase. Voyant qu'elle n'obtenait aucune réaction, elle se tourna vers Simon pour lui demander comment s'était passée sa journée.

— Ça va, tranquille.

Max se pencha pour se resservir à boire.

— J'ai reçu une lettre recommandée aujourd'hui.

Sueurs froides. Doria sentit tout son dos se hérisser, certaine que la banque lui avait encore envoyé un courrier pour la prier de régulariser sa situation et que Max l'avait intercepté. Elle se tourna vers son père, rouge de honte. Il avait ouvert une enveloppe et dépliait le courrier, qui portait l'entête de la Banque générale. Il lut à haute voix :

— « *Vous occupez actuellement un logement au 19 bis, boulevard Montmartre, 75002 Paris. Le bail que nous avons signé arrivera à échéance dans six mois... Je vous informe qu'à cette date je vous donnerai congé de ce logement afin de procéder à sa vente...* »

Le premier sentiment de Doria fut un soulagement sans borne. Elle n'était pas responsable de la tête d'enterrement de Max (et n'aurait pas à subir de réflexion sur sa façon de gérer ses comptes, son métier, sa vie). Sa seconde réaction fut d'essayer de comprendre ce qui se passait vraiment.

— Ils nous foutent dehors ? s'écria Simon.

— Dans six mois, répondit Max.

— J'ai compris, dit Doria.

Max replia la lettre et la rangea dans sa poche.

— J'ai décidé de me battre, déclara-t-il. Même si je n'ai aucune chance, je ne veux pas me laisser faire sans agir.

— Les autres locataires l'ont reçue aussi ? demanda Simon.

— Oui. La Banque générale a décidé de vendre l'immeuble à la découpe. Nous sommes tous concernés à plus ou moins brève échéance, selon les baux. Il semblerait que nous ouvrions la danse, car notre bail échoit dans six mois. La dernière concernée est la locataire du troisième étage, Mme Daquin, qui est arrivée en septembre de l'année dernière, et qui est encore tranquille pour environ deux ans.

— Deux ans ! Elle a du bol !

— D'ici là, tous les locataires seront partis et les travaux auront été réalisés. L'idée étant de rénover les parties communes et les appartements pour créer un immeuble de grand standing, puis de revendre les logements un par un, à un prix très élevé. Une très jolie opération financière.

Chacun se concentra sur ses pensées et, ce faisant, le bol de pistaches se vida.

— Et si tu rachetais l'appartement ?

— C'est la première chose à laquelle j'ai pensé, Simon ! Aucune banque ne consentira un prêt à un vieux lascar comme moi. Dire qu'il y a quinze ans, je leur ai fait une offre… Le prix du mètre carré était ridicule à l'époque, j'aurais pu l'acheter les doigts dans le nez, mais ils ont refusé de me le vendre.

— À ton avis, quels sont les locataires qui peuvent accepter l'offre d'achat ? questionna Doria.

— Bonne question. Voyons… Dans l'escalier A, au premier étage, nous avons Karim.

— Ah non, lui, il peut pas, déclara Simon. Il a déjà fait un emprunt pour financer ses travaux, il est pris à la gorge.

— Au deuxième, Laser Finance. Ils ne comptent pas, ils appartiennent à la banque. Au troisième étage, il y a cette Barbara Daquin, je ne sais même pas ce qu'elle fait comme métier.

— C'est la nana en tailleur qui est toujours au téléphone et qui ne salue jamais personne ? demanda Doria.

— Ouais ! Elle part tôt le matin et rentre tard le soir. Elle n'est jamais accompagnée, mais on la voit parfois partir en week-end dans une grosse Mercedes avec chauffeur. Trop classe !

— Je me demande si ce n'est pas une joueuse professionnelle, suggéra Max.

— À mon avis, c'est une sorte d'agent secret, renchérit Simon.

— Je suis sûre qu'elle est l'espionne de la Banque générale !

Simon et Max éclatèrent de rire. Chauffés par le whisky, ils passèrent au crible tous les habitants de l'immeuble. Au quatrième étage, c'était eux, les colocataires trans-générationnels. Au cinquième vivait Sacha l'ingénieur du son et apprenti rocker, sans doute fauché. Escalier B, Max pensait que Manuela avait des économies qui lui permettraient de devenir propriétaire. Au deuxième s'étendait le territoire de Laser Finance, les « minimaîtres du monde », comme les appelait Max. Le troisième était loué par un couple de décorateurs italiens très gais, qui ne venaient qu'une ou deux fois par an. Au quatrième se trouvaient les bureaux du Studio Klein Design, antre de Léo Klein, aussi appelé l'homme à la mèche de béton, un personnage pas très communicatif dont on ne savait rien. Enfin, le cinquième étage abritait la famille Delgado : Manuel, Isabelle et leurs enfants Angélique, dix-sept ans, Lucas, treize ans et Enzo, huit ans. Manuel Delgado dirigeait une entreprise de travaux de rénovation et sa femme était coloriste dans un salon de coiffure. Peut-être seraient-ils heureux de l'occasion.

En résumé, on ne pouvait jurer de rien. Il faudrait enquêter pour connaître les intentions de chacun, et ensuite agir en conséquence. Max avait décidé de se battre, certes, mais il ne savait pas encore par quoi commencer.

— J'ai préparé des steaks au poivre, dit-il.

C'était déjà un début.

19

La nuit traînait encore sur le boulevard

Simon ne se sentait pas très heureux. La pluie matinale tombait drue et désagréable, la nuit traînait encore sur le boulevard, il était en retard pour la fac. La capuche de son sweat rabattue jusqu'aux yeux, les mains enfoncées dans les poches de son jean, une moue dubitative plaquée sur son visage mal réveillé, il marchait lourdement, ses grosses baskets couinaient sur le bitume détrempé. La soirée de la veille repassait en boucle dans son esprit. Simon n'avait jamais beaucoup aimé les changements. Ça le déstabilisait. Voire plus. Oui, bon, ça l'angoissait ! À peine s'était-il accoutumé à sa nouvelle vie parisienne, ce cocon atypique et chaleureux qu'ils avaient créé avec Max et Doria, que tout menaçait de s'écrouler. Six mois ! Cela ne lui laissait même pas le temps de terminer tranquillement son année scolaire. Où préparerait-il ses examens ?

Devrait-il louer un studio ? Qui pourrait le payer ? Sa mère serait folle de rage, et, telle qu'il la connaissait, elle rejetterait toute la faute sur Max. Il faudrait peut-être qu'il se trouve une colocation. À cette idée, l'estomac de Simon se rétractait. Il détesterait vivre avec des inconnus, des jeunes bordéliques à qui il n'aurait rien à dire. Il préférait encore retourner à Chantilly et prendre le train tous les jours. Et puis, qu'allait devenir Max ? Loin de ses boulevards, loin de ses potes, loin de son Cercle Cadet, de son Indiana Café, loin de la rue Cadet où il faisait ses courses depuis des années… Il allait tomber malade, il perdrait goût à la vie. Franchement, Simon ne s'était jamais inquiété pour personne, mais imaginer Max, avec ses cartons de déménagement sur le trottoir, tenant la photo de sa mère contre lui, attendant d'aller s'installer ailleurs, n'importe où… C'était au-dessus de ses forces. Et Doria, qui était totalement à l'ouest, comment pourrait-elle s'en sortir ? C'était l'inconvénient de vivre avec les vieux, on stressait pour eux.

Entraîné par ses pensées, Simon n'avait pas réalisé qu'il avait dépassé depuis belle lurette l'entrée du métro Richelieu-Drouot, celle qu'il empruntait quotidiennement pour se rendre à la fac de médecine. Ses pas l'avaient mené jusqu'au boulevard des Italiens, en face du cinéma Gaumont Opéra dont la façade en rotonde se dressait devant lui, majestueuse, attirante, tentatrice même, avec cette grande affiche du film d'action qu'il avait très envie de voir. Simon consulta sa montre. Il était presque encore temps de récupérer le métro à Opéra, mais enfin, il serait très en retard. Il traversa par curiosité, pour voir quelques photos du film, et accessoirement les horaires des séances. Justement, il y en avait une qui commençait dix minutes plus tard. Sans trop savoir comment, Simon acheta un billet, un grand paquet de pop-corn et une paire de lunettes 3D. Il se glissa dans la salle quasi vide avec un délicieux sentiment de liberté.

Deux heures plus tard, Simon était euphorique. Il se sentait prêt à lutter vent debout contre les tornades maléfiques, à écraser ses ennemis sabre laser au poing, et à mourir pour son équipage (il avait vu un film de pirates futuriste). Les choses finiraient par s'arranger, il en était certain, et même s'il n'allait pas au bout de sa première année, serait-ce vraiment un drame ? Les études de médecine, il s'en rendait compte, l'emmerdaient à mourir. Et alors ? Il était trop jeune pour ne pas se tromper. Il marchait d'un pas rapide, aussi vif que le froid qui lui rougissait le bout du nez. La pluie avait cessé. Un soleil d'hiver brillait au-dessus des immeubles majestueux du boulevard des Italiens, s'étalait sur la façade du siège du Crédit lyonnais, écrasant et scintillant comme un palais royal. Il flâna jusqu'à la librairie Del Duca qui proposait toujours ses étalages de beaux livres en devanture. À côté d'ouvrages sur le cinéma, la mode, la cuisine, les stars, trônait un gros bouquin sur l'architecture des grands boulevards. Certaines photos étaient étonnantes, comme cette image de la construction d'un immeuble haussmannien du boulevard des Capucines, avec sa charpente de métal, véritable squelette de ferraille. Il découvrit également des clichés de l'immeuble de l'Horloge, situé juste derrière la librairie, qui abritait autrefois la rédaction du journal *Le Monde* ; la célèbre Maison dorée, restaurant fréquenté au XIXe siècle par les gens du monde, les écrivains, les courtisanes maintes fois décrites par Maupassant, Balzac, Proust... qui était maintenant une succursale de Paribas ; le café Tortoni, mondialement célèbre pour ses crèmes glacées, aujourd'hui disparu ; et puis le musée Grévin, l'Olympia, le Grand Rex... tout ce qui constituait son environnement depuis quelques mois. Un environnement auquel il s'était attaché. Simon y vit comme un signe. Il acheta l'ouvrage. Il l'offrirait à Max pour Noël.

20

Doria crépitait, effervescente comme une vitamine C

Max tourna la clef dans la serrure et pénétra en tanguant dans l'appartement désert. Simon était allé quelques jours à Chantilly chez ses parents et passait le réveillon avec ses copains de lycée. Doria était invitée chez Bettina, qui organisait une fête pour le passage à l'année suivante.

Max avait dîné chez Gégé Giaccobi, dont la femme avait préparé un repas corse composé d'une sublime brouillade d'œufs aux oursins, d'un succulent agneau rôti accompagné de polenta et d'une fabuleuse bûche aux châtaignes. Oui, quand il buvait, Max avait tendance à trouver la vie merveilleuse, c'est pour ça qu'il recommençait souvent. Ils avaient joué au poker avec Joe Boutboul, Maurice Ackermann et toute la bande, et avaient bu au point que même un disque de polyphonie corse lui avait paru audible. Ses copains avaient proposé des solutions plus ou moins réalisables pour le tirer du pétrin quand il serait à la rue. Maurice Ackermann était prêt à le prendre comme colocataire à condition qu'il se fasse opérer des végétations – Max traînait une triste réputation de ronfleur assourdissant –, Gégé proposait de l'héberger chez sa mère, dans un village corse en pleine montagne. Max leur avait rappelé qu'il devait trouver un toit pour trois, car il ne pouvait abandonner ni Doria ni Simon. Joe Boutboul lui avait promis de réfléchir. Il possédait d'anciens ateliers de confection dans le Sentier, que son fils était en train de transformer en appartements. En attendant, Max avait gagné au poker. Dans la poche de son pantalon, il sentait crisser une jolie petite liasse de billets. Finalement, il avait passé une excellente soirée.

Dans la cuisine, Max jeta un comprimé d'Efferalgan effervescent et un autre de citrate de bétaïne dans une demi-bouteille d'Évian glacée, son cocktail maison anti-gueule de bois. Il se dirigea avec un assez bon équilibre vers la salle de bains pour se passer longuement le visage sous l'eau froide et se brosser les dents. Parfois même, il se lavait les cheveux, ce qui se révélait très efficace contre le mal de crâne, mais là, à 3 heures du matin, il n'en avait pas le courage. Il crut percevoir un bruit lancinant, comme un couinement de souris quelque part, mais se força à ne pas y penser. Les souris lui faisaient peur. Enfin Max se mit au lit, les bras sagement posés sur sa couette, et attendit le sommeil. Mais son esprit avait envie de gamberger. Joe avait encore grossi, il devrait le lui dire. Il n'avait pas vu Mira pour lui souhaiter la bonne année. Sa fille et son petit-fils passaient-ils une bonne soirée ? Depuis quelque temps, Simon semblait être retourné à son mutisme et Doria crépitait, effervescente comme une vitamine C. C'était l'emmerdement de vivre avec des jeunes : on se faisait du mouron pour eux. Dans son coin, la bestiole couinait toujours. Max se retourna dans son lit et ferma les yeux. Des images tournaient dans sa tête : Doria embrassant le jeune abruti du cinquième (il les avait surpris, collés contre un mur dans la cour la semaine dernière), la lettre de la Banque générale volant vers lui dans un bruissement de papier froissé, la souris qui sanglotait à gros bouillons en se mouchant bruyamment...

Max se redressa. Une souris ne pouvait pas pleurer ! Il écouta plus attentivement : le bruit semblait provenir de l'étage en dessous, chez Barbara Daquin. N'écoutant que sa curiosité, il se leva vivement et s'agenouilla, collant l'oreille contre le parquet. En effet, là-dessous, une femme pleurnichait. Recroquevillé sur le sol, le postérieur tendu vers le ciel et le cou dévissé, Max s'aperçut soudain qu'il se trouvait dans une posture dangereuse. Ses vertèbres en grinçaient déjà de fureur. Il resta immobile un long moment, priant avec ferveur pour que personne ne le surprenne dans cette position. Faisant passer sa sécurité avant sa dignité, Max se laissa finalement glisser sur le côté en une roulade approximative. Il se retrouva les quatre fers en l'air avant d'étendre précautionneusement les jambes et, enfin, de se relever, sans rien de cassé ni de froissé. Un exploit ! Ragaillardi, Max tira sur la veste de son pyjama, recoiffa ses cheveux ébouriffés, remplit un verre d'eau fraîche et descendit sonner chez sa voisine éplorée.

Barbara Daquin ouvrit sa porte, hagarde, les yeux rouges. Max lui tendit son verre d'eau.

— Buvez, elle est fraîche.

Surprise, Barbara but sans discuter et lui proposa d'entrer. Tout en analysant la décoration à la fois raffinée et impersonnelle de l'appartement, Max s'excusa de surgir ainsi en pleine nuit sans y être invité.

— Je ne peux pas supporter d'entendre une femme pleurer. Je suis venu vous offrir une épaule et, si vous le désirez… une oreille.

S'enveloppant dans un châle, la jeune femme se blottit sur son canapé. Sur la table basse était étalée une multitude de photos. On y voyait une jolie enfant rieuse, âgée de onze ou douze ans.

— Ma fille.

Max fronça les sourcils, il est des chagrins qu'on ne peut pas consoler. Barbara Daquin pleurait doucement. Épuisée, elle finit par se confier à Max. Quelques mois plus tôt, pour sa rentrée en sixième, sa fille unique et adorée, Inès, était partie s'installer à New York, chez son père. C'était l'enfant qui avait demandé à partir, prétextant que sa mère était trop prise par son travail pour s'occuper d'elle.

— C'est vrai que je n'avais pas beaucoup de temps à lui consacrer. Je suis avocate, je m'occupe de nombreuses personnalités dans le monde du spectacle et du cinéma. C'est un métier très prenant. Je vis seule, je travaille beaucoup pour lui offrir le meilleur.

Après une longue discussion avec son ex-mari, Barbara avait fini par convenir que cette solution était sans doute la meilleure pour sa fille. À New York, Inès pourrait aller dans un des meilleurs collèges de la ville et vivrait une véritable vie de famille (son ex était remarié et Inès avait une petite sœur qu'elle adorait). Mais, aujourd'hui, Barbara regrettait amèrement sa décision.

— Je n'arrive plus à vivre sans elle, elle me manque horriblement. Je ne peux même pas l'embrasser pour lui souhaiter une bonne année...

— Elle est heureuse, là-bas ? demanda Max.

— J'imagine que oui. Elle ne m'a rien dit qui puisse me faire penser le contraire.

— Vous avez parlé à son père d'un éventuel retour ?

— C'est un avocat new-yorkais ! Vous savez ce que ça signifie ? Tout est acté. Impossible de revenir en arrière.

— Allons ! Rien n'est irréversible ! Vous lui avez dit qu'elle vous manquait ?

— Non ! Je ne veux pas qu'elle se sente coupable.

La jeune femme se leva pour chercher quelque chose dans la cuisine et Max la suivit longuement du regard. Elle avait une silhouette comme il les aimait : longues jambes et fesses bien rondes parfaitement visibles sous son legging. Il se racla la gorge et termina en douce la flotte qu'il lui avait apportée. Elle revint avec une bouteille de vodka et deux miniverres.

— Ça ne vous ennuie pas de m'accompagner ? Je déteste boire seule et j'en ai vraiment besoin...

Cette Barbara était de plus en plus sympathique, d'autant que ses seins généreux ballottaient librement sous son tee-shirt. Elle remplit les deux verres de Zubrowska glacée à l'herbe de bison et rangea les photos éparses. Max remarqua le courrier de la Banque générale posé sur la table basse.

— Je vois que vous avez reçu la même lettre d'amour que moi.

Barbara Daquin but une gorgée de vodka et soupira.

— Oui, d'ici deux ans, il va falloir que je cherche autre chose.

— Vous êtes avocate, vous pourrez peut-être répondre à mes interrogations : la banque a vraiment le droit de faire ça ?

— Parfaitement. Elle a le droit de disposer de son bien comme elle l'entend, du moment que la procédure se déroule dans les règles.

Max se resservit un peu d'alcool. Le sujet le rendait nerveux.

— Mais on a aussi le droit de ne pas vouloir partir ! Ça fait quarante ans que j'habite ici ! Si, par exemple, je décidais de contester leur décision, quel recours aurais-je ?

— Tout seul, vous ne pourrez pas grand-chose. Il faudrait constituer une association de locataires qui deviendrait l'interlocuteur du propriétaire. Ça aurait déjà le mérite de ralentir le mouvement. Ensuite, c'est à cette association de trouver, par exemple, un vice de procédure, ou de faire classer l'immeuble aux monuments historiques. Mais c'est quasi impossible ! Vous pouvez aussi vous amuser à enquêter sur le passé de l'immeuble. On trouve parfois des choses intéressantes. Je doute que vous puissiez les faire revenir sur leur décision, mais ça pourrait vous faire gagner un peu de temps.

Elle s'enroula plus étroitement dans son grand châle, laissant apparaître deux jolis pieds aux ongles vernis d'un rouge sombre très sexy. Max détourna le regard et but le fond de son verre. Sur la table, dans son cadre de papier, la petite Inès le regardait avec de grands yeux rieurs.

— Il ne me semble pas avoir vu votre fille dans l'immeuble, elle ne vient jamais à Paris ?

Un nuage de tristesse assombrit le visage de la jeune femme :

— Si, bien sûr, mais je ne la reçois jamais ici, je préfère lui offrir des voyages, des hôtels. J'ai emménagé dans cet appartement après son départ. Je ne supportais pas de vivre dans l'ancien, où tout me faisait penser à elle. Si elle passait du temps ici, ce serait à nouveau horrible dès qu'elle sera partie…

Barbara posa soudain son front contre l'épaule de Max.

— Je veux revoir ma fille, je veux la serrer contre moi. Je regrette tant ! Je veux la voir grandir, elle avait tellement changé la dernière fois, elle devient une adolescente, je rate tout !

Max réfléchit intensément, tout en lui caressant légèrement le dos. Tout son corps était secoué de sanglots secs, comme si elle n'avait plus de larmes.

— Dites-lui la vérité. Avouez-lui qu'elle vous manque, que vous regrettez votre décision. Ne vous inquiétez pas, elle reviendra.

Il resta silencieux un long moment avant d'ajouter :

— Ils finissent toujours par revenir. Ma fille est venue vivre avec moi à l'âge de vingt-huit ans.

JANVIER 2013

21

Un regard bleu, propre et sans mystère

Doria avait une technique imparable pour se faire un vrai regard *smoky*, comme dans les magazines : elle se barbouillait les yeux de mascara et de khôl puis se démaquillait succinctement, laissant sur ses paupières une brume noire qui rendait son regard sexy, comme une rock star. Elle portait une paire de bottes à talons aiguilles qui lui donnaient un look à la fois féminin et cool dont elle fut plutôt satisfaite. Tout ça parce qu'elle avait rendez-vous avec Sacha. Le beau gosse lui donnait du fil à retordre. Elle le découvrait à la fois infiniment proche au téléphone et bizarrement fuyant dans la vraie vie. Elle n'avait pu le voir que deux fois depuis leur baiser furtif sur la terrasse du Gymnase : un verre chez Karim et au Nouvel An chez Bettina, une semaine plus tôt. Ce soir-là, elle avait vraiment cru que ça y était, qu'elle allait conclure, mais

Sacha avait tellement bu qu'il s'était endormi sur le canapé de Bettina et il avait été impossible de l'en déloger. Seule et passablement frustrée, Doria avait fini par rentrer chez elle vers 5 heures du matin, heure à laquelle elle avait retrouvé Max en pyjama sur le palier, essayant vainement de faire entrer sa clef dans la serrure et empestant la vodka.

Le rendez-vous du jour lui avait coûté des dizaines de textos, mi-coquin, mi-copain, laissant présager que Sacha avait au moins le pouce agile. Il lui avait enfin proposé de passer le voir au Studio Bleu où il répétait avec son groupe. Moulée dans son jean le plus sexy, Doria traversa le hall de son immeuble d'un pas conquérant, sans omettre d'examiner sa silhouette qui se reflétait dans les grands miroirs aux cadres de marbre.

— Mademoiselle !

Elle se retourna et eut la surprise de voir approcher l'homme à la mèche parfaite. C'était assez déroutant de voir Léo Klein sortir de sa condition d'homme tronc scotché à son bureau et marcher comme tout le monde, en mettant un pied devant l'autre. Il était beaucoup plus grand qu'elle n'aurait imaginé, vêtu sans fantaisie d'un jean sombre et d'une chemise d'un blanc immaculé, à col italien bien amidonnée. Arrivé à sa hauteur, il afficha un sourire embarrassé et lui souhaita une bonne année avant de se racler la gorge. Elle se dit que la communication n'allait pas être facile.

— Bonne année ! lança-t-elle à son tour en souriant, histoire de l'encourager.

— Hum, excusez-moi… J'ai regardé par la fenêtre l'autre soir et… Hum…

— Effectivement, ça peut m'arriver aussi.

— Je me demandais... Ça peut paraître cavalier... Mais comme nous sommes voisins...

— Allez-y, parlez franchement. En tant que voisin !

— N'est-ce pas ? Ça crée, hum... une proximité. Je veux dire, vous vivez quasiment sous mes fenêtres et...

— Donc ?

Il avait un regard bleu, propre et sans mystère, qu'il plongeait hardiment dans les yeux de Doria. Elle se demanda un instant s'il n'était pas en train de la draguer. Ce serait la meilleure : se farcir la sérénade du vieux garçon de l'immeuble !

— Je me disais... Votre père joue au poker ?

— Pardon ?

— Je suis moi-même très amateur... Voilà, je me demandais si je ne pourrais pas me joindre à sa table un de ces soirs...

Avait-elle bien compris ? Ce type voulait jouer aux cartes avec son père ! Doria visualisa les vieux briscards noyés dans la fumée de leurs cigarettes, s'agitant et braillant sur des règles absconses qu'ils avaient eux-mêmes bidouillées, leur musique casse-bonbons à fond, et se demanda ce qu'un homme jeune et sain d'esprit pouvait trouver comme charme à une partie chez Max. Léo Klein attendait sa réponse, tranquillement, sans la quitter des yeux. Doria s'agaça :

— Vous n'avez qu'à le lui demander vous-même !

Elle tourna les talons et quitta le hall à grandes enjambées, en secouant la tête, ahurie par la bizarrerie des gens. Puis, son esprit zappa sur son rendez-vous avec Sacha. Elle espérait qu'il aurait un peu de temps pour s'échapper, déjeuner avec elle peut-être, ou l'entraîner dans un coin sombre, ce serait bien. À peine avait-elle fait quelques pas que son portable bipa : « Désolé mais trop de boulot. Pas possible pour aujourd'hui. On reporte ? Tu ne perds rien pour attendre ! S. »

22

Il y a un truc encore pire que de sentir le vieux bouc, c'est de puer le jeune fauve

Simon n'avait aucune envie de se lever. Il avait joué au poker sur Internet une bonne partie de la nuit, il était crevé et de très mauvaise humeur. Il ne souhaitait qu'une chose ce matin, rester en boule sous la couette, dormir, dormir, dormir, et oublier. Un projet difficile à réaliser car Max avait mis un CD de Jerry Lee Lewis. Son grand-père mettait toujours la musique à fond, ce qui énervait Simon à mort. Il n'avait jamais vu quelqu'un faire le ménage de manière aussi… virile. Ça le déconcertait. En plus, il détestait le blues excité et le rock de vieux qu'écoutait son grand-père. Simon aimait le rap.

Max entra dans sa chambre. Comme tous les matins, il s'était aspergé d'eau de toilette. Un truc bizarre de chez Guerlain qui s'appelait Vetiver.

— Putain, tu cocottes !

— Je préfère sentir le parfum que le vieux.

Simon leva les yeux au ciel, comme si son grand-père venait de dire une ineptie, d'autant plus qu'il n'avait jamais remarqué d'odeur particulière chez Max, à part justement son parfum ; mais d'entendre un truc comme ça, d'un coup, lui brisa le cœur.

— Qu'est-ce qu'il se passe ? Tu n'as pas cours ?

Simon soupira à fendre l'âme.

— Ça me saoule ! Je hais les études, je n'ai aucune envie de devenir médecin, pharmacien, dentiste, ou n'importe quel métier de la filière médicale. C'est le rêve de mon père, pas le mien. Laisse-moi dormir !

Ce fut au tour de Max de soupirer. Il avait bien entendu dire que les ados pouvaient être difficiles à gérer, mais ne s'était pas attendu à rencontrer ce problème en accueillant Simon (Max avait imaginé qu'il suffirait de le nourrir et d'aérer sa chambre). Par ailleurs, il comprenait parfaitement le garçon, gardant encore le souvenir d'être quasi mort d'ennui pendant sa scolarité. Max était partagé entre sa compassion pour son petit-fils et sa responsabilité vis-à-vis de sa fille Alice.

— Je suis désolé mon gars, mais je ne peux pas me permettre de cautionner ton attitude. J'ai promis à ta mère de veiller à ce que tu ailles à la fac. En revanche, si tu as envie de suivre une autre voix, on peut en discuter…

— Nan ! Tout me fait chier !

— Il ne faut pas trop écouter ta paresse, Simon. Tu peux lui faire plaisir de temps en temps, mais ne la laisse pas diriger tes pensées et tes actes. Tu le regretterais. Sors de ce lit et va-t'en. Tu as déjà loupé la moitié de la matinée : il est 11 heures.

Vert de rage, Simon sauta dans un jean en bougonnant, attrapa un tee-shirt pas trop sale, regarda vite fait dans un miroir si ses cheveux étaient correctement en pétard. Il allait sortir quand il entendit son grand-père crier de la salle à manger, transformée en bureau depuis l'arrivée de Doria :

— Passe par la case salle de bains ! Il y a un truc encore pire que de sentir le vieux bouc, c'est de puer le jeune fauve !

— Tu fais chier !

Bougonnant et râlant de plus belle, Simon obtempéra néanmoins, et sortit en claquant la porte. Il avait conscience d'être injuste en passant sa mauvaise humeur sur Max, mais, pour une fois, il avait de bonnes raisons d'être stressé : la veille au soir, sa partie de poker s'était mal passée. Il avait perdu en quelques heures tout l'argent que ses parents avaient viré sur son compte pour le mois de janvier. Il ne lui restait en tout et pour tout qu'un vieux billet de vingt euros retrouvé dans la poche de son jean. Ça serait juste pour finir le mois…

Simon aimait déjà le Texas Hold'em avant de venir à Paris, mais il était conscient que sa fréquentation des sites de jeu avait augmenté de manière exponentielle ces derniers mois. Cela était dû à son désœuvrement, car il ne s'était pas fait beaucoup de copains à la fac et de fait, il sortait assez peu. Sa passion s'était développée également au contact de Max, dont la vie tournait quasiment autour de sa table de jeu. Simon aimait les observer. Mais si son grand-père ne rechignait pas à parler poker avec lui ni à lui transmette son immense culture du jeu, il ne l'autorisait pas à le rejoindre pour une partie. Du coup, Simon se rabattait sur son ordi et le jeu en ligne. Grâce à sa science toute neuve, il avait pas mal gagné ces derniers temps, jusqu'à la veille au soir...

En passant devant le Broadway Boulevard, Simon n'en crut pas ses yeux : Angélique était à l'intérieur, attablée avec une copine. La fille qui squattait ses rêveries depuis le jour où il l'avait surprise à sa fenêtre, une serviette de bain enroulée autour de son corps mince ! Ses cheveux mouillés ruisselaient sur ses épaules, elle s'était accoudée à la rambarde pour offrir son visage parfait au soleil. Simon avait senti son cœur se fissurer. Depuis, il la guettait furtivement. Il savait qu'elle fumait de temps en temps en cachette, qu'elle passait des heures sur son ordi, qu'elle aimait bouquiner, qu'elle dansait parfois toute seule, avec des mouvements à la fois sexy et déjantés qu'elle ne se permettrait sans doute pas en public. Angélique ! C'était la première fois qu'il la voyait au Broadway. Karim était en train de prendre la commande et discutait avec elle, tranquille. Elle lui parut accessible. D'un coup, Simon oublia ses soucis et sans réfléchir, entra dans le bar.

— Salut Simon ! Tu prends un petit kawa ? Tu connais Angélique ?

Simon baissa les yeux vers la jeune fille assise et sentit ses joues devenir écarlates. Il plongea dans son regard vert, limpide comme un torrent. Quand elle souriait, des petites fossettes se creusaient autour de ses lèvres nacrées de gloss. Il s'assit sur un pouf sans que les filles l'aient vraiment invité, mais il s'en foutait. Simon se trouvait beau, hardi et sentait bon (merci Max).

— Moi, c'est Simon. Je veux bien un café, Karim, s'il te plaît.

— Elle, c'est Émilie, précisa Angélique en désignant sa copine que Simon ne prit pas la peine de dévisager. J't'ai déjà croisé dans l'immeuble, non ?

— Ouais, je vis chez mon grand-père Max, le temps de mes études...

— Max ? Il est trop cool !

C'était lassant, tous ces gens qui idolâtraient le vieux Dahan, partout, tout le temps.

— Ange, tu viens au concert de rock au Baramundi samedi soir ?

Pourquoi cette fille se permettait-elle de s'adresser à Angélique comme s'il n'existait pas ? Elle avait l'air trop conne en plus d'être relou.

— J'aime pas le rock ! lança-t-il boudeur. Je kiffe que le rap.

— C'est dingue, moi aussi ! s'écria Angélique.

— Ah ouais ? Tu préfères quoi ? Rap U.S. ou rap français ?

— Ça dépend, un peu les deux et toi ?

— Plutôt U.S. et plutôt *old school*, genre The Notorious B.I.G., 2Pac, tout ça...

L'autre fille ne semblait pas passionnée par leurs échanges mais ils y prêtèrent à peine attention. Elle finit par se lever, impatiente.

— Meuf, c'est l'heure d'aller en cours, tu viens ?

Angélique fit glisser ses longs cheveux blonds d'un côté de son cou et leva nonchalamment les yeux vers son amie.

— Nan, j'ai pas envie, mais vas-y, toi...

23

La prochaine saison sans cesse reportée d'une série qu'on adorait

Doria avait continué à avancer. Incapable de s'arrêter dans son élan. Rageuse. Ses boots pointues l'entraînaient malgré elle. Elle remonta sans faiblir les boulevards Montmartre, Poissonnière, Bonne-Nouvelle, le dos droit, les cheveux brillants balayés par le vent. Tout à l'heure, elle se sentait si belle, si fière et maintenant, l'égo en miettes. Encore ! Mais pour qui se prenait-il, cet allumeur ? Une savonnette glissante, un moustique qui ne se laissait pas attraper, la prochaine saison sans cesse reportée d'une série qu'on adorait ? Que cherchait-il ? La décourager ? La rendre folle de lui ? Doria marchait, un pas après l'autre, sans sentir le froid ni le vent glacial. Quelle légèreté ! pensait-elle. Quelle inconséquence ! Deux mois plus tôt, elle pleurait sur la trahison de Fred, aujourd'hui, elle ne pensait qu'à Sacha. Son sourire complice et mutin, ses yeux de velours sous le chapeau en feutre, son tatouage sur sa nuque mate… C'est bien simple, elle voulait ce garçon dans son lit. Elle voulait l'attraper, le croquer, goûter sa bouche, sentir sa peau… Mmm, il l'avait ensorcelée. Sa décision était prise : elle irait au Studio Bleu en prétendant ne pas avoir reçu de message. Sacha serait bien obligé de la recevoir. Il sourirait sans doute en la découvrant et elle verrait sa fossette se creuser sous sa petite barbe de trois jours.

Arrivée en haut de Bonne-Nouvelle, elle remonta une partie de la rue d'Hauteville, dépassant dans sa hâte plusieurs échoppes de fourreurs en gros qui appartenaient autrefois à des Juifs polonais et qui étaient maintenant passées aux mains d'émigrés turcs. Elle tourna dans la rue des Petites-Écuries et se retrouva devant le Studio Bleu.

Il y avait beaucoup de monde à l'accueil et dans les couloirs. Une bande de danseuses passa, serviettes autour du cou, body, legging court, corps musclés, épaules en arrière. Des portes s'ouvraient, se refermaient. On lui confirma que Sacha Bellamy et son groupe répétaient bien dans le studio orange, à droite au bout du couloir. Doria s'arrêta pour trouver du courage, la main sur la poignée de la porte. De l'autre côté, ça jouait. On entendait la batterie, les basses, les claviers… et Sacha qui chantait. Doria colla l'oreille contre la porte. Sa voix était de celles qui vous caressent l'âme et électrisent le corps. Elle frissonna devant le don que ce salaud avait reçu à la naissance. Ses doigts hésitaient encore à toquer. La musique s'arrêta. Elle perçut un échange de paroles, des rires, le batteur donna le tempo sur ses timbales. Doria se redressa. Qu'était-elle en train de faire ?

Était-elle vraiment ce genre de fille qui s'accroche, qui débusque, qui s'incruste ?

Elle lâcha la poignée et fit demi-tour. À l'accueil, la fille lui demanda si elle avait trouvé le groupe.

— Oui, mais ils sont occupés, je repasserai.

— Vous voulez laisser un message ?

— Non merci, ça ira.

24

Deux hommes et une femme, dégageant une forte aura administrative

Le Broadway Boulevard vivait cette heure indécise qui n'est plus celle du café du matin et pas encore celle du déjeuner de midi. Karim sortait ses verres du lave-vaisselle tout en discutant avec Sonia, qui le regardait faire en sirotant son Coca zéro. Elle avait une façon de suçoter sa paille en le fixant de ses immenses yeux noirs qui le rendait parfaitement fou. Sonia avait été embauchée comme serveuse derrière ce même bar quelques mois plus tôt. Elle servait mollement les bières, en faisant bien comprendre au client et à Karim qu'elle n'avait qu'une envie : être ailleurs. Sonia rêvait d'être mannequin ou mieux, de faire de la télé ; et quand on la voyait sur ses jambes interminables, avec sa crinière d'ébène et son sourire carnassier, on se disait que oui, ce ne serait pas impossible qu'elle y arrive, finalement. À force de déhanchements lascifs, de sourires tristes, de cafés servis en bâillant, Sonia était entrée dans la vie de Karim. En attendant de percer, elle avait posé ses valises chez lui et l'abreuvait de détails sur ses démarches et ses espoirs, car chaque jour, elle avait rendez-vous avec la gloire. Karim l'écoutait à moitié, un peu lassé par son verbiage creux, sa naïveté, et sa dureté aussi, parfois. Mais alors il pensait à la nuit qui viendrait, à ce corps chaud et somptueux contre le sien, et se disait que ça valait bien le coup d'écouter quelques conneries.

À quelques mètres du bar, assis seul à une table, Simon rêvait. Il venait de passer quarante-deux minutes à discuter avec Angélique et la conversation ne s'était interrompue que parce qu'elle ne voulait pas sécher son interro d'histoire. Elle était en terminale L au lycée Lamartine. À la fin de l'année, elle passerait le bac. Quand il avait eu le sien, en juin dernier, Simon s'était juré de ne plus regarder une lycéenne de sa vie. Pourtant, cette lycéenne-là, Angélique, il aurait pu passer des heures à la contempler. Elle était une collection de merveilles à elle toute seule : sa poitrine qui se soulevait quand elle levait son bras pour boire son café, ses paupières qui se fermaient parfois sur son regard d'absinthe, son cou lisse qui penchait comme la tige d'une fleur, ses cheveux au parfum de shampoing pour bébé, son sourire qui explosait sur son visage et qui illuminait tout…

— Ben alors, mon gars, tu rêves ?

Simon sursauta en entendant Karim, et se composa illico un visage grave, un air viril et soucieux, sourcils froncés.

— Nan, je réfléchis ! J'suis trop mal, j'ai envie de lâcher la fac, j'te jure ! Faut que je me trouve un taf. J'ai plus une thune.

— Faut pas lâcher les études, mec. C'est sacré !

— Sérieux, là, je suis à sec comme une canette vide, il me faut de l'oseille vite fait.

— Qu'est-ce que tu cherches comme job ?

— J'sais pas, m'en fous ! À part jouer au poker, y a rien qui m'intéresse.

Karim débarrassa les trois tasses de café et passa un coup de chiffon sur la table.

— J'ai peut-être un truc pour toi, faut que je me renseigne... Je te tiendrai au courant. En attendant... Je crois bien que l'addition est pour toi !

C'est alors qu'un groupe, deux hommes et une femme, en jean et blouson de cuir, dégageant une forte aura administrative, pénétra dans le restaurant.

— Bonjour, nous cherchons M. Karim Harriga.

— C'est moi.

Un des hommes, le chef sans doute, sortit une carte plastifiée de sa poche revolver et la pointa vers Karim.

— Inspection sanitaire. On nous a signalé des cas de souris derrière votre bar et de cafards dans les assiettes. Veuillez nous montrer votre cuisine et votre chambre froide, s'il vous plaît.

— Je peux savoir de qui vient la plainte ?

L'homme consulta sa fiche :

— Mme Valérie Manuela Monte.

25

Ça te va bien de jouer les pasionarias de l'immobilier

La sonnette tinta une fois de plus. Doria ouvrit la porte pour découvrir Sacha Bellamy, un sourire aux lèvres et une bouteille de vin rouge à la main.

— Si j'ai bien compris, il faut que tu sois convoqué par mon père pour passer me voir !

— Ne sois pas méchante ! Si tu m'avais invité avant, je serais venu.

L'appartement accueillait une réunion de locataires organisée par Max pour agir contre la vente à la découpe de l'immeuble. Tous ceux qui avaient pu se libérer étaient là, curieux, angoissés à l'idée de devoir déménager, mais plutôt heureux de se retrouver pour cette petite fête de voisins. Max avait voulu rendre la chose conviviale et demandé à chacun d'apporter une bouteille. Il avait préparé des canapés au tarama, au fromage, au saucisson…

Simon avait acheté du Coca-Cola et allumé le feu. Sacha s'approcha de Doria et l'embrassa dans le cou.

— Tu me montres ta chambre ?

— Si tu es sage, répondit-elle en l'entraînant vers le couloir.

Il referma la porte, la colla contre le mur et se mit à l'embrasser avec ferveur.

— Ça te va bien de jouer les pasionarias de l'immobilier. Tu es canon…

Heureuse de l'aubaine, Doria ne voyait pas autre chose à faire que de lui rendre son baiser. Elle l'avait attendu longtemps celui-là, et il était encore meilleur que dans son souvenir, délicieux comme un fruit fondant. Tout ce qu'elle souhaitait à cet instant précis, c'était qu'il dure, dure… Mais tout ne se passe pas toujours comme on voudrait. La porte s'ouvrit brusquement sur Sonia, venue avec sa beauté, mais sans sa discrétion.

— Oups ! Désolée, je cherchais le vestiaire.

Elle eut ce ravissant sourire d'excuse dont elle abusait au Broadway quand elle renversait par mégarde une bière sur un client. Son regard passait de Doria à Sacha comme un radar.

— Tu n'as qu'à le poser sur mon lit, proposa Doria.

— Merci. Oh ! C'est *toi*, là ?

Sonia venait de découvrir le portrait réalisé par Frédéric. Celui que Doria avait épinglé au-dessus de son lit en s'installant chez Max.

— Évidemment !

— Ouah, mais tu es super canon ! lança Sonia, stupéfaite. T'es beaucoup plus belle qu'en vrai ! Comment il a fait ça, le photographe ? C'est magique !

— Tout le monde me dit que c'est plutôt ressemblant, répondit Doria, légèrement vexée.

— Je dirais même, très ressemblant ! ajouta Sacha.

— Mais alors là, pas du tout ! C'est dingue ! Qui a fait cette photo ?

— Personne. Bon, vous venez, on retourne au salon.

Dans la cuisine, Max s'affairait. Il déboucha une bouteille de vin et découpa hâtivement deux baguettes qu'il répartit dans des panières.

— Alors Max, on ne dit pas bonjour à une vieille amie ?

Elle se tenait dans l'embrasure de la porte, et souriait timidement.

— Manuela ! Enfin nous nous croisons... Je n'osais pas venir te saluer : je ne savais pas si tu le prendrais bien.

— Un témoin gênant du passé.

— En quelque sorte...

— Tu as besoin d'aide ?

— Tu peux déballer les biscuits apéritifs et les vider dans les bols, si tu veux.

Elle s'installa devant la table bistrot et se servit un verre de vin. Max l'observa à la dérobée. Manuela avait été très jolie autrefois, mais, aujourd'hui, elle était belle. Son visage avait acquis une aura nouvelle. Sa bouche pulpeuse aux commissures légèrement tombantes lui donnait une douceur dédaigneuse et sereine.

— Tu vois toujours les autres ? demanda-t-elle.

— Non, plus du tout. On s'est divertis mutuellement un certain temps et puis on est passés à autre chose.

— Je me suis toujours demandé, Max... À l'époque, je n'étais pas à ton goût ?

— Oh que si ! Mais payer pour qu'on fasse semblant de me trouver irrésistible... Je suis bien trop prétentieux pour ça. Approcher une femme, la découvrir, la séduire, se laisser séduire. C'est la seule chose intéressante dans la vie, non ?

Elle sourit, un sourire amusé et désenchanté, mais ne répondit rien.

— Tu as complètement arrêté le métier ?

— J'ai cinquante ans, Max ! Il était temps de raccrocher les gants. Mes filles sont grandes, leurs études sont payées, je leur ai offert à chacune un petit appartement, qu'elles n'habitent pas. L'une vit à Londres, l'autre à Sydney, là où personne ne sait qu'elles sont les filles d'une call-girl. Et j'ai monté cette petite affaire, qui marche plutôt bien.

Manuela disposa délicatement les bols sur un plateau.

— On retourne au salon ?

Doria passait parmi les invités avec un plateau de petits-fours. Isabelle Delgado et son mari Manuel discutaient avec Sonia. Mira, enfoncée dans le canapé, lançait un regard noir à Manuela, qui venait d'entrer dans le salon à la suite de Max. Assis par terre devant le feu, Simon et Sacha bavardaient en tisonnant les bûches. Max se posa sur un canapé, son verre de whisky à la main. Tous les regards se portèrent sur lui.

— Salut les voisins ! Merci à tous d'être venus ce soir. Vous savez pourquoi on est là : notre propriétaire commun veut nous déloger. Chacun de nous a reçu une lettre lui signifiant son congé à plus ou moins brève échéance. Ce qui signifie que d'ici deux ans, nous nous retrouverons tous dehors. Alors certes, la Banque générale, notre propriétaire, a le droit de nous virer, mais nous avons aussi le droit de ne pas nous laisser faire ! C'est pourquoi je vous ai réunis ce soir, j'ai le projet de créer une association de locataires, dans le but de défendre nos intérêts.

— Et si quelqu'un veut acheter son appartement, vous comptez l'en empêcher ? demanda Manuel Delgado.

Max se tourna vers lui en souriant.

— Mais bien sûr que non ! Mon objectif pour l'instant est de freiner la procédure. Au train où vont les choses, certains d'entre nous seront dehors dans quelques mois. Ce n'est pas parce que la Banque générale est très puissante, et nous très faibles, que nous ne pouvons pas les déranger un peu. J'ai l'intention de chercher s'il n'y a pas un vice de procédure dans le dossier, voir si nous ne pouvons pas trouver un recours quelconque. Cela vous laissera tout le temps de réfléchir et de préparer votre projet d'achat.

Doria savait que le désir des Delgado contrariait les plans de son père. Plus les locataires seraient unis dans une même position, plus ils seraient forts. Mais pour l'instant, l'objectif était de faire vivre l'association et d'étoffer les troupes.

— Je me suis renseigné auprès de Charles Turgot, le responsable de notre syndic, qui est un vieil ami. Il m'a détaillé le projet de la banque pour le 19 bis, boulevard Montmartre : transformer notre immeuble en une résidence de standing. Retaper les parties communes avec du marbre et du verre, ravaler la façade, vider les appartements de leurs locataires et les commerces de leurs commerçants, transformer le sex-shop de Manula en un loft design, et la loge de Mira en studio, remplacer le restaurant de Karim par une boutique chic, et puis tout revendre à la découpe, lot par lot. Cher. Très cher.

— Je lui avais bien dit, à Karim, que ce n'était pas une bonne idée d'installer un kebab ! Il n'a pas voulu m'écouter. Résultat, on va être à la rue ! se plaignit Sonia. À mon avis, association ou pas, on n'a pas une chance.

— C'est ce qu'on verra, répondit Manuela. Je te suis, Max. À condition que tu ne traites plus ma boutique de sex-shop !

— Je *te* suis aussi, Max, évidemment, déclara calmement Mira.

Il y eut un silence. Tout le monde avait remarqué le tutoiement.

— Moi aussi, bien sûr, je suis avec vous, Max, lança Sacha. Où est-ce que je trouverai un grand appart avec un loyer pareil ? J'ai récupéré le bail de mes grands-parents, et c'était un loyer de 1948 !

— J'ai connu vos grands-parents, monsieur Bellamy. C'étaient des gens très bien.

— Quelqu'un veut boire quelque chose ? proposa Simon.

— Attendez ! Nous n'avons pas dit non, s'exclama Isabelle Delgado. C'est toujours bien d'être dans une association, on est pris plus au sérieux.

Manuel Delgado n'avait pas l'air convaincu.

— On doit réfléchir…

Max posa ses lunettes sur son nez, prit une feuille et un stylo.

— Je récapitule. Pour l'instant, ont accepté de faire partie de l'association des locataires du 19 bis, boulevard Montmartre : Barbara Daquin, qui m'a donné son accord verbal hier, Mira Popescu, Manuela Monte, Sacha Bellamy et moi-même.

— Moi, je sais pas. Je dois en parler à Karim, déclara Sonia.

— En attente de réponse : Isabelle et Manuel Delgado, Karim Harriga, Léo Klein, ainsi que Vittorio Notari et Massimo Serantoni, les locataires du troisième étage, escalier B.

— Je te donnerai leurs coordonnées, proposa Mira.

— La suite au prochain épisode ! lança joyeusement Max. Merci à tous d'être venus.

— C'était très sympa, on devrait faire ça plus souvent, proposa Sacha en se resservant du vin.

Il y eut encore quelques verres bus, des petits-fours grignotés, des conversations et des rires envolés, et peu à peu le salon de Max se vida. Sacha partit parmi les premiers, sous prétexte qu'il devait se lever tôt pour aller en studio, ce qui agaça Doria. Elle vit son père et Manuela se séparer avec un sourire étrangement complice, et Mira repartir avec sa mine renfrognée habituelle. Quelques instants plus tard, du rez-de-chaussée, leur parvint le chant de Rodolphe dans *La Traviata* : « *De' miei bollenti spiriti. O mio rimorso ! O infamia.* » Max s'écroula sur le canapé.

— Quelle soirée ! J'ai bien joué, mais je n'ai pas encore raflé la mise. Doria, tu diras à Léo Klein que je l'accepte à ma table de poker. Je voudrais savoir ce qu'il a dans le ventre au sujet de l'immeuble.

— Tu n'auras qu'à le lui dire toi-même.

— Mais non, je suis sûr que tu feras ça très bien.

Agacée, Doria ouvrit grande la fenêtre de sa chambre qui faisait face à celle de Léo Klein, et constata qu'il était toujours en train de travailler.

— Hé ho ! Hé ho ! Léo Klein !

Quelques voisins mirent le nez à leur fenêtre, Mira cria « Silence ! ». Au bout d'un moment, le jeune homme leva le nez de son travail et aperçut Doria en train de gesticuler. Il ouvrit sa fenêtre :

— Bonsoir ! Qu'est-ce qu'il se passe ?

— C'est bon pour le poker ! Vendredi soir, 21 heures.

Elle se tourna vers son père.

— Là, tu es content ? J'ai fait ça bien ?

26

L'opéra n'était plus que le fantôme de lui-même

Max était confortablement installé dans une chauffeuse recouverte d'un châle chatoyant, une tasse de thé brûlant à la main. Mira posa une assiette de gâteaux sur un guéridon noir aux pieds cambrés et s'installa en face de lui. Son petit salon tapissé de velours rouge, avec ses chaises Napoléon-III, ses affiches de la Callas dans *La Traviata* et de *La Bohème*, et ses poufs capitonnés, rappelait le décor d'une loge à l'opéra. Max aimait parfois passer du temps dans ce petit antre chaleureux où le thé chauffait en permanence dans un beau samovar. Quand elle ne l'accablait pas de reproches, Mira avait une conversation passionnante et un humour rare.

La vie de Mira était tout entière vouée à l'opéra. Durant sa jeunesse, en Roumanie, elle avait été choriste à l'Opéra national de Bucarest et professeure de chant au conservatoire. Elle avait un bon salaire, adorait son travail et ses collègues. Elle était respectée et presque heureuse. Puis le régime s'était effondré et tout avait changé. Dans les années qui suivirent la chute de Ceauşescu, alors que la crise ravageait son pays et que les subventions culturelles s'étaient taries au point que l'Opéra n'était plus que le fantôme de lui-même, Mira ne pouvait plus payer son loyer, ni même se chauffer en hiver. Son mari était mort et son fils assez grand pour voler de ses propres ailes. La vie était si dure, les salaires si maigres, les emplois si rares qu'elle ne voulait pas être un poids pour lui. En 1995, âgée de quarante ans, Mira Pospescu avait fait sa valise et était venue s'installer à Paris, dans un petit hôtel du boulevard des Italiens. Elle vivotait en donnant des cours de chant, et pour se remonter le moral, elle allait traîner à l'opéra Garnier, qui la fascinait comme un palais des Mille et une nuits. Elle se promenait seule le long des galeries de marbre, ou suivait les visites guidées, jusqu'à connaître le discours des conférenciers par cœur. Parfois, elle se permettait d'intervenir pour ajouter un détail, raconter une brève anecdote. De fil en aiguille, Mira s'était fait embaucher comme guide. Désormais, elle entraînait les touristes à sa suite dans le grand escalier composé de vingt-quatre sortes de marbres différents, ce théâtre dans le théâtre où toute la bonne société de la Belle Époque, en habit noir et robe à tournure, venait exhiber ses montres à gousset et ses rivières de diamants. Avec son accent roulant, sa vivacité de diva, Mira leur racontait comment les riches jeunes filles venaient faire admirer leurs gorges blanches et leurs bijoux du haut des corbeilles du grand escalier. En voyant leurs décolletés généreux ainsi exhibés, les messieurs égrillards s'exclamaient : « Oh ! Il y a du monde au balcon. »

Et puis, il y avait dix ans environ, quelqu'un du quartier lui avait proposé une place de gardienne au 19 bis, boulevard Montmartre. Elle serait logée, chauffée, éclairée et payée pour entretenir les parties communes, sortir les poubelles, distribuer le courrier, tout en continuant ses visites guidées. Enfin la vie souriait à Mira, et Mira souriait. Elle transforma sa loge de concierge en loge d'opéra, et se sentit enfin chez elle. C'est alors qu'elle rencontra Max. Le monsieur du quatrième étage, si grand, si élégant, large de carrure, les cheveux gris peignés en arrière, et ce sourire étourdissant quand il lui disait bonjour. Mira n'avait jamais rencontré d'homme aussi séduisant. Elle le voyait aller et venir, à toute heure du jour et même de la nuit. Elle ne savait pas ce qu'il faisait dans la vie. Il semblait ne jamais travailler, toujours s'amuser. Un homme très entouré qui recevait beaucoup, des amis, des femmes. Souvent, elle entendait des rires et de la musique s'échapper des fenêtres de son appartement. Mira l'aima comme on aime un prince : de loin, avec le cœur qui bat et le corps qui se pâme. Chaque jour, elle se faisait belle pour lui apporter son courrier, maquillait ses yeux bleus et poudrait ses pommettes slaves. Des bagues et des bracelets bohèmes teintaient à ses doigts et ses poignets. À quarante-huit ans, Mira la diva rayonnait. Max la remarqua. Un matin, il l'invita à entrer prendre un café, lui demanda d'où elle venait, ce qu'elle aimait. Mise en confiance par ce regard chaleureux qui semblait vraiment s'intéresser à elle, troublée par le tee-shirt blanc qui lui collait aux épaules, Mira parla beaucoup et mélangea tout : l'Opéra et Ceauşescu, son mari mort et *La Traviata*, l'hôtel du boulevard des Italiens, le « monde au balcon », et son fils, resté au pays. Max lui ferma la bouche d'un baiser. Elle s'accrocha à lui comme une noyée, comme une femme qui avait quitté ses souvenirs et son pays et ne s'était plus réchauffé le cœur depuis des années. Ils roulèrent sur le lit, elle vit le paradis. Mais Max restait Max. L'épisode du café matinal se répéta quelques fois, mais ne se transforma jamais en une relation officielle. Si Mira avait caressé d'autres espoirs, elle n'en laissa rien paraître. Dix ans plus tard, elle s'était adaptée à la situation. Max donnait du roman à sa vie. Elle lui rendait de menus services et l'espionnait avec délice. Elle bénissait le sort de les faire vivre dans le même immeuble, et s'apprêtait chaque jour pour lui plaire. À défaut d'être devenu son amant, Max était son ami. En revanche, elle supportait toujours très mal de le voir s'intéresser à d'autres femmes.

— Tu avais l'air de très bien t'entendre avec Manuela l'autre soir, glissa-t-elle en buvant une gorgée de thé.

— C'est quelqu'un que j'ai bien connu autrefois.

— Ah bon ? Bien comment ?

— Très bien, répondit Max pour l'agacer.

Il la laissa maugréer un moment sur la vendeuse de fanfreluches sexuelles, puis demanda à brûle-pourpoint ce qu'elle pensait de Léo Klein.

— Il veut jouer au poker avec nous. Je suis extrêmement méfiant. On ne demande pas à entrer à une table de poker comme ça, sauf si on va dans un club. Soit c'est un escroc, soit c'est un tendre pigeon.

Mira réfléchit un instant.

— Je crois c'est un type honnête, il travaille énormément, ça le rend très distrait. Il ne voit rien de ce qui se passe. Parfois, il parle tout seul dans la cour. Il croit que je ne l'entends pas, il se fait de grands discours avec les questions et les réponses en fumant une cigarette. Après, il remonte travailler, travailler et travailler. Je pencherais plutôt pour le tendre pigeon qui va se faire plumer !

— Dans ce cas, pourquoi est-ce qu'il veut jouer avec nous ?

Elle sourit tendrement.

— Parce que tout le monde veut jouer avec toi, Max ! Avec toi, on sent qu'on va bien s'amuser.

Max se servit un biscuit en se demandant s'il avait bien fait d'accepter que Klein se joigne à eux, même pour la bonne cause. Quand il avait annoncé la nouvelle aux trois autres, ils avaient sérieusement tiré la tronche. Peut-être une simple visite à son bureau suffirait. Il fut tiré de sa réflexion par l'arrivée dans la loge de Félix Baltimore, le patron de Laser Finance.

— Bonjour Mira ! Comment allez-vous aujourd'hui ? Je peux vous laisser les clefs pour la femme de ménage ? Elle doit passer tout à l'heure.

— Posez-les sur le guéridon, je les lui donnerai. Vous voulez un biscuit ? Ils sont à la cannelle.

— Avec plaisir, merci. Mmm, délicieux ! Au revoir, Mira.

Max la regarda, complètement ahuri.

— Pourquoi tu lui fais des risettes ? Ce mec-là veut nous foutre dehors !

— Mais il n'y est pour rien, lui. C'est pas le président de la Banque générale ! Et puis, je le trouve charmant. Il reçoit toutes les semaines un colis de la Martinique envoyé par sa mère, faut voir comment il sourit ! Il me demande toujours de les garder ici, il ne veut pas les montrer au bureau !

Max quitta la loge, heureux de se retrouver à l'air libre. Au bout d'un trop long moment passé dans la boîte à musique de Mira, il étouffait.

27

L'important, c'est de bien jouer avec les cartes que la vie nous distribue

Léo Klein avait mis une veste et apporté une bouteille de Jack Daniel's. Doria le fit entrer au salon où Max, Gégé Giacobbi, Joe Boutboul et Maurice Ackermann buvaient un *drink*, assis dans les canapés Art déco. Sur la table basse étaient disposés le whisky, des bols de pistaches et des glaçons. Avec ses cheveux gris aux boucles disciplinées, sa haute stature et son fameux sourire, Max était le plus beau aux yeux de Doria. Joe était de plus en plus gros, Maurice de plus en plus sec et Gégé de moins en moins roux. Elle se demanda si Klein, tellement propre sur lui, tellement élégant, n'allait pas prendre peur en voyant leurs têtes cabossées de vieux fêtards, mais il sourit de toutes ses dents en avançant vers Max, main tendue.

— Merci de m'avoir accepté à votre table. Je sais que ça doit vous paraître bizarre, quelqu'un qui s'invite comme ça, mais en vous voyant de ma fenêtre jouer plusieurs fois par semaine, j'avais l'impression de regarder un film. Et j'avoue, j'ai eu envie, pour un soir, de rentrer dans l'écran.

— Méfiez-vous, c'est peut-être un film de gangsters ! ricana Joe Boutboul.

Les autres se mirent à le huer.

— Il est taquin ! dit Max.

— Ce que vous êtes lourds ! soupira Doria, excédée par leur numéro de vieux cabots. File-moi du whisky, je vais en avoir besoin pour supporter votre présence.

Léo lui passa obligeamment un verre.

— Je me demande ce que vous êtes venu faire dans cette galère.

— Laisse-le tranquille. Il veut simplement passer une bonne soirée !

Doria haussa les épaules.

— Il va se faire plumer, c'est tout.

L'intéressé fronça les sourcils, ce fut très furtif. Son regard bleu sembla un instant plus froid que la glace.

— Hum ! C'est gentil de vous inquiéter, mais je trouve que vous m'enterrez un peu vite.

L'arrogance naïve du jeune homme la fit sourire. Doria suivit les hommes dans la salle à manger devenue bureau, curieuse de voir comment il allait se défendre. Max avait déjà préparé le tapis vert, les jeux de cartes, les caves et les jetons, les cendriers. Le tapis était brodé dans chaque coin d'un cœur, d'un pique, d'un carreau et d'un trèfle en feutrine noire ou rouge, et portait la trace de quelques brûlures de cigarette. Il avait beaucoup vécu, il avait traversé les années, les tournois, les parties mémorables, les petits matins glorieux ou sinistres, il avait vu des femmes jouer leur chemise et des hommes perdre au strip-poker. D'aussi loin qu'elle remontât dans ses souvenir, Doria voyait ce tapis.

Max se mit à battre les cartes. Il le faisait toujours de la même manière : une « soupe », puis trois mélanges à l'effeuillage suivis de trois coupes en série. D'un geste de la tête, il proposa à Gégé, assis à sa droite, de recouper. Celui-ci refusa d'un geste du doigt. Cela rappela à Doria d'autres soirées, des dizaines, des centaines de soirées ; et toujours Max qui jouait. Elle était enfant, puis ado, elle venait passer le week-end chez lui, parfois quelques jours de vacances, mais c'était rare. Toute la journée, seule avec son père, elle s'amusait. Puis la nuit tombait. Les joueurs arrivaient. La table se couvrait de vert, de jetons, de cartes, de billets. Parfois, plusieurs tables étaient préparées, elles formaient un champ de cercles verts dans le salon et la salle à manger. Max organisait des tournois. Doria partait se réfugier dans une chambre et s'endormait malgré le bruit et la fumée. Le lendemain, qu'il ait gagné ou perdu, Max Dahan souriait et l'emmenait déjeuner au Hard Rock Café.

— Nous jouons avec une cave de deux cent cinquante euros par personne.

Léo Klein resta impassible et s'assit à la place que Max lui désigna, sa mèche impeccable toujours parfaitement calée sur son crâne. Doria sentit une certaine excitation la gagner. Le frémissement des débuts de partie, quand tout est possible. Sa mère lui avait fait promettre qu'elle ne jouerait jamais au poker, mais il y avait des moments où elle aurait bien aimé manquer à sa parole.

— Vous voulez jouer à quoi ? demanda Gégé en chaussant ses lunettes.

À leur âge, ils étaient tous sévèrement presbytes, mais tellement soucieux de leur style qu'ils arboraient des lunettes solaires type aviateur ou Wayfarer, sauf que leurs verres teintés étaient de véritable loupes.

— Au poker ! répondit Klein en regardant tour à tour leurs quatre visages lunettés.

— Oui mais lequel ? Poker fermé, Texas Hold'em, omaha, blind, aviation, courchevel... ?

— Ne changez pas vos habitudes pour moi. Vous jouez à quoi normalement ?

Joe Boutboul sourit en prenant un cigare :

— À ce qu'on appelle le poker à l'italienne, un jeu tout à fait particulier où on peut avoir jusqu'à sept cartes communes au centre, que nous ouvrons au fur et à mesure des blindes. Ensuite, c'est un peu comme au Texas Hold'em, on peut faire des combinaisons avec son jeu et les cartes ouvertes, la donne change chaque fois qu'on ouvre une nouvelle carte, ce qui donne un jeu en évolution permanente. Très excitant.

Il aspira quelques bouffées rapides pour allumer son cigare, ce qui gonfla généreusement son double menton, puis souffla la fumée vers le plafond, et attendit la réponse de Léo Klein.

— Hum...

— On va se faire un Hold'em, intervint Max en distribuant les cartes.

— Pourquoi c'est encore toi le dealer ? s'agaça Maurice.

— Parce que.

— Je blinde à dix, déclara Maurice Ackermann en posant un jeton sur le tapis.

— Surblinde à vingt, lança Gégé Giacobbi.

Chacun jeta un rapide coup d'œil à ses deux cartes en soulevant légèrement le bord supérieur.

— Relance de quarante ! déclara Joe Boutboul.

— Et voilà, tout de suite dans la surenchère ! s'agaça Maurice avant d'allumer une cigarette.

— Tu n'es pas obligé de suivre.

— Je suis, déclara Léo Klein en posant deux jetons de vingt.

Sur la platine de Max, Chuck Berry chantait *You Never Can Tell*. Klein but une gorgée de whisky et n'importe qui put deviner qu'il était heureux d'être là. Maurice passa, Max suivit.

Il distribua ensuite le flop – trois cartes ouvertes sur le tapis, qui servaient de main commune à tous les joueurs : un as de cœur, un huit de trèfle, un valet de cœur. Les yeux de Léo Klein allaient du flop à ses cartes. Un nuage de fumée dense s'échappa des narines de Maurice Ackermann, Klein toussa légèrement mais sa mèche resta immobile. Doria se dit que par sa fenêtre, il n'avait pu capter ni le son ni l'odeur du film, et se demanda combien de temps il y résisterait.

Gégé posa trois jetons de vingt sur la table. Joe fit de même. Léo Klein tapotait en rythme sur sa pile, l'air de se demander s'il suivait ou pas. Sa veste marine épousait la ligne de ses épaules, sans faire un pli. Doria le soupçonna de s'être assis sur le bas du tissu, comme les animateurs télé. Elle se leva brusquement pour vérifier.

— Oh là ! Qu'est-ce que tu fous ? s'énerva Gégé. Ne bouge pas de ta place. Pas la peine de regarder nos cartes dans notre dos pour donner les infos à ton père.

— T'es complètement parano. Ce n'est pas du tout ce que je voulais faire.

— Qu'est-ce que tu fais à tourner autour de la table alors ?

Euh... Comment dire...

— Je me cassais, monsieur, voilà ce que je faisais !

Agacée, Doria dut se résoudre à un repli stratégique dans le salon. Léo Klein la suivit sans doute du regard. Elle entendit Joe plaisanter sur le fait qu'elle était plus jolie à regarder que les cartes.

Son verre était resté sur la table basse. Doria avala un peu de whisky, s'allongea sur le canapé en cuir noir et posa son verre sur l'accoudoir en bois. Ayant calé un coussin sous sa nuque, elle saisit la télécommande et zappa de chaîne en chaîne à la recherche d'un film ou d'une série intéressants. Malgré son agacement, elle aimait bien les copains de son père. Ses tontons flingueurs étaient quand même plus rigolos que les papys qui s'endormaient devant la télé, les pieds au chaud dans leurs pantoufles. Plus actifs aussi. Aucun d'entre eux ne s'était arrêté de travailler. Même s'il avait ralenti son activité, Maurice Ackermann était toujours producteur de cinéma. Il avait été à l'origine de grands succès du cinéma français des années 1970 et 1980 et fricotait toujours dans le milieu. Quand il ne jouait pas aux cartes ou aux courses, il regardait des films. Max continuait à acheter et vendre des tableaux. Il fut un temps où le jeu avait été encore plus important dans sa vie, un gagne-pain. Mais, aujourd'hui, ses yeux ne supportaient plus l'intensité des tournois. Après avoir été un des grands pontes du Sentier, Joe Boutboul investissait maintenant dans l'immobilier. Quant à Gégé Giacobbi, il était dans « les affaires » depuis toujours, et personne n'avait jamais cherché à comprendre – ou à savoir – en quoi elles consistaient. Doria continua à zapper paresseusement. Heureusement qu'ils étaient là, ils ne laisseraient jamais tomber Max. C'était rassurant pour la suite, si jamais les choses tournaient mal pour l'appartement. Ils se connaissaient depuis si longtemps… Depuis quand déjà ?

Un coup de feu éclata, suivi du bruit sourd d'un corps qui s'effondre. Doria se redressa, paniquée. Dans la télé, la fusillade reprit de plus belle. La jeune femme sourit : elle s'était endormie devant l'écran… comme une mamie ! Elle retourna dans la salle à manger voir où en était la partie.

— Vous vous connaissez depuis combien de temps déjà ?

Ils la regardèrent comme si elle tombait de la Lune.

— Ben, depuis le Golf-Drouot ! s'exclama Gégé.

— 1962, concert des Dritons avec Jacques Dutronc, Hady Kalafate, Jean-Lou Licard, Jean-Pierre Huster à la basse et Farid Kaldi à la batterie.

La pile de jetons de Léo Klein avait sérieusement diminué, mais il restait flegmatique. Tout au plus ses mâchoires étaient-elles plus crispées qu'à l'accoutumée, ce qui rendait son visage tellement carré et symétrique qu'il ressemblait à Clark Kent dans les B.D. de Superman. Il passa la langue sur ses lèvres desséchées qui reprirent un peu de couleur.

Max retourna une carte sur le tapis, dévoilant une quatrième carte à côté du flop. Un roi de carreau. Un nouveau tour de mise commença.

— Que pensez-vous de notre association de locataires ? demanda Max à Klein.

Maurice Ackermann se coucha. Gégé dit parole. Joe Boutboul relança de cinquante. Léo Klein prit son temps pour répondre.

— Je n'en vois pas vraiment l'intérêt. Pour moi, c'est une perte de temps et d'énergie. Or je n'ai ni l'un ni l'autre à consacrer à un projet hors de mon travail. De toute façon, je ne comptais pas rester sur les boulevards, c'est trop bruyant.

Après quoi, il suivit de cinquante. Max aspira une bouffée de cigarette et relança de vingt.

— C'est un point de vue…

— Je comprends que vous en fassiez une affaire personnelle. À votre âge, c'est dur de déménager, de quitter ses petites habitudes. Je suppose que vous ne retrouverez plus un tel espace pour un loyer similaire.

Ce n'était plus de l'arrogance, c'était du mépris. Doria vit son père mâchouiller sa cigarette, signe d'un énervement grandissant. Il sourit à son adversaire en retournant la cinquième carte, appelée « la rivière », pour le tour de mise final. C'était un dix de pique. Klein enfonçait le clou :

— Créer une association, c'est malin pour ne pas se faire avoir dans les transactions, négocier les relogements, etc. Mais vous n'arriverez jamais à faire reculer la Banque générale. Vous pourrez gagner du temps, mais soyons réalistes, vous feriez mieux de chercher un nouvel appartement.

— Dites-moi seulement si vous rejoignez cette association ou non, jeune homme. Le reste, j'en fais mon affaire.

Gégé et Joe misèrent chacun leur tour. C'était à Léo Klein de jouer. Il réfléchissait. Il avait deux rois dans son jeu et il y en avait deux autres sur le tapis. Cela lui faisait un carré. Il posa un jeton sur le tapis. Cette fois, il allait se refaire !

— Je veux bien vous rendre service en disant oui, mais ne comptez pas sur moi pour une action quelconque. Je n'ai pas le temps. Quoique, je peux vous créer un logo, si vous voulez.

Max resta de glace derrière ses lunettes noires.

— Nous n'avons pas besoin de logo, jeune homme.

Il abattit ses cartes.

— Suite royale. Je crois que j'ai gagné la partie.

— Putain, j'avais une quinte flush ! s'énerva Joe.

Klein lâcha son carré de rois inutile. Max rafla la mise et sourit, le regard froid.

— Le poker, c'est le sport assis le plus violent du monde. La chance n'y a pas de place. C'est une façon d'appréhender la vie : l'important, c'est de bien jouer avec les cartes qu'elle nous distribue. Messieurs, ce fut un plaisir.

Léo Klein se leva, remercia chaleureusement Max, Doria et chacun des joueurs. Il quittait la table dépouillé de deux cent cinquante euros mais content. Il avait bu du whisky et s'était entraîné à ne laisser paraître aucune émotion sur son visage. Il s'était concentré à 100 % sur autre chose que des plans, des perspectives et des matériaux, il s'était assis à une table de pros à la technique de jeu époustouflante. Il avait entendu des réflexions étranges.

On l'avait pris pour un idiot, mais il s'était défendu avec les armes dont il disposait. Il savait bien que Max Dahan ne l'avait invité que pour qu'il rejoigne son association.

— Je signerai vos papiers dès qu'ils seront prêts. Vous n'aurez qu'à me prévenir par la fenêtre.

Max le raccompagna à la porte, puis il ferma la porte de la chambre de Doria qui donnait sur la cour.

— Bon, on peut enfin commencer à jouer ? demanda Gégé Giacobbi.

28

Ce Sigmund, je l'attraperais bien par la peau des couilles

Une coupe de champagne dans la main, Doria déambulait parmi les portants de lingerie sexy, les présentoirs chargés de lubrifiants, crèmes de massage, huiles comestibles ou chauffantes, les jolis fouets roses avec des strass, les culottes fendues, les menottes en duvet de cygne rose… Elle s'était décidée à assister à un des fameux apéros coquins de Manuela, car avoir une boutique nommée Oh My Gode ! dans son immeuble et ne pas aller voir de quoi il en retournait, cela ne ressemblait pas à Doria Dahan. Une voix suave réinterprétait des standards des années 1980 en mode jazzy, des bougies parfumées brûlaient dans des photophores rouge sombre, libérant de précieuses rémanences de tubéreuse et de myrrhe. Manuela soignait sa mise en scène, décor néo-baroque évoquant le boudoir d'une libertine moderne, signature sonore et olfactive. Tout contribuait à transporter la cliente dans un univers intime, privé, entièrement dédié au plaisir féminin. Sa chevelure brune glissant sur ses épaules, vêtus d'un jean slim noir et perchée comme à l'accoutumée sur des talons aiguilles, Manuela passait parmi les jeunes femmes en souriant. Elles étaient venues pour la plupart en petits groupes de deux ou trois, peut-être pour se donner un peu de courage. Partagées entre la gêne, l'amusement et un début d'excitation, elles touchaient avec curiosité les objets et vêtements exposés. Certaines gloussaient en soulevant les godemichets. Doria constata qu'en la matière il ne semblait pas y avoir de limites à l'imagination humaine : ils se dressaient fièrement sur les étagères, de toutes les couleurs, certains ridiculement petits, d'autres indécemment grands, certains en caoutchouc, d'autres en latex, en métal, en verre ou en Plexiglas, certains lisses, d'autres hérissés de picots, en forme de canard, de pénis, de cactus, de chapelet… Une fille se mit à fixer avec insistance des boules de geisha, puis se détourna en rougissant. Quand les coupes furent vidées, les yeux remplis, Manuela mit la musique en sourdine et invita ses clientes à la suivre dans l'arrière-boutique, à l'abri des regards. Sur une table basse étaient disposée une large sélection d'accessoires de plaisir. Elle attendit que les jeunes femmes soient toutes assises dans de gros canapés roses et moelleux comme des chamallows, et brandit soudain une grande pancarte.

— Ceci est votre clitoris ! lança-t-elle.

L'affiche montrait le schéma en 3D d'un organe rose, avec une trompe, deux grands bulbes et de longues racines. Par-dessus était tracé le croquis sommaire de deux jambes écartées et une vulve.

Les jeunes femmes échangèrent quelques regards par en dessous, des sourires amusés ou gênés.

— C'est un continent inconnu, un secret bien gardé, c'est la clé de votre plaisir. On imagine souvent que le clitoris est un simple petit gland. Mais cette perle, ici, n'est que la partie visible de l'iceberg. Le clitoris étend ses ramifications tout autour de votre sexe. Et ce joli organe ne sert qu'à une seule chose : votre plaisir ! À rien d'autre, et surtout pas à la reproduction ! Sachez, mesdemoiselles, que seul votre clitoris peut vous faire jouir. L'orgasme vaginal n'existe pas ! D'ailleurs, il y a très peu de capteurs à cet endroit-là, alors que le clitoris, lui, est équipé de dix mille terminaisons nerveuses pour nous faire décoller et nous emmener directement au septième ciel.

D'abord surprise par le didactisme et le sérieux de Manuela, Doria l'écouta ensuite avec intérêt. Elle ne savait pas que le berlingot qu'elle aimait bien s'asticoter de temps en temps était un grand machin avec des oreilles de sept à dix centimètres caché sous la peau !

— L'orgasme vaginal est un mythe, tout comme le point G ! continua Manuela. Quand vous éprouvez du plaisir au moment de la pénétration, c'est simplement parce que la partie interne du clitoris est stimulée, n'en déplaise à M. Freud[1]. Ce Sigmund,

1. Selon Freud, la sexualité des femmes s'organise autour d'une seule chose : la frustration de l'absence du pénis, et la recherche de la pénétration pour combler ce manque. Ainsi, l'orgasme clitoridien est considéré comme infantile et immature, contrairement à l'orgasme vaginal qui marque l'entrée dans la sexualité adulte. Cette analyse misogyne de la sexualité a considérablement marqué la pensée médicale et la recherche scientifique tout au long du XXe siècle, comme en atteste le traité du docteur Moore en 1964, qui définit une femme frigide comme une femme n'ayant pas d'orgasme vaginal.

je l'attraperais bien par la peau des couilles pour le punir du mal qu'il nous a fait !

Un léger éclat de rire, quelques gloussements, des regards curieux, les filles se détendaient.

— Donc, pour bien s'éclater à deux avec son clitoris, il faut d'abord savoir s'en servir toute seule. Il faut le connaître, l'apprécier, le cajoler, le faire bander, car oui, le clitoris est un organe érectile, tout comme le pénis. Il faut le remercier de tout le bonheur qu'il peut nous donner.

— Oh oui, le clito ! gémit sensuellement une brunette coiffée d'un chignon tout rond, très haut.

Elles se mirent à parler et à rire toutes en même temps. Les joues s'échauffaient, les yeux brillaient. Les objets posés sur la table attiraient des regards pétillants de convoitise.

— Mais oui ! *Osez le clito*[1] *!* lança Manuela. Nous n'avons pas forcément besoin de pénétration pour un rapport sexuel réussi. Personnellement, je vous conseille même de tester le fameux « je ne couche jamais avant le premier orgasme », pour vous assurer une relation de couple épanouie. Vous m'en direz des nouvelles. Et justement... J'ai ici plein de jouets sympathiques pour titiller nos clitoris !

Elle s'empara d'un godemiché surnommé Mister Rabbit, « la star des godes », un engin à deux têtes, avec mouvement circulaire variable, roulement à bille et changement de vitesse, conçu pour une stimulation optimale des zones érogènes, et qui s'enorgueillissait d'un taux de satisfaction maximum. Les jeunes femmes le passèrent de mains

---

1. Toutes ces informations sont issues du site de l'assocaition « Osez le féminisme » : http://www.osezlefeminisme.fr.

en mains avec des cris d'excitation. Doria s'en saisit avec un peu d'appréhension. L'engin vibra, roula, gronda, elle le passa vite fait à sa voisine. L'inventaire continua : godemichés, boules de geisha, anneaux vibrants, œuf intime à télécommande, langue vibrante, doigts chinois, canard, tout un bestiaire coloré, ludique, coquin, parfois douteux, parfois troublant, sur lesquels elles se jetèrent comme sur des bonbons.

Deux heures plus tard, le dernier paquet noué, la dernière cliente évanouie, Doria et Manuela s'assirent sur le perron de la boutique. Les affaires avaient été exceptionnellement bonnes pour Manuela, qui se détendait enfin en fumant une cigarette.

— Je ne savais pas que tu étais une militante du clito.

— C'est un bon axe pour vendre. Je me suis rendu compte que la plupart des femmes étaient d'une ignorance crasse sur le sujet. Et ne parlons pas des hommes. C'est encore quasi tabou pour eux. Même pour ceux qui connaissent, ça reste cantonné aux préliminaires... Pfff !

— Tu as couché avec Sacha ? demanda Doria à brûle-pourpoint.

Les sens échauffés par sa soirée, elle se sentait encore plus frustrée par la tournure de sa relation avec le beau gosse. À voir Manuela si sensuelle, si femme, si sûre d'elle, la tête lui tournait. Doria se souvenait encore de Sacha s'introduisant chez elle après s'être enfui par la fenêtre de la chambre d'Isabelle Delgado.

— Je ne couche plus avec personne, Dieu merci. Mais j'ai l'intuition qu'il doit être du genre pressé et égoïste : sept minutes chrono, préliminaires compris.

— Dis donc, elle est précise, ton intuition.

— Bon d'accord, c'est Isabelle Delgado qui me l'a dit.

— Je ne comprends pas, il va pécho cette cougar et avec moi il n'essaie rien... J'ai l'impression d'être la fille la moins désirable de la terre.

— N'importe quoi ! Tu sais, Sacha... Il ne faut pas le prendre trop au sérieux.

— Il passe son temps à me filer entre les doigts, une vraie anguille. Je crois que je vais t'acheter un Bugs Bunny, finalement !

Manuela aspira une bouffée de sa cigarette,

— Mister Rabbit ! corrigea-t-elle en soufflant lentement la fumée par le nez, le temps d'un sourire en coin vers Doria.

Elle jugea qu'il était temps de changer de sujet.

— Qu'est-ce que c'est bien quand ce connard de Karim ne vient pas m'emmerder. J'ai fait mon meilleur chiffre depuis trois mois ! Je pense qu'avec ma petite blague de l'inspection sanitaire, il a compris qu'il valait mieux rester tranquille.

La porte de l'escalier B s'ouvrit sur Léo Klein, qui terminait enfin sa journée de travail. Elles lui lancèrent un bonsoir auquel il ne répondit pas.

— Même pas un signe de tête ! Quel mec arrogant et bizarre ! L'autre soir, il est venu jouer au poker chez mon père. Au début, il était charmant et à la fin, très désagréable.

— Il n'aime pas perdre ! Je ne pense pas qu'il soit hautain, c'est plutôt de la timidité. Il est dans sa bulle. Le beau distrait quoi, style Cary Grant.

Doria pouffa d'un rire qui s'étrangla dans sa gorge. Un homme venait de sortir furtivement de l'immeuble et sembla emboîter le pas à Léo Klein. Ses baskets blanches luisaient dans la pénombre. Doria remarqua son dos large, sa taille courte. Manuela écrasa sa cigarette et se leva pour la jeter dans une poubelle.

— Tiens, Simon fume son petit pétard du soir, dit-elle en levant les yeux vers les étages.

— En espérant une apparition d'Angélique.

— Quelle bande d'amoureux transis, cette famille !

29

Dans la peau d'une femme d'affaires dure en affaires

La pluie battait à la fenêtre, l'après-midi était calme, Doria travaillait sur son ordinateur. Elle avait créé une alerte « infos insolites » sur Google, et chaque jour apportait sa moisson de bizarreries humaines. Elle visionnait les vidéos, lisait les news, visitait les blogs comme Minutebuzz ou Oz. Ils étaient plusieurs en France sur le créneau de l'étrange, mais seules Bettina et Doria en faisaient des vidéos. Leur chaîne YouTube accueillait de plus en plus de visiteurs. Doria venait de dégoter l'histoire abracadabrante d'une jeune femme de ménage suédoise, qui avait volé un train en pleine nuit et l'avait conduit sur quelques kilomètres avant de l'encastrer dans un immeuble, quand on sonna à la porte. Elle entendit son père se lever pour ouvrir et reconnut la voix de Karim.

— Max, je suis désolé de ne pas avoir assisté à la réunion l'autre soir, mais j'ai l'inspection sanitaire au cul. Enfin, Sonia vous a dit que j'étais d'accord.

— Non… Mais je suis ravi de l'apprendre !

— Mais bien sûr ! Comptez sur moi, je ne vais pas lâcher le Broadway après toute la thune que j'ai investie. Il paraît qu'ils ont un problème avec mon kebab, ces bâtards ! Je signe où ?

— On est en train de rédiger les statuts, je vous tiens au courant.

— Simon et Doria sont là ?

— Chacun dans sa chambre.

Doria entendit ses pas lourds et élastiques faire grincer le parquet et il apparut devant elle, avec son sourire ouvert et son regard franc. C'était un gaillard d'environ quarante ans, tout en muscles et en sourires, immanquablement vêtu d'un jean, d'un tee-shirt près du corps qui moulait ses larges biceps et découvrait ses tatouages.

— Alors, il paraît que Manuela s'est vengée ?

— C'est un coup bas et un coup dur. Je suis bon pour repeindre et désinfecter ma cave et payer une amende. Et mes gars devront porter des gants en cuisine. Mais rassure-toi, je trouverai quelque chose pour bien la faire chier. Je peux jouer, moi aussi !

Karim s'installa sur le fauteuil en face du bureau, Doria eut l'impression d'être une avocate qui écoutait son client. Ou une psy. Elle croisa les mains et y appuya son menton, parfaitement dans le rôle.

— Je t'écoute, dit-elle.

Il n'eut pas l'air plus surpris que ça.

— Sonia a trouvé ta photo magnifique, dit-il en montrant le portrait fixé au mur. Elle voudrait les coordonnées du photographe.

Doria resta silencieuse. Elle ne voulait plus entendre parler de Frédéric, elle ne voulait pas qu'il soit mêlé, de près ou de loin, à sa nouvelle vie.

— C'est un photographe de mode. Il ne fait pas de portraits.

— Je peux payer, c'est pas un problème.

— Ce n'est pas une question d'argent, Karim ! C'est mon ex, ça m'emmerde. Point.

— Écoute, tu peux me demander n'importe quoi, mais donne-moi ce numéro. J'ai promis à Sonia.

Voilà qui devenait intéressant... Doria se sentait maintenant dans la peau d'une femme d'affaires dure en affaires, traitant un gros contrat derrière son bureau. Elle se recula sur son fauteuil, croisa les jambes, plissa les yeux. Que pourrait-elle exiger de Karim qu'il ne pourrait lui refuser ? C'était jouissif comme situation. Il faudrait que ça lui arrive plus souvent. Dans sa vie professionnelle, Doria était toujours en position de demandeuse. Elle en avait pris l'habitude, mais ça faisait du bien de se retrouver de l'autre côté, pour une fois.

— O.K. Si tu acceptes d'organiser le concert de Sacha dans ton bar.

— Hors de question ! hurla-t-il.

Doria était maintenant une joueuse de poker coriace, comme Max. Elle ne laissa aucune émotion de type déception ou agacement transparaître sur son visage.

— Pas grave, oublie ça.

Elle vit qu'il hésitait, tenaillé entre sa promesse à Sonia et sa décision d'éviter toutes sortes d'événements galère au Broadway.

— Réfléchis... On pourrait organiser ça le soir de l'apéro coquin de février. Manuela m'a dit qu'elle voulait faire un gros truc pour la Saint-Valentin. Avec le concert, tu lui coupes l'herbe sous le pied. Tu imagines sa tête quand les filles se précipiteront dans ton bar plutôt que chez elle ! Tu la tiens, ta vengeance !

Un sourire éclaira le visage de Karim.

— Surtout que Sacha, c'est un vrai sex-toy !

Doria eut beaucoup de mal à conserver son masque d'impassibilité. Tout au plus réussit-elle à lui décrocher un sourire crispé.

— O.K., t'as le deal ! Donne-moi le nom et le numéro de ton photographe et on organise le concert le mois prochain.

Elle inscrivit les coordonnées de Fred et les tendit à Karim.

— Dis à Sonia de faire attention quand même. C'est une sorte de… séducteur.

— T'inquiète ! dit-il en arrachant le morceau de papier des mains de Doria. C'est pas le genre de la miss !

Il bondit de son siège en se frottant les mains.

— Bon, où est Simon ? On peut dire que j'en fais, du biz, avec la famille Dahan !

Doria se replongea dans son ordinateur. Elle entendit Karim ouvrir la porte de la chambre de Simon et la refermer soigneusement. Soudain, elle mourut d'envie de savoir quel genre de « biz » il pouvait faire avec un gamin de dix-huit ans. Elle s'avança à pas de loup dans le couloir et colla l'oreille contre la porte de Simon.

— … de ma part… tu… cash facile, disait Karim.

— … Mec… C'est…

Il faudrait qu'elle dise à Simon d'apprendre à articuler. Avec sa manie de mâcher les mots, on ne pouvait même pas comprendre ce qu'il disait en écoutant aux portes.

— … fais gaffe, tu te… de dealer, t'es sérieux… Ton territoire…

— T'inquiète… Je…

— Et surtout tu lâches pas tes études… C'est juste pour…

— … Merci mec. J'appelle…

Doria fila dans sa chambre comme une flèche. Quand Karim repassa devant sa porte en faisant un petit signe de la main, il vit qu'elle avait le nez collé à son écran. Comme une débile. Un rôle à sa hauteur.

30

Un message privé sur Twitter

Vous avez reçu un message privé de @simonlambert sur Twitter :

Slt Angélique ça te dirait un ciné samedi ?

Vous avez reçu un message privé de @angelik_dgd sur Twitter :

Slt Simon. Non impossible je vois mes potes !

Vous avez reçu un message privé de @simonlambert sur Twitter :

Dîner samedi soir ?

Vous avez reçu un message privé de @angelik_dgd sur Twitter :

Non je dois garder mes frères #enfer

Vous avez reçu un message privé de @simonlambert sur Twitter :

Tant pis

Vous avez reçu un message privé de @angelik_dgd sur Twitter :

Brunch dimanche ?

Vous avez reçu un message privé de @simonlambert sur Twitter :

O.K.

31

Un tee-shirt avec une tête de mort devant et sans soutien-gorge dedans

Doria avait sonné à la porte de Sacha suffisamment tôt ce matin pour être sûre de le trouver chez lui. Elle portait un tee-shirt avec une tête de mort devant et sans soutien-gorge dedans. Il avait mis un certain temps à ouvrir et avait souri chaleureusement en la découvrant sur le palier. Adorable.

— Doria ! Quelle bonne surprise !

— Je peux entrer ?

— Euh… oui.

L'appartement était quasi vide, entièrement blanc du sol au plafond. Tout, meubles compris, avait été recouvert d'une couche de peinture immaculée : le parquet, les murs, le buffet Henri-IV et les chaises Louis-XVI, le manteau des cheminées et le cadre des miroirs, la table ronde de la salle à manger. Le canapé avait disparu sous un drap.

— Sympa chez toi, déclara Doria en observant autour d'elle avec avidité. Tu me fais visiter ?

C'était la première fois qu'elle entrait chez Sacha.

— Non.

Ayant conscience d'avoir été un peu brutal, il se rattrapa :

— Il n'y a que deux pièces qui sont aménagées, le salon et ma chambre. Le reste est un capharnaüm inintéressant.

— Ah bon ? demanda Doria, de plus en plus intriguée.

— J'ai récupéré l'appart après le départ de ma grand-mère en maison de repos. J'ai viré les rideaux à fleurs, les napperons en crochet, les tableaux ignobles, les coussins à volants, et j'ai tout repeint en blanc neige, même le parquet. Enfin, c'est une copine peintre qui l'a fait. J'ai acheté des lampes, des rideaux et des draps blancs. Et voilà le travail ! Classieux, non ?

— Certes, répondit Doria qui avait tiqué sur la copine peintre.

L'appartement avait la même disposition que celui de Max mais il y régnait une atmosphère tellement différente qu'on avait l'impression d'être ailleurs. Max avait accumulé quantité de meubles, d'objets étranges, de tableaux, qui finissaient par raconter une histoire chaleureuse, la sienne. Sacha avait gommé toute trace de la vie qui s'était déroulée entre ces murs et n'avait rien écrit de personnel sur cette page blanchie. Malgré sa clarté, l'appartement de Sacha semblait triste.

— J'ai une nouvelle ! annonça Doria.

Sacha s'assit sur le canapé et commença à lacer ses baskets.

— Qu'est-ce que c'est ?

Ce matin, Doria se sentait dans la peau d'une manageuse qui annonçait un concert à l'Olympia à son artiste.

— Karim est O.K. pour le concert au Broadway.

Elle s'était entraînée à prononcer la phrase avec un détachement calculé et une pointe d'emphase, pour ne pas atténuer le poids de l'information. Un cocktail de tonalités assez subtil, qu'elle venait de réussir parfaitement.

— Sérieux ? demanda Sacha, qui passa de l'indifférence à l'extase en quelques secondes.

Il la prit dans ses bras, la fit tournoyer dans toute la pièce et lui colla un smack.

— Comment tu t'es débrouillée pour le convaincre ? On fait ça quand ?

— Le soir de l'apéro coquin de février. Ton concert est un effet collatéral de la guerre Manuela/Karim.

— Ah ! ah ! Tu es géniale !

Il la serra tendrement contre lui, lui caressa les cheveux, lui baisa les paupières, le coin des lèvres, la bouche.

— Ce serait bien qu'on se fasse un dîner en tête à tête pour fêter ça... Tu voudrais ?

Mmm, devait-elle le faire languir ?

— Je crois que ça me plairait !

— Alors c'est promis, rien que toi et moi. Je dois partir travailler... J'ai pas envie, chuchota-t-il en lui agrippant les fesses.

Elle se colla contre lui. Du coin de l'œil, elle voyait la porte de la chambre entrouverte sur le lit défait.

— Reste !

— Je ne peux pas...

Il attrapa ses clefs, sa veste, son casque de scooter, ouvrit la porte, s'effaça pour la laisser passer.

— Je t'appelle et on se cale ça ?

Doria n'eut pas le temps de répondre, ni oui ni merde. Il avait déjà dévalé l'escalier.

32

Des gamins amoureux qui faisaient des bêtises aussi légères qu'eux

« Ce qui caractérise les grands boulevards, c'est vraiment la foule », se dit Simon en essayant de se frayer un chemin entre les passants. Une foule en marche, qui montait ou descendait, une foule à la physionomie changeante, colorée, métissée, un mix de bobos, ados, clodos, créatifs, financiers, Renois, Rebeus, Chinois, Pakistanais, Parisiens, provinciaux, banlieusards, touristes, jeunes, vieux, pauvres, riches… Et toute cette humanité affairée ou flânante se mélangeait dans une ambiance bon enfant, tranquille. Il n'y avait pas d'agressivité sur les boulevards. Chacun vaquait à ses occupations sans gêner son voisin, avec des sourires échangés, complices, des gens qui travaillaient, d'autres qui consommaient et ceux qui ne faisaient que passer. Un exemple de « vivre-ensemble » parfaitement réussi, à l'image de ce que devrait être la France. « C'est en parquant les gens dans des ghettos que tout se passe mal, si tout le monde se mélangeait, comme ici, tout irait beaucoup mieux. » Arrivé à ce stade de ses réflexions sociologiques, Simon se demanda s'il n'allait pas prendre la main d'Angélique qui marchait à côté de lui d'un pas assuré et délicat. Il n'osa pas, préféra la laisser le devancer pour la contempler à son aise. Elle portait un petit jean slim gris délavé, moulant à la perfection, avec une paire de bottes plates et fourrées qui lui faisaient un pied tout rond. Ne le sentant plus à ses côtés, Angélique se retourna.

— Qu'est-ce que tu fais ?

Ses cheveux s'échappaient en une cascade blonde d'une toque en fourrure qu'elle avait dû piquer à sa mère. On aurait dit une poupée russe à la bouche rouge cerise et aux yeux de chat. Simon mourait d'envie de coller ses lèvres à cette bouche. Il l'avait fixée tout au long de leur brunch au Paradis du fruit, boulevard des Italiens, et avait à peine pu toucher à sa pita toastée à la dinde.

— Rien, je suis là.

C'est elle qui lui tendit la main. Leurs doigts s'entrelacèrent dans le froid de janvier. Quelques flocons de neige voletaient autour d'eux. La foule continuait à charrier son flux et son reflux d'hommes et de femmes, ils avançaient, seuls dans leur bulle, isolés par la magie de leurs mains jointes. La façade du Grand Rex se dressa devant eux, lumineuse comme celle d'un music-hall de Broadway.

— Tu es sûr que tu veux y aller ? Je n'ai pas très envie de voir un film.

— On ne va pas voir un film, dit-il.

— Ah bon ?

— Suis-moi.

Il acheta deux tickets sous le regard intrigué d'Angélique et apprécia qu'elle ne pose pas de questions. Il était déjà assez stressé comme ça et espérait très fort que son plan allait marcher. Simon attendit que le hall d'accueil du cinéma soit bondé, puis tira discrètement Angélique par la manche. Faisant attention à ne pas être vus, ils empruntèrent un escalier réservé au personnel. Simon tremblait un peu. Un grand ascenseur attendait de les emmener vers les étages. Personne ne leur barra la route. Il appuya sur le dernier bouton. La vieille cabine se mit en branle. Ils se regardaient en souriant, des gamins amoureux qui faisaient des bêtises aussi légères qu'eux. L'ascenseur s'arrêta. Simon se dirigea le long de plusieurs couloirs déserts, éclairés par des appliques Art déco ; Angélique le suivait. Il avait eu le temps de faire des repérages au cours de ses pérégrinations boulevardières. Depuis qu'il séchait les cours, sa vie était passionnante. Il avait découvert et visité un tas de lieux exceptionnels, des bâtiments à la beauté surannée et captivante. Le Rex était son préféré. Enfin, il s'arrêta devant une petite porte close. Il la poussa légèrement. Elle ne s'ouvrit pas.

— Qu'est-ce qu'on fout là ? chuchota Angélique. Je commence à avoir les jetons.

Simon s'était agenouillé et tâtait la moquette rouille. Il glissa ses doigts dans un interstice et en sortit une petite clef qu'il glissa dans la serrure. La porte s'ouvrit sur un escalier étroit. En haut des marches s'étendait le toit-terrasse du Grand Rex. Son dôme Art déco s'élançait vers le ciel, avec ses lettres rouges. Le roi des cinémas leur ouvrait son royaume, leur offrait son tout-Paris, des toits à perte de vue ; au loin sur Montmartre se dressait le Sacré-Cœur, en bas les boulevards roulaient comme un long fleuve parallèle à la Seine. C'était Paris sous son ciel immense, d'un gris plein de nuances et de nuages pâles. Angélique courait en riant sur la grande esplanade à ciel ouvert, tournait sur elle-même, bras écartés. Simon fit quelques pas vers elle, il marchait dans le ciel, en apesanteur, souffle coupé. Elle s'arrêta quand il ne fut plus qu'à quelques centimètres. Il fit encore un pas, pencha doucement son visage, ses lèvres se posèrent sur les siennes. Le ciel se renversa et la neige se mit à tomber. Simon embrassa Angélique comme on s'abreuve à une source fraîche quand on a soif, comme on s'approche du feu quand on a froid. Ses bras restés le long de son corps se posèrent doucement sur les hanches de la jeune fille. Il l'attira à lui en frissonnant. Elle noua ses bras autour de son cou. Autour d'eux, Paris tournoyait. Ils s'embrassaient sous le vaste ciel. Seuls au monde, comme dans une boule à neige.

FÉVRIER

33

Si toi non plus, tu n'aimerais pas qu'on te chasse de chez toi

Doria avait commandé une grande banderole en P.V.C. sur laquelle elle avait fait inscrire :

I ♥ MY 19 bis, BOULEVARD MONTMARTRE
Soutenez les locataires expulsés
et rejoignez notre page Facebook :
« Si toi non plus, tu n'aimerais pas
qu'on te chasse de chez toi »

C'était un geste pour son père, pour lui montrer qu'elle participait à son combat. Max avait déposé un dossier à la préfecture de Paris et l'annonce venait d'être publiée au *Journal officiel.* Maintenant que l'association avait vu le jour, il fallait la faire vivre, et agir. Doria se tenait devant la fenêtre, perplexe. Elle avait accroché le bord de la banderole au petit balcon de fer forgé du salon et comptait la dérouler jusqu'à celui de la chambre de Max. Tout à coup, elle s'était rendu compte qu'elle ne pouvait pas la passer d'une fenêtre à l'autre.

Elle hésita à déranger Max qui travaillait sur son ordinateur, lunettes sur le nez. La clef tourna dans la serrure et Simon entra, un sourire flottant sur ses lèvres. Depuis quelque temps, il semblait en lévitation, se lavait chaque jour, se coiffait régulièrement, rangeait sa chambre et sortait tous les soirs. Max l'appelait Mr Vertigo, comme le héros volant de Paul Auster. Avec Doria, ils échangeaient des clins d'œil entendus quand il pianotait sur son portable comme si sa vie en dépendait, mais discrets, ils ne lui posaient pas de questions.

Voyant Doria se débattre avec sa banderole, Simon s'approcha de la même démarche flottante, bidouilla un astucieux système de poulie et de nœuds marins avec les cordes, et fixa tranquillement la banderole d'un bout à l'autre de la façade de l'immeuble, du salon à la chambre de Max. Ils appelèrent Max pour lui faire contempler le résultat. Ça le fit rire, lui qui n'avait jamais manifesté de sa vie, qui ne s'était jamais senti concerné par aucune cause. Voilà qu'il affichait sa revendication en grand sous ses fenêtres.

— On descend voir comment ça fait du boulevard ? s'agita Doria.

— Attends, je veux d'abord voir les statuts.

Max passa le dossier à Simon. Par-dessus l'épaule de son neveu, Doria contemplait avec fierté les quelques pages qui marquaient le début du combat de son père.

Article premier :

Il est fondé entre les adhérents aux présents statuts une association par loi du 1er juillet 1901 et le décret du 16 août 1901, ayant pour titre « I love my 19 bis, boulevard Montmartre ».

Article 2 :

Cette association a pour but de défendre les intérêts des locataires et commerçants du 19 bis, boulevard Montmartre.

Article 3 : siège social

Le siège social est situé au 19 bis, boulevard Montmartre, 75002 Paris.

Article 4 :

L'association se compose de onze membres actifs : M. Max Dahan, Mme Mira Popescu, M. Karim Hariga, Mme Barbara Daquin, Mlle Doria Dahan, M. Simon Lambert, M. Sacha Bellamy, Mme Valérie Manuela Monte, M. Léo Klein, M. Manuel Delgado, Mme Isabelle Durand-Delgado.

Article 5 : conseil d'administration

L'association est dirigée par un conseil de onze membres et ce pour cinq années par l'assemblée générale. Le conseil d'administration a choisi parmi ses membres, au scrutin secret, un bureau composé par :

- *un président : M. Max Dahan*
- *un trésorier : Mme Mira Popescu*

…

Doria leva les yeux vers Max :

— Moi aussi, j'ai quelque chose à te montrer.

Elle apporta son ordinateur portable sur la table de la salle à manger et se connecta sur Facebook. La page « Si toi non plus, tu n'aimerais pas qu'on te chasse de chez toi » s'afficha, elle comptait déjà une petite trentaine de fans : les locataires et quelques amis proches, comme Bettina. Doria avait écrit un premier statut, avec la photo de l'immeuble :

« Au 19 bis, boulevard Montmartre, vit une petite poignée d'individus, avec ses bonheurs et ses soucis. Il y a des commerces, des bureaux, des locataires. Mira la gardienne aime l'opéra. Karim vient de faire des travaux au Broadway Boulevard, le restau-lounge-kebab en bas de l'immeuble où tous les voisins aiment se retrouver. Les enfants vont à l'école dans le quartier. Nous payons tous notre loyer.

Et voilà que nous sommes menacés d'expulsion.

La Banque générale, propriétaire de l'immeuble, a arbitrairement décidé de le vendre à la découpe pour réaliser une nouvelle opération financière.

Pourtant, avec tous les agios qu'elle nous débite au moindre découvert, les frais qui tombent sans qu'on sache très bien pourquoi, les produits financiers qu'elle nous vend en jurant que c'est pour notre bien, les intérêts qui s'envolent dès qu'on demande un emprunt, on pourrait imaginer que la Banque générale est à l'abri du besoin ! Eh bien non ! Pour gagner encore plus d'argent, la Banque a décidé de nous chasser de chez nous. Soutenez-nous, likez cette page si vous voulez qu'on se défende !

Merci d'avance ! »

— Excellent !

Max serra chaleureusement sa fille dans ses bras, et elle se sentit fondre comme si elle lui avait rapporté une bonne note. Sauf qu'il avait toujours été complètement indifférent à ses notes.

— J'ai créé une page événement pour le concert de Sacha aussi. Les deux pages se feront de la pub mutuellement.

— Franchement, tu gères ! admit Simon.

— Tu devrais travailler dans l'événementiel, tu es très douée.

Doria avait passé un temps fou à œuvrer pour Sacha, elle avait envoyé des invitations à tous ses contacts, mis en ligne des extraits musicaux, posté des portraits du chanteur et de son groupe. Et ce soir, enfin, elle dînait avec lui en tête à tête. Simon revint au salon avec le whisky, le Coca et les pistaches.

— Il faut arroser ces bonnes nouvelles, dit-il en servant les verres.

— À toutes les bonnes nouvelles !

Au-dehors, la nuit tombait. Le boulevard Montmartre étalait à nouveau sa consommation indécente d'électricité, éclairant le salon de lumières changeantes, psychédéliques. Simon raconta que la première projection de cinéma avait eu lieu le 28 décembre 1895 sur les grands boulevards, au 14, boulevard des Capucines, où se tenait alors le Grand Café. Au sous-sol, dans le « salon indien », les frères Lumière avaient organisé une projection publique d'images animées au moyen d'un appareil de leur invention, nommé cinématographe.

Le portable de Doria bipa. Sacha venait de lui envoyer une photo de la banderole de l'association, accompagnée d'un message : « Descends, je t'attends. »

34

Max est peut-être vieux mais ce n'est pas une personne âgée !

Il y avait une vibration étrange dans l'air. Doria émergea légèrement du sommeil absolu où elle était plongée, et, du fond de sa torpeur, se demanda où elle se trouvait. Elle s'enfouit au fond des draps en se disant qu'il serait merveilleux de pouvoir rester là, laisser son corps flotter dans sa propre chaleur. Une migraine lui battait les tempes, elle se remémora sa soirée, définitivement trop alcoolisée, et grinça de rage.

Quand elle avait retrouvé Sacha devant le Broadway, il lui avait annoncé avec un petit air désolé, mais pas tant que ça, que leur dîner ne serait pas tout à fait un tête-à-tête. Un de ses meilleurs amis, le batteur du groupe, fêtait son anniversaire au Delaville. Il était obligé d'y assister. Éberluée, Doria s'était demandé un instant si elle allait le suivre, mais elle se voyait mal remonter et annoncer à Max que son dîner était annulé. Hormis le fait que tout s'était déroulé exactement à l'inverse de ce qu'elle avait attendu, elle avait passé une bonne soirée. Ils avaient dîné à l'étage, dans une salle toute tapissée de miroirs aux bordures rococo, et au sol couvert de mosaïques. En montant le bel escalier de marbre aux colonnes corinthiennes, elle avait appris que le Delaville avait autrefois été une maison close, comme il y en avait tant sur les boulevards, qui s'appelait Le Petit Marguery. Les copains étaient sympas et même drôles, et Sacha s'était montré si câlin, si attentionné, si fier d'elle qu'on aurait presque pu le croire amoureux. En rentrant, il l'avait embrassée avec application et lui avait proposé de monter chez lui. Malgré la faim de lui qui la tenaillait depuis un moment, Doria avait refusé. Il avait promis un dîner en tête à tête et n'avait pas tenu parole. Ce manquement avait été comme un seau d'eau glacée. Réfrigérant. Elle lui avait rendu son baiser et laissé ses mains traîner un peu partout sur elle, puis l'avait repoussé. « Pour une fois, c'est moi qui joue à l'anguille. »

— C'est vrai, tu es sûre ? avait alors demandé Sacha, alors qu'un soulagement sans borne se répandait sur ses traits. Je n'osais pas te l'avouer, mais il faut vraiment que je dorme… Si je n'ai pas mes sept heures de sommeil, ma voix est foutue.

Doria avait longtemps ruminé sa rage avant de s'endormir enfin, tard dans la nuit. Elle s'étira et finit par sortir du lit. Il flottait dans l'appartement une odeur de pain grillé et de café, des voix discutaient dans la cuisine. Elle se demanda si Mira n'était pas venue apporter des croissants avec le courrier, comme ça lui arrivait parfois. Dans ces cas-là, elle restait bavarder avec Max.

Mais ce n'était pas la gardienne qui se trouvait dans la cuisine, c'était Alice, la mère de Simon. Si Doria reçut un choc en découvrant sa sœur, toujours aussi cul serré, à demi assise sur une chaise de la cuisine, ce ne fut rien comparé à la surprise horrifiée d'Alice quand elle la vit entrer, à moitié réveillée, vêtue d'un tee-shirt court et d'une petite culotte, la chevelure sérieusement en broussaille.

— Mais, elle est là, elle ? Qu'est-ce qu'elle fait là ?

— Doria habite ici, Maman, expliqua Simon.

— Mais comment ça ? Je n'étais pas au courant !

Doria colla un bisou sur le crâne de son père et s'assit sur la dernière chaise. Elle trouva qu'on était sacrément à l'étroit, soudain, dans la cuisine.

— Je suis venue squatter quelque temps, dit-elle en se servant une tasse de thé préparé par son père.

Max lui tendit une tartine beurrée avec un petit sourire complice.

— Bon. Heureusement que je passais par là ce matin pour découvrir le pot aux roses, puisque personne n'a jugé bon de m'informer.

Simon leva les yeux au ciel pour masquer sa gêne. Il adorait sa mère mais ne comprenait pas pourquoi, face à Max, elle se transformait en mégère grincheuse. Avec Doria, c'était pire. Il se surprit à rêver de la voir disparaître. Pourtant, quand il l'avait vue devant la porte ce matin, avec ses jolis cheveux blonds et son sachet de pains au chocolat, il lui avait sauté au cou, fou de joie. Elle lui manquait parfois terriblement, sa maman.

— Je ne vois pas de quel pot tu parles, Alice, dit Max en dépliant son journal. Il me semble que je peux recevoir ma fille chez moi, sans avoir besoin de te demander la permission.

Alice réajusta son serre-tête.

— C'est que Doria pourrait avoir une mauvaise influence sur Simon... Il suffit de voir l'heure à laquelle elle se lève. En plus, elle empeste l'alcool.

Estomaquée, Doria se sentit rougir jusqu'aux oreilles. Simon cacha son visage dans ses mains en gémissant :

— Maman !

— Si tu craignais une mauvaise influence, c'était plutôt à la mienne qu'il fallait penser, ironisa Max.

— J'ose espérer que tu t'es calmé ! Les parties de cartes, le whisky... Ce n'est pas bon pour une personne âgée.

— Max est peut-être vieux, mais ce n'est pas une personne âgée ! défendit Simon.

Doria sourit. Pour elle, son père n'était pas vieux, au contraire. Il était plus cool, plus drôle, plus vivant que beaucoup de « jeunes ».

— C'est tout ce que tu as à me dire ? Parce que, quand j'aurai besoin d'une infirmière, je m'en paierai une.

Alice Lambert pinça les lèvres et passa une main sur son jean bien repassé pour chasser une miette de croissant.

— Je ne vois pas pourquoi tu la reçois, ce n'est même pas vraiment ta fille.

— Ma pauvre Alice, ce que tu peux dire comme conneries ! soupira Max.

Doria s'était levée brusquement. Ses oreilles bourdonnaient comme si elles ne voulaient plus entendre un mot de plus. Le couplet d'Alice intitulé « elle n'est pas vraiment ta fille » lui avait été chanté dès l'enfance, et c'était un air qu'elle n'avait jamais apprécié. Alice, selon elle, était la seule à avoir une légitimité pour Max. Doria avait trop de fierté pour s'étriper avec sa sœur à propos de leurs relations avec leur père sous les yeux de celui-ci. Elle passa dans sa chambre pour enfiler un jean et des baskets et claqua la porte. Elle avait besoin de respirer.

Doria se retrouva sur le boulevard et prit de longues minutes pour essayer de se calmer. Elle suffoquait. Humiliation, rage, haine lui faisaient bouillir le sang, les joues brûlantes, les mains moites, le palpitant à trois cents pulsations par minute. Elle fit quelques pas en soufflant bruyamment pour se calmer. La visite de sa sœur réveillait des douleurs terribles et enfouies, des pleurs de petite fille, des tristesses noires avant de s'endormir. Pour tenir cette peine éloignée, elle avait paré Max de tout le panache d'un chevalier, aimant, loyal, sans peur et sans reproche. Un leurre, elle le savait, car Max était Max. Qui aurait pu le changer ? Pas elle. Elle avait pris ce qu'il donnait et s'en était servie pour être heureuse. Car, malgré son égoïsme, Max distribuait de la joie de vivre à pleines poignées. Il en avait reçu un trop-plein à la naissance, ou alors il était tombé dedans quand il était petit. Il lui avait transmis ça, ce don. Doria savait être heureuse même quand tout n'allait pas comme elle le voulait.

Peu à peu, elle se calma, et regarda autour d'elle. Elle avait marché longtemps, assez vite et était arrivée sur le boulevard Poissonnière, presque à la hauteur du Grand Rex. Elle fit demi-tour et redescendit plus tranquillement vers le boulevard Montmartre. En face de l'immeuble, Doria remarqua un jeune homme assis sur un banc. Chaussé de grosses baskets blanches, il pianotait sur son portable en bâillant. Tous ses signaux en alerte, elle s'arrêta devant le kiosque à journaux pour l'observer discrètement. Il portait les mêmes chaussures que le type qu'elle avait vu l'autre soir sortir de l'escalier B à la suite de Léo Klein. Soudain, elle le vit photographier la façade de l'immeuble, peut-être même la porte d'entrée. Prise d'une impulsion subite, elle brandit à son tour son iPhone et le prit rapidement en photo. L'homme tourna la tête. Elle sentit son regard glisser sur elle, froid, désagréable, et frissonna malgré elle. Peu après, il se leva et descendit vers le boulevard des Italiens. En le suivant du regard, Doria remarqua sa silhouette trapue aux épaules larges…

Elle trouva Max en train de ranger la cuisine.

— Elle est partie. Elle trouve mes chaises Napoléon-III déplacées dans une cuisine ! ajouta-t-il en grimaçant.

Doria fit un pas vers lui et ils s'étreignirent, comme s'ils venaient d'échapper à un grand danger.

— Je me demande si Simon ne vend pas de la drogue, chuchota-t-elle. J'ai surpris une conversation louche avec Karim l'autre jour.

Max se servit un verre de whisky. Il était 11 heures du matin.

35

Voilà où ça mène d'écouter aux portes

Depuis son arrivée à Paris, les grands boulevards avaient offert à Max tout ce dont il avait pu rêver. La musique et les copains d'abord, au Golf-Drouot dans les années 1960, puis la nuit, la plus belle des nuits, au Palace, où il avait été un fêtard assidu dans les années 1970 et 1980. Ensuite un métier, puisqu'il achetait et vendait des tableaux à Drouot depuis près de cinquante ans. Et enfin, le jeu. La plupart des cercles de Paris se trouvaient dans cet ancien quartier chaud qui abritait dans son périmètre cercles et tripots, maisons closes et théâtres. Max se rendait de temps en temps au Club de l'industrie et du commerce, implanté depuis plus d'un siècle rue de la Chaussée-d'Antin, et se sentait chez lui au Cercle anglais du boulevard des Capucines, un petit club qui accueillait seulement quatre tables de poker. Il avait été, des années durant, un habitué du Cercle Haussmann, rue de la Michodière, jusqu'à sa fermeture définitive un an plus tôt. Un sort qu'avait partagé le non moins fameux Cercle Concorde, récemment ressuscité sous le nom de Cercle Cadet, qui attirait désormais une foule de jeunes joueurs en jean et sweat à capuche venus se frotter aux pointures sexagénaires, dont Max et sa bande. C'est justement au « KDay » que ces derniers se rendaient ce vendredi soir-là, après avoir dégusté un sérieux couscous chez Joe Boutboul et sa femme.

Parmi la foule de gamins sortis fumer une cigarette en discutant de leurs derniers coups, Max repéra une tête blanche, celle de son copain Serge Kasparian, patron des lieux au long passé de restaurateur et de joueur. Dans une ville où on chuchotait que la nouvelle police des jeux avait décidé la mise à mort des cercles (pour mieux accueillir un casino ?), tout le monde s'interrogeait sur l'habilité de Kasparian à rouvrir un établissement fermé un an plus tôt, ainsi que sur ses parrains très discrets.

— Mes amis ! Suivez-moi dans la *V.I.P. poker room.* Je viens d'embaucher un petit dealer[1] vraiment doué, que j'ai réservé pour votre table.

Un public mixte d'Asiatiques, trentenaires bobos, grands pontes du jeu et jeunes racaillous venait fouler la moquette épaisse du hall d'entrée flambant neuf. La maison ne pratiquait pas la discrimination et la carte de membre ne coûtait que trente euros. Comme Monsieur Propre, Kasparian s'était juré de nettoyer l'image de son club. Max, Gégé, Joe et

1. Dans le jargon des joueurs, un croupier est également appelé un dealer.

Maurice chaussèrent leurs lunettes noires de presbytes et le suivirent le long du monumental escalier recouvert d'une verrière pour pénétrer dans un vaste et luxueux salon de jeu aux murs capitonnés de daim beige. À une table, un jeune croupier aux cheveux en pétard préparait soigneusement les caves. Max manqua s'étouffer en reconnaissant son petit-fils. Simon afficha une belle *poker face*, et sourit très professionnellement à ses clients de la soirée. D'un bond, Max fut près de lui.

— Me balance pas, steuplaît ! Je ne veux pas qu'on sache que je te connais.

— Non mais je rêve ! Qu'est-ce que tu fais ici ?

— T'inquiète ! C'est juste un boulot de nuit pour me faire un peu de cash.

— Pourquoi ? Tu as des problèmes d'argent ? Tu as déconné avec le poker sur Internet ?

Le garçon baissa la tête.

— Peut-être un peu, mais t'inquiète, c'est complètement réglé. En fait, c'est pour prendre un studio, quand on se fera virer de l'appart. Sinon, où est-ce que je vais finir mon année scolaire ? Comme ça, tu pourras dormir chez moi.

Touché, Max plongea son regard dans les yeux de son petit-fils ; des grands yeux marron foncé, bouleversants de profondeur et de pureté.

— Écoute-moi, Simon. Je comprends que tu t'inquiètes. Je te promets que si on part, tu auras une chambre dans mon prochain appartement, exactement comme dans celui-ci. Tu n'as pas à t'en faire, O.K.?

— O.K.

— Tu continues à aller à la fac, tu ne déconnes pas ?

— Mais ouais ! Tout va bien ! En plus, je kiffe grave d'être dealer, ça me donne une super bonne connaissance du jeu.

Max resta un moment figé, comme s'il venait de comprendre une évidence.

— Mais c'est Karim qui t'a branché ici ! Tu as donné quelques sueurs froides à Doria, qui t'imaginait déjà en vendeur de drogue !

Ils se mirent à rire, complices.

— Voilà où ça mène d'écouter aux portes !

— Si ta mère l'apprend, elle me tue.

Simon se décomposa.

— Tu vas pas cafter, hein ?

— À condition que tu arrêtes de jouer sur Internet.

— Juré !

Le grand-père rejoignit ses amis de l'autre côté de la table et sourit à son petit-fils :

— Et maintenant, montre-nous ce que tu sais faire.

36

Érotique et addictif, le patchouli était une senteur de mauvaise réputation

Sophie Roche aimait arriver le matin, voir son bureau couvert de dossiers et d'échantillons. Elle aimait la vue sur le boulevard des Capucines et sur l'Olympia, allumer son ordinateur et récolter sa moisson de mails en buvant le capuccino saupoudré de cannelle que son assistante était allée chercher au Starbucks. Elle consulta son agenda et vit qu'elle avait une réunion programmée avec Nathalie Lie, le « nez » bien connu qui travaillait sur le prochain parfum de la maison. Sophie Roche était directrice-adjointe chez Marie de Grasse, société de parfums et cosmétiques dont le plus grand best-seller était *Vent du soir*, un contemporain du *N° 5* et de *L'Air du temps*. Élégante et soignée, elle avait cinquante-sept ans et en paraissait dix de moins. Depuis peu, elle rêvait de ressusciter le premier succès de la maison, *L'Eau céleste*, du nom de Céleste Mogador, une célèbre demi-mondaine, une de ces courtisanes comme Marie Duplessis, Apollonie Sabatier, Lola Montez, La Païva et tant d'autres, qui hantaient les boulevards en ruinant leurs riches protecteurs. D'après les recherches de Sophie, *L'Eau céleste* était un jus gorgé de patchouli, avec une pointe de violette et de jasmin. Érotique et addictif, le patchouli était alors une senteur de mauvaise réputation. Fragrance chouchou des courtisanes qui s'en inondaient sans mesure, il fut longtemps associé au parfum de l'amour, voire aux relents de l'alcôve. On ne le retrouvait jamais sur la peau des épouses légitimes et des femmes de la bonne société, qui l'associaient à la luxure et la dépravation. Il arriva à Paris sous la forme de grandes feuilles parfumées qui enveloppaient les châles en cachemire importés d'Inde. Les parfumeurs des grands boulevards, comme Marie de Grasse, ayant découvert son attrait olfactif, l'introduisirent dans la composition de leurs parfums. Sophie Roche était persuadée que *L'Eau céleste*, collant à la tendance actuelle qui surfait sur l'esprit boudoir - maison close - baroque - Napoléon-III, pourrait être un succès commercial. Aussi avait-elle hâte de découvrir les premières propositions de son « nez ».

Après cette réunion, Sophie déjeunait avec sa fille, Doria.

Elles avaient rendez-vous au Starbucks du boulevard des Capucines, sans doute l'un des plus beaux de Paris, vestige des excès décoratifs du Second Empire qui n'hésitaient jamais à charger sur le marbre, les colonnes, les miroirs, les dorures et les fresques. Sophie s'était déjà installée à une table pour deux, le bagel César de Doria et sa salade Pacific Bay posés sur un plateau avec leurs boissons. Elle vit entrer sa fille, si belle avec ses cheveux brillants, son allure rock et chic, si charismatique même au milieu de la foule, que les larmes lui montèrent aux yeux. Elle paraissait en forme, mais soucieuse. Cela faisait une éternité qu'elle ne l'avait pas vue. Depuis que Doria s'était installée chez Max, Sophie se tenait volontairement en retrait. Elle pressentait qu'il ne fallait pas interférer dans la relation qui semblait se construire entre eux. Elle se retint de la serrer dans ses bras trop longtemps. Doria enfouit le nez dans son cou, comme quand elle était enfant.

— Tu sens le patchouli.

— Tu peux dire que je cocotte, ça serait de circonstance. Nous ressuscitons le parfum oublié de la Mogador, une grande « horizontale ».

— Pas mal, dit Doria en attaquant son bagel.

Sophie la caressa des yeux.

— Alice m'a encore dit que Max n'était pas mon père.

Sa mère secoua la tête, affligée.

— Cette pauvre fille ne s'est jamais remise d'avoir une petite sœur.

— Pourquoi on n'a pas de photo de tous les trois ensemble quand j'étais petite ?

Doria avait beau fouiller dans sa mémoire, elle n'avait aucun souvenir de sa petite enfance avec son père. Elle avait l'impression que ses parents s'étaient séparés trop tôt et éprouvait une nostalgie poignante pour cette époque qu'elle n'avait pas connue, cet eldorado mythique : ses parents et elle, formant une véritable famille.

— Je te l'ai dit. Quand ton père m'a quittée, j'ai tout brûlé.

Comme toujours, le cœur de Doria se serra à l'évocation de ce drame. Comme sa mère avait dû souffrir ! Être abandonnée par Max ! Heureusement, quelques années plus tard, elle avait rencontré Philippe, un *workaholic* comme elle, directeur du marketing pour une grande marque de luxe, et l'avait épousé. Pendant environ dix ans, du départ de Max à l'arrivée de Philippe, Doria et Sophie avaient vécu seules, en osmose totale.

— Comment va Laurette ? demanda-t-elle en s'enquérant de la fille de Philippe qui vivait chez eux une semaine sur deux.

— Comme une jeune fille de seize ans qui voit arriver le bac français. Débordée, heureuse et stressée.

— Je viendrai dîner à la maison bientôt, pour les voir.

Sophie prit soin de terminer sa salade, puis de boire une gorgée d'eau avant de poser la prochaine question à sa fille.

— Et côté boulot, comment ça se passe ?

— Parlons d'autre chose, s'il te plaît, ça vaut mieux.

Sa mère posa ses couverts et la regarda dans les yeux.

— Tu ne crois pas qu'il faudrait songer à te prendre un vrai job ? Franchement, Doria, tu es tellement douée, dans tant de domaines, tu mériterais vraiment de t'éclater dans ton travail. Ça change la vie !

— Maman, il n'y a que sur scène ou sur un plateau que je m'éclate. Le reste ne m'intéresse pas. Je n'y arriverai pas.

— Tu veux un café ?

— Oui, je veux bien. Je vais les chercher si tu veux…

Tout en faisant la queue pour les cafés, Doria réfléchissait. L'attitude d'Alice à son égard lui semblait injuste. Sa sœur l'avait détestée sans raison dès la première minute et n'était jamais revenue sur sa position.

— Tu sais, Doria, je trouve que c'est une très bonne chose pour toi, d'habiter chez Max quelque temps, dit Sophie à sa fille quand celle-ci revint avec les deux expressos.

— Oui, c'est sympa.

— Je pense que cela peut t'aider à combler certains manques, à réparer des blessures. Tu as si peu vécu avec lui…

— Je n'ai pas de blessure !

— Et puis, tu découvriras peut-être qu'au quotidien Max n'est pas l'homme idéal. On dirait que tu as cherché ton père chez tous les garçons que tu as fréquentés. Ils étaient tous trop égoïstes pour rendre une femme heureuse.

Doria s'était raidie tout entière. Sa mère avait une vision tellement ennuyeuse de la vie ! Sans doute espérait-elle la voir rencontrer un bonnet de nuit comme son Philippe, qui la faisait bâiller à chaque parole prononcée. Doria aimait les hommes légers, amusants, intelligents, talentueux, anticonformistes. Quel mal y avait-il à cela ? Rien que d'entendre Sophie lui faire la leçon, elle étouffait.

— Aussi beaux et charmants soient-ils, ajouta sa mère.

Comme si elle connaissait Sacha Bellamy.

37

Quand je te vois, tout s'accélère et ralentit à la fois

Au Broadway Boulevard, Simon et Angélique prenaient leur chocolat chaud matinal avant d'aller en cours. C'était le moyen qu'ils avaient trouvé pour passer plus de temps ensemble. Chaque seconde loin de l'autre était une seconde perdue, chaque minute ensemble était une éternité paradisiaque. Oui, ils en étaient là, et parmi les habitués matinaux du Broadway, plus d'un regardaient avec envie les adolescents amoureux. Indifférents au monde, ils se dévoraient des yeux en dévorant leurs tartines.

— Quand je te vois, tout s'accélère et ralentit à la fois, chuchota-t-elle.

Simon eut un sourire émerveillé.

— C'est dingue ! Moi aussi !

— Ah bon ?

— Je te jure !

Ils soupirèrent en même temps et s'extasièrent en chœur :

— C'est fou !

— Salut les amoureux ! Arrête de la regarder comme ça, Simon, elle va s'user !

Sacha s'assit à leur table et commanda un café. Simon et Angélique s'éloignèrent l'un de l'autre.

— Prêt pour le concert ? demanda Simon.

— Je suis à fond ! On répète carrément tous les jours. J'espère que vous viendrez.

— Je ne peux pas louper ça, Doria bosse dessus comme une folle.

— Ouais, elle a un sacré talent d'organisatrice. Et toi, tu seras là, belle Angélique ?

— Évidemment !

Barbara Daquin sortit de l'immeuble, le portable immuablement collé à l'oreille, les escarpins vertigineux rythmant sa démarche, la jupe crayon épousant ses hanches, les seins pointant sous la chemise blanche. Ils la regardèrent passer, légèrement subjugués. Elle dégageait une assurance de femme puissante, séduisante. Sacha siffla entre ses dents.

— Un jour, j'ai vu une Mercedes noire avec chauffeur qui venait la chercher. Si ça se trouve, elle est ministre ou un truc comme ça !

— Nan ! Elle est avocate, dans le show-biz. Mon grand-père est devenu pote avec elle.

— Dans le show-biz ! Putain !

Sacha se leva et se mit à courser Barbara en criant :

— Madame la ministre ! Madame la ministre !

Simon secoua la tête, amusé.

— Rien ne l'arrête !

Angélique pinça les lèvres :

— Je peux pas le saquer, ce type.

Barbara Daquin se retourna, surprise.

— Pardon ?

— Vous m'intriguez, vous passez devant moi sans dire un mot, vous avez l'air débordée, toujours un peu ailleurs…

L'audace de Sacha la fit rire.

— Je suis désolée d'avoir eu l'air distante, ce n'était pas mon intention !

— Je fais un concert au Broadway jeudi soir, à partir de 20 heures. Vous viendrez ?

Elle le regarda, amusée, remarqua qu'il était indiscutablement joli garçon.

— Peut-être, pourquoi pas ?

38

Des filles à franges et des garçons à mèches s'entassaient sur les poufs en skaï

Il y avait du monde, de la musique, du bruit. Doria était dans son élément. Sacha et ses musiciens étaient en train d'aménager une scène à gauche de l'entrée et à droite du bar, sous le regard anxieux de Karim, qui tremblait pour son parquet vitrifié, sa peinture neuve, et ses fauteuils.

Doria avait prévenu tout son carnet d'adresses, celui de ses amis et des amis de leurs amis. La page Facebook de l'événement était saturée de messages, de photos, d'extraits audio, elle s'était beaucoup amusée à faire monter le buzz, et apparemment, ça avait marché. Même Sonia avait l'air de bonne humeur derrière le bar, très accorte dans un top moulant et échancré qui faisait remonter ses seins juste à la hauteur du regard des clients. Les enceintes balançaient un titre des BB Brunes. Des filles à franges et des garçons à mèches s'entassaient sur les poufs en Skaï rouge, orange et violet, autour des tables à plateau en cuivre. Très à l'aise dans son rôle de maîtresse de cérémonie, Doria accueillait tout ce monde, essayait de trouver une table, une place à chacun.

— Je ne savais pas que vous étiez organisatrice d'événements. Mais bravo ! Avant même que le concert ne commence, on peut voir que ce sera un succès.

Elle se retourna. Léo Klein ne portait pas de chemise, pas de veste, juste un tee-shirt noir et les mains enfoncées dans les poches de son jean. L'esprit d'observation développé de Doria lui permit de remarquer que les bras de son interlocuteur étaient très musclés et son ventre plat.

— Je ne suis pas organisatrice d'événements ! Je suis comédienne.

— Donc ce soir, vous êtes dans le *rôle* d'une organisatrice de concerts…

— C'est exactement ça !

Léo Klein pouvait être drôle et subtil, ça, c'était une nouvelle. En plus, ses épaules étaient larges sous son tee-shirt étroit.

— Je trouve super ce que vous faites sur la page Facebook de l'immeuble. Avec les photos des détails architecturaux, le portrait de Mira dans sa loge, les gamins avec leurs cartables…

Doria avait photographié Lucas et Enzo, les petits frères d'Angélique, pour illustrer l'histoire des enfants qui ne voulaient pas quitter leur école. Comme ils étaient absolument craquants, la photo avait suscité beaucoup de commentaires.

— Oh ! Je ne vous imaginais pas du genre à traîner sur Facebook. On a déjà presque mille fans en quinze jours.

— J'ai vu. Franchement, si je ne travaillais pas déjà au 19 bis, boulevard Montmartre, ça me donnerait envie de venir m'y installer.

Ça la fit sourire. Klein découvrait l'immeuble et ses habitants à travers son ordinateur. À défaut d'ouvrir les yeux et de regarder autour de lui.

— C'est donc ce qui explique votre présence ce soir. Je suis contente de vous avoir fait sortir de votre bulle… au moins cinq minutes !

Il fronça les sourcils, agacé.

— C'est comme ça que vous me voyez, une sorte d'autiste *workaholic*… Mais j'ai vraiment beaucoup de travail en ce moment !

— J'ai remarqué quelque chose vous concernant.

— Ah bon ?

Intrigué et souriant, il attendait la suite. Les longs cils noirs de Léo Klein masquèrent l'étincelle d'intérêt qui s'était allumée dans son regard bleu. Évidemment, si elle lui parlait de lui, elle l'intéressait. La vanité était le dénominateur commun de l'humanité.

— Il y a quelques jours, j'ai vu un homme assez louche qui semblait vous espionner. Petit, carré, avec de grosses baskets blanches. Un soir, il vous a suivi alors que vous quittiez votre bureau. Et une autre fois, il vous guettait devant l'immeuble.

Léo Klein éclata de rire.

— Ah ! Ah ! La vie doit être extraordinaire avec vous ! À travers votre regard, une concierge devient une diva slave, un chanteur de quartier est Jim

Morrison et un simple passant se transforme en tueur à gages !

— Riez ! Riez ! J'espère pour vous que j'ai tort, mais ça m'étonnerait. Excusez-moi, je dois aller voir Karim.

Doria fit demi-tour, vexée. Pourquoi était-elle allée lui confier ses doutes ? Cet homme était hermétique à toute perception irrationnelle, dépourvu d'ouverture d'esprit, mortellement ennuyeux, comme sa coupe de cheveux. Elle repéra Bettina et son mari Julien, qui s'étaient installés à une petite table avec Simon et Angélique. Elle adressa un pouce levé et un sourire complice à son neveu. Il avait réussi à conquérir la fille de ses rêves. Ils se tenaient par la main sous la table et semblaient enveloppés dans un halo de bonheur qui leur attirait regards et sourires. Mais ils ne voyaient rien, à part eux-mêmes. Sur la scène improvisée, Sacha, en débardeur, jean déglingué et guitare autour du cou, se préparait pour son show. Était-ce le halo du projecteur braqué sur lui, l'attitude de rocker, le regard légèrement souligné de khôl ? Il paraissait différent, encore plus attirant et presque mystérieux. Sacha avait de la poudre de star dans sa composition.

— Je croyais que ton prochain mec devait être mal habillé, petit, chauve et riche, plaisanta Bettina.

— Ce n'est pas vraiment mon mec…, se défendit Doria.

— Mais ça ne saurait tarder !

Elle contempla les bras minces de Sacha, ses hanches étroites, sa gueule d'amour, et l'eau lui vint à la bouche.

— J'espère !

Non loin du bar, et tout près de la scène, Doria remarqua un groupe de quelques filles et son intuition lui souffla qu'il s'agissait de transfuges de la soirée Saint-Valentin d'Oh My Gode ! À choisir entre un concert de rock plein de garçons et une soirée sex-toys, ces filles-là avaient préféré la première option. Derrière son bar, Karim lui sourit malicieusement en se frottant les mains. Pour lui aussi, c'était clair, ces filles étaient du gibier enlevé à la concurrence. Doria s'offrit une petite coulée de sueur froide. Elle ne se sentait pas très à l'aise vis-à-vis de Manuela. Elle sentit qu'on lui tapait sur l'épaule et se retourna.

— Décidément ! Nous sommes destinés à nous croiser dans ce bar ! lança un jeune homme en costume et chemise sombre.

Comme Doria restait silencieuse, cherchant à se souvenir de qui il s'agissait, il ajouta :

— Félix Baltimore, P.-D.G. de Laser Finance.

Elle l'identifia à ses ongles rongés.

— Oui ! La filiale de la Banque !

— On est venus avec toute l'équipe soutenir l'artiste de l'immeuble.

Il lui désigna une table d'hommes en costume, des petites gueules arrogantes qui buvaient des bières en laissant traîner leurs yeux sur toutes les filles qui passaient.

— Plus pour longtemps…

— Pardon ? Avec cette musique à fond, on s'entend mal…

— Je disais que Sacha devra bientôt déménager. Son appartement est mis en vente, comme tous les autres.

— Ah, ça ! fit Baltimore, comme s'il se souvenait d'un détail sans importance. Nous ne sommes heureusement pas concernés.

Doria s'éloigna, agacée, et remarqua Sacha qui discutait avec une femme blonde en veste de tailleur. Elle se faufila jusqu'à lui et reconnut Barbara Daquin, qui le dévorait des yeux.

— Sacha, tu penses être bientôt prêt ? demanda Doria. Je pense que le public est chaud…

Sacha fit retentir sa guitare. Barbara Daquin s'éloigna, après avoir lancé un petit sourire entendu à Doria qui le lui rendit volontiers. Dans le bar, des filles se mirent à crier.

— Sacha, le sex-toy chantant ! hurla Karim.

Le groupe attaqua avec une reprise de *Branchez les guitares* de Big Soul, un groupe des années 1990 qui avait cartonné avec un seul titre redoutablement efficace. Dans le bar, les gens restés debout se mirent à sauter au rythme de la musique, sous le regard à la fois terrifié et ravi de Karim. Délaissant ses clients assoiffés, Sonia textotait sur son portable. Doria vit Simon et Angélique s'embrasser doucement, Bettina discuter avec son mari et Léo Klein, Barbara Daquin tenter de commander une boisson au bar, la foule s'agiter sur les fauteuils… Elle se glissa jusqu'au *dancefloor* improvisé devant la scène et se mit à danser. La voix de Sacha faisait monter des frissons le long de sa colonne vertébrale. C'était bon de se lâcher un peu. Son portable vibra : « Dis à Karim de me retrouver dans la cour s'il ne veut pas d'un scandale public. Manuela. »

Doria arrêta de bouger et regarda autour d'elle, traquée. Au Broadway, c'était la fête, le succès. Dehors, Manuela grinçait des dents. Elle avait préparé son thème Saint-Valentin, elle avait soigné sa déco, commandé des articles spéciaux… Doria ne savait pas combien de filles se trouvaient en ce moment même dans le bar plutôt que sur les poufs roses d'Oh My Gode ! Elle marcha lentement vers Karim et lui annonça que Manuela le demandait dans la cour.

— Ah ! Ah ! Ah ! Elle reconnaît sa défaite ! J'ai dû lui piquer toute sa clientèle ce soir. On ne s'attaque pas impunément à Karim Harriga !

Il redressa les épaules et se dirigea en souriant vers la sortie côté cuisine, comme s'il se réjouissait de l'affrontement. Doria le suivit discrètement. Karim ouvrit la porte et fit quelques pas dehors.

— Manuela ?

Doria se colla contre le mur de la cuisine, tête tournée vers la porte restée ouverte. La cour était plongée dans le noir. Oh My Gode ! avait baissé le rideau de fer. Il n'y avait plus personne.

— Manuela ? Oh ! Mmm…

— Chut… Pas de bruit, sinon je ne te lâche pas !

Doria écarquilla les yeux. Dans la pénombre, elle distingua deux silhouettes collées l'une à l'autre. S'habituant peu à peu à l'obscurité, elle devina que Manuela avait assailli Karim par surprise. Une de ses mains bâillonnait la bouche du restaurateur, l'autre lui maintenait le cou.

— Mmm ! Mmm ! Grrr !

La tête de Karim bascula violemment vers l'arrière.

— Pas de bruit, j'ai dit.

Incroyable ! Manuela s'éloigna légèrement de Karim et Doria vit qu'il était menotté et tenu… en laisse ! Elle lui avait collé un bâillon sur la bouche. Une cravache apparut dans sa main libre. Elle commença à frapper les jambes de Karim par-dessus le jean, avec une aisance qui trahissait une longue pratique. Il se mit à danser la gigue pour échapper aux coups, mais Manuela connaissait son affaire et continua à le cravacher tranquillement en remontant jusqu'aux fesses.

— C'est bon, tu as compris ? Tu ne recommenceras plus à me voler mes clientes ?

Karim secoua vigoureusement la tête.

— Je vais te détacher et tu vas retourner faire la fête avec Sacha et cette peste de Doria. Tu ne diras pas un mot. Hoche la tête pour dire oui.

Il s'exécuta et arrêta de se débattre. Manuela lui ôta d'abord les menottes puis, comme il faisait mine de tendre les bras vers elle, lui assena un petit coup de cravache sur la main.

— Ne bouge pas !

Elle lui ôta ensuite la laisse. Karim remonta les mains vers son visage et arracha le bâillon d'un geste brusque.

— Oh oui ! Manuela ! Oui ! Encore ! hurla-t-il en éclatant de rire.

Doria retourna précipitamment dans la salle, glissa derrière le bar et se faufila au milieu des danseurs, à l'abri. Sacha était en train de faire un carton. Le public chaud bouillant dansait, sautait, chantait et consommait. Derrière le bar, Sonia piquait une crise de nerfs et appelait Karim en hurlant. Les verres sales s'empilaient dans l'évier. Elle avait décrété qu'elle ne servirait plus que des bières pression et pompait sans relâche tout en criant et boudant, mais son attitude semblait faire partie du folklore, et les garçons agglutinés derrière le bar s'en accommodaient très bien. Doria se mit à danser comme une folle, le rouge aux joues, le cerveau bloqué sur l'ahurissante vision de Karim et Manuela en plein ballet S.M. Et si Manuela décidait de se venger sur elle également ? Si elle la fouettait ? Léo Klein approcha et se pencha vers elle.

— Je vous cherchais. Je m'en vais.

Elle leva les yeux vers lui. Étrangement, avec sa haute taille et ses larges épaules, il lui semblait un rempart rassurant contre la fureur de la déesse d'Oh My Gode !

— Déjà ? Vous retournez travailler ? demanda-t-elle.

— Pas tout à fait... Je vous embrasse.

Il glissa sa main derrière son cou. Dans l'état où elle était – terrifiée, choquée, surexcitée –, elle sursauta. Mais non, il n'allait quand même pas lui mettre une laisse ! Léo Klein approcha son visage du sien et posa ses lèvres sur sa peau brûlante.

— Bravo, votre soirée est une réussite, chuchota-t-il à son oreille. Vous avez pensé à vous faire payer ?

Doria frissonna. Léo Klein planta son regard dans le sien. Ses pupilles, habituellement d'un bleu limpide, étaient troubles, et troublantes. Décidément, tout le monde était bizarre, ce soir. Elle regarda du côté de la scène. Sacha, en sueur, se déhanchait lascivement contre sa guitare.

— Me faire payer... En nature, oui !

À 3 heures du matin, Sacha colla Doria contre le mur de son salon et l'embrassa ardemment.

— Ce soir, tu dors chez moi, chuchota-t-il.

Elle enroula une jambe autour de ses hanches, il glissa ses mains sous son tee-shirt. Ils traversèrent l'appartement blanc scotchés l'un à l'autre, tombèrent dans les draps emmêlés, se déshabillèrent l'un l'autre avec des gestes fiévreux.

Cela dura sept minutes, préliminaires compris. Puis Sacha s'endormit comme une masse.

39

Les miettes d'un festin pourtant de plus en plus énorme

Max termina son café à La Cave Drouot et demanda l'addition. Il déjeunait souvent dans ce bistrot situé juste en face de l'hôtel des ventes, où se retrouvaient souvent commissaires-priseurs, commissionnaires, experts, acheteurs, marchands ou autres habitués, qui grignotaient là sur le pouce avant les ventes de 14 heures. La veille, il avait déniché une pépite pour son ami et client Bruno Blanckaert, directeur du Grand Rex, qui collectionnait les affiches ayant un rapport avec son cinéma.

Quand il était gamin et qu'il hantait le Golf-Drouot, comme tous les dingues de rock'n'roll de sa génération, jamais Max n'aurait imaginé que l'essentiel de sa vie professionnelle se déroulerait quelques mètres plus loin, à l'hôtel des ventes. Il était alors garçon de courses chez son oncle et sa mère, comprenant qu'il ne voulait pas travailler pour l'affaire familiale, l'avait placé comme apprenti chez un client antiquaire. Le type s'était avéré être un sinistre escroc, mais il l'avait initié aux ficelles des achats et des ventes. Contre toute attente, Max avait pris goût à ce métier, qui unissait son goût du beau à sa passion pour le jeu. Dénicher le bon produit pour le bon client, être informé d'une vente en amont par les études ou les commissaires-priseurs, se mettre éventuellement d'accord sur un prix avec d'autres acheteurs, bien mener une enchère, rafler la mise, tout cela s'apparentait souvent à une partie de poker ! Cela faisait quarante-cinq ans qu'il achetait des tableaux, des affiches, des meubles, des objets pour le compte de collectionneurs. Sa vie nocturne avait toujours constitué un vivier de clients potentiels, amis et amis d'amis, rencontrés autour des tables de poker, dans les boîtes de nuit, les bars.

Les affiches dites originales étaient les documents de cinéma les plus recherchés par les collectionneurs. Distribuées par les studios aux salles de cinéma, elles étaient en théorie retournées au producteur ou détruites après l'exploitation du film. Un de ses contacts avait informé Max de cette vente organisée par l'étude Camard et associés. Une affiche en particulier avait retenu son attention. Il était allé l'examiner lors de l'exposition à vitrine ouverte qui avait généralement lieu deux heures avant la mise aux enchères. L'affiche était en excellent état, elle avait dû dormir dans un grenier avant de se retrouver sur le marché. C'était un produit rarissime, disparu de la circulation depuis près de quatre-vingts ans.

Max sortit du café et se dirigea vers l'hôtel Drouot. La vente avait lieu dans la salle 12 au deuxième étage. Créé en 1852, l'hôtel des ventes avait été entièrement détruit en 1976, victime de son succès, pour être reconstruit en 1980 afin d'accueillir les plus belles ventes d'objets d'art du monde. Ironie du sort, le bâtiment flambant neuf marqua aussi le déclin de Drouot comme plaque tournante du marché de l'art. Durant les travaux, de grandes études de commissaires-priseurs, internationales comme Christie's et Sotheby's, ou françaises comme Artcurial ou Tajan, prirent l'habitude d'organiser des ventes de prestige dans leurs propres locaux. Elles ne laissèrent à la vieille institution que les miettes d'un festin pourtant de plus en plus énorme.

Max émergea de l'escalier roulant qui menait au second étage. Quelques personnes attendaient déjà devant les portes fermées de la salle 12. Il se faufila jusqu'au premier rang en serrant quelques mains, repéra le responsable des achats de la Cinémathèque de Paris, des collectionneurs privés d'affiches, quelques curieux, des marchands comme lui… la faune habituelle. Le clerc ouvrit les portes, dévoilant la salle aux murs rouges recouverts d'affiches anciennes datant des années 1920 à 1940.

Les enchères, menées par le commissaire-priseur, commencèrent par de petits lots qui partirent à deux cents ou trois cents euros. Max aimait le ballet familier d'une vente, le commissaire sur son estrade, l'expert à son pupitre, le commissionnaire présentant l'objet comme un bateleur et le crieur qui chauffait la salle au rythme entraînant des enchères qui s'élevaient pour retomber dans le bruit sec du marteau du commissaire-priseur qui criait « Adjugé ! » avant de passer au lot suivant.

Enfin arriva le lot numéro 25, une affiche originale de 1932 entoilée, en parfait état, de *Boudu sauvé des eaux*, un film de Jean Renoir avec Michel Simon dans le rôle-titre, distribué par les Établissements Jacques Haïk. Cette affiche, agrémentée d'un très rare autographe du fameux acteur pour Jacques Haïk, intéressait passionnément Bruno Blanckaert, donc Max. Jacques Haïk était le fondateur du Grand Rex, un producteur visionnaire qui fit construire l'équivalent du Radio City Hall de New York sur les grands boulevards. À l'époque, les producteurs de cinéma possédaient leurs propres salles, et Haïk était l'un des plus grands d'entre eux, à l'égal de Léon Gaumont ou des frères Pathé.

Les enchères étaient déjà montées à six mille euros. L'illustrateur Jean Mercié avait représenté Michel Simon en clochard chevelu et barbu, piqué dans un champ comme un épouvantail à moineaux. Max vit le représentant de la Cinémathèque de Paris lever la main, portant l'enchère à six mille cinq cents euros. Un anonyme la monta à sept mille.

Max appela son client pour savoir s'il devait continuer ou non, car l'affiche venait d'atteindre le plafond prévu. Blanckaert réfléchit à peine et lui donna l'autorisation de monter jusqu'à dix mille euros. Il s'agissait de jouer serré. Max laissa ses deux concurrents mener l'enchère sans intervenir. À neuf mille euros le particulier se coucha. Max annonça neuf mille cinq cents. Le représentant de la Cinémathèque était au téléphone, négociant visiblement avec un supérieur. Il leva la main pour indiquer qu'il proposait dix mille euros. Le silence se fit. Max avait atteint son maximum. Il savait que son adversaire aussi. Les institutionnels ne plaisantaient pas avec un dépassement. Max leva la main et proposa dix mille cinq cents euros. Son adversaire crispa son visage mais ne réagit pas. Le commissaire-priseur leva son marteau.

— Dix mille cinq cents une fois… Dix mille cinq cents deux fois, dix mille cinq cents trois fois. Adjugé !

Le bruit sec du marteau qui s'abat. Max avait gagné. Une fois de plus.

40

Après tout, c'était sa première affaire policière

Accoudée à sa fenêtre, Doria respirait la fraîcheur du soir. Par-dessus les toits, les nuages flottaient en grappes gris-rose, comme si les lumières de la ville se réfléchissaient dans le ciel et coloraient la nuit. Vue d'en haut, la cour ressemblait à un grand gouffre noir. Doria se redressa. Les lampes étaient presque toutes éteintes dans l'escalier B. Seule une veilleuse brillait au premier étage. Manuela était encore plus couche-tard qu'elle. Le bureau de Léo Klein était exceptionnellement plongé dans la pénombre, alors que chaque soir, après que la valse des assistants et collaborateurs eut cessé, Doria voyait le designer continuer à travailler, solitaire et concentré, durant quelques heures nocturnes.

Après l'effervescence des derniers jours, Doria s'offrait une soirée d'accalmie. Ce matin, le réveil avait été vraiment difficile et elle s'était promis de ne pas sortir, pour une fois. Simon travaillait au Cercle Cadet, Max surveillait les ventes de Drouot sur son ordinateur en écoutant *Heartbreak Hotel* d'Elvis. Doria faillit lui demander de baisser le son mais ça n'aurait servi à rien. Max avait toujours écouté sa musique à fond. Elle se contenta d'aller fermer la porte de sa chambre. En revenant à sa fenêtre, elle remarqua une lueur mouvante chez Klein, comme une luciole géante, et plissa les yeux, intriguée. Il s'agissait d'un cercle brillant qui se déplaçait dans la pièce, un peu comme le faisceau lumineux d'une lampe torche. De plus en plus curieuse, Doria se demanda si c'était un cambrioleur. Peut-être devrait-elle appeler la police ? Mais le temps qu'elle arrive, le malfaiteur serait déjà parti, alors que si Doria intervenait immédiatement, elle bénéficierait de l'effet de surprise. La lampe s'immobilisa, éclairant d'un coup la table de travail de Klein et son ordinateur. Cette fois, Doria vit clairement l'écran s'allumer, dévoilant une silhouette masculine. Un voleur ! Elle en était sûre ! Elle enfila rapidement un jean sous sa nuisette, glissa ses pieds dans ses baskets et se jeta hors de la chambre. Il fallait qu'elle en ait le cœur net.

— Papa, je sors un moment ! hurla-t-elle avant de claquer la porte.

— Amuse-toi bien, répondit-il sans lever le nez de son écran.

Doria traversa la cour en trois bonds et se précipita dans l'escalier. Au premier étage, essoufflée, elle frappa chez Manuela. Elle avait besoin d'une arme.

— Passe-moi une paire de menottes et un gode ! Il y a urgence chez Léo Klein !

Manuela était une habituée des pulsions subites, des lubies de toutes sortes. Plus rien ne l'étonnait. Aussi ouvrit-elle un tiroir de la commode de son entrée sans poser de questions, et tendit posément une paire de menottes en duvet de cygne rose.

— Tu en as en métal ? Faut que ça fasse sérieux...

— Désolée, c'est tout ce que j'ai, mais ne t'inquiète pas, elles sont très solides. Mmm, tu vas lui sortir le grand jeu... Tu veux ça aussi ? demanda-t-elle en brandissant une cravache.

— Non, pas la cravache ! s'affola Doria en reculant (elle avait encore la vision de Manuela fouettant Karim).

— Bon. Pas la peine de s'énerver ! Tu voulais un gode...

Elle farfouilla dans son tiroir et en sortit un petit vibromasseur doré.

— Tu n'aurais pas plus gros ? Peut-être qu'ils sont plusieurs... Je dois les surprendre...

Cette fois, Manuela s'autorisa un léger haussement de sourcil. Elle n'aurait jamais imaginé que Doria...

— Je vois. Je pense que ceci devrait faire l'affaire, dit-elle en lui présentant un énorme sexe de latex noir, gros comme une matraque.

Doria s'en empara avidement.

— Merci, tu es un ange !

— Amuse-toi bien..., fit Manuela, songeuse, en refermant la porte.

Dûment armée, le gode dans une main, les menottes dans sa poche, Doria grimpa l'escalier jusqu'au quatrième étage. La porte du Studio Klein Design était entrouverte. Elle la poussa doucement, priant pour qu'elle ne grince pas. L'homme était toujours là, occupé à copier le contenu de l'ordinateur grâce à un grand disque dur planté dans l'unité centrale par un port USB. Doria s'approcha sur la pointe des pieds, le gode brandi bien haut, prêt à frapper. Elle savait qu'il fallait viser la nuque. C'est ce qu'elle avait fait une fois en jouant une voyoute dans un téléfilm. Sauf que c'était elle qui avait reçu le coup. Heureusement, il s'agissait d'une matraque en polystyrène. Elle n'avait rien senti.

— Putain, comment c'est trop long ! Zarma, qu'est-ce qu'il y a là-dedans ?

— On s'en fout, faut tout piquer, on triera après !

Oh non ! Il y avait un second malfrat ! Où était-il dans le noir ? Derrière Doria, le parquet craqua. Elle se retourna, terrifiée, et se retrouva face à l'homme aux baskets blanches qu'elle avait repéré à roder autour de l'immeuble. Cette fois, il était tout de noir vêtu, avec un sweat à capuche rabattu sur les yeux. Il était beaucoup plus jeune que sa silhouette massive ne le laissait présager. Doria serra le gode de toutes ses forces et lui assena un solide coup sur le crâne. Le malfaiteur tangua mais ne s'écroula pas.

Lâchant tout ce qu'elle tenait en mains, Doria profita de ces nanosecondes d'accalmie pour détaler dans l'escalier. Ça s'agitait chez les cambrioleurs :

— Vite ! On se casse avant que les condés débarquent !

— Putain, j'ai une de ces bosses ! Aaahhh, j'y crois pas ! Elle m'a agressé avec un gode ! Une vicieuse !

Doria avait volé jusqu'au rez-de-chaussée, plané au-dessus de la cour et grimpé jusqu'au premier étage de l'escalier A, battant certainement le record de vitesse de la fuite courageuse mais non téméraire. Postée devant la fenêtre du palier, elle composa le numéro de la police en priant pour qu'ils décrochent rapidement.

— Un cambriolage a lieu, 19 bis, boulevard Montmartre dans le 2e ! Escalier B au fond de la cour, quatrième étage ! Venez vite !

Elle raccrocha parce que les malfrats venaient de faire leur apparition dans la cour. Brandissant son téléphone, elle prit quelques photos de mauvaise qualité en les regardant quitter presque tranquillement les lieux. Son cœur avait dû tripler le nombre de pulsations par minute et elle avait du mal à retrouver son souffle. Elle maudit la police qui n'était jamais là quand on avait besoin d'elle, et se résolut à suivre ses voleurs, qu'elle eut le temps de voir enfourcher un scooter et disparaître dans la nuit.

Quelques minutes de plus et ils étaient là. Deux flics. Un Noir d'âge moyen, un jeune Blanc aux joues rouges, qui étaient accourus du commissariat de la rue du Croissant.

— Vous venez de les louper ! Ils sont partis ! s'exclama Doria, frustrée.

Après tout, c'était sa première affaire policière. Réveillée par le bruit, Mira était sortie de sa loge, enveloppée dans un long peignoir de soie rouge, sans maquillage ni bijoux. Elle invita tout le monde dans sa loge et proposa du thé.

— Dire que je n'ai rien entendu ! Quelle mauvaise gardienne je fais, soupira-t-elle.

Le plus âgé des policiers lui adressa un sourire apaisant, le second lui demanda les coordonnées du locataire du quatrième étage, escalier B.

— Il s'appelle Léo Klein, dit Mira en donnant le numéro de son portable.

L'inspecteur se tourna vers Doria :

— Racontez-nous ce que vous avez vu.

Le temps qu'elle donne sa version des faits, le designer arriva, comme tombé du lit. Pour la première fois depuis que Doria le connaissait, ses cheveux étaient décoiffés, il portait simplement un jean et un tee-shirt gris, et semblait tout à fait paniqué.

— Qu'est-ce qu'ils ont embarqué ? demanda-t-il.

— Mademoiselle a terminé sa déposition, nous allions nous rendre sur les lieux.

Léo Klein sembla s'apercevoir de la présence de Doria. Ses yeux glissèrent sur le décolleté de la jeune fille, qui ne portait toujours que sa nuisette de soie bleue sur son jean.

— On y va ? demanda-t-il.

Au même moment, quatre étages plus haut, Max se frottait les yeux et éteignait son ordinateur. Il consulta sa montre : 1 h 30. Doria n'était pas rentrée. Elle lui avait pourtant dit qu'elle ne ferait pas la fête ce soir… À moins qu'elle ne dorme chez son play-boy du cinquième. Max secoua la tête. Elle était incorrigible, comme lui au même âge, incapable de résister à l'appel d'un petit cul bien roulé.

Manuela se glissa dans son grand lit solitaire aux multiples oreillers. Avant de fermer les paupières, elle eut un sourire amusé au souvenir de Doria s'emparant du phallus en latex. Cette coquine…

La porte du Studio avait été forcée, des dossiers renversés et des feuilles de papier avaient volé un peu partout sur le sol de béton ciré noir. L'ordinateur du designer trônait toujours sur le bureau, répandant une lumière bleuâtre dans la pièce. Klein toucha un interrupteur, allumant de multiples spots disséminés partout dans la pièce. Sur la table basse, un carré blanc et brillant percé d'un cercle dans lequel poussait une plante verte, s'étalait une montagne de chemises blanches qui avaient été arrachées à un placard aux portes béantes. Le jeune policier se baissa pour ramasser les sex-toys abandonnés par Doria dans sa fuite.

— Regardez ce qu'ils ont laissé ! Intéressant...

— Ah non ! Ça, c'est à moi...

Les flics se tournèrent vers Doria.

— Vous voulez dire que vous vous rendiez chez M. Klein avec un godemiché et des menottes...

C'était un de ces moments extrêmement humiliants qu'on préfère ne vivre que dans ses cauchemars. Doria sentit ses joues cuire de gêne.

— Ce sont des armes ! Je vous ai dit que j'avais pris de quoi me défendre.

Doria attrapa une des chemises de la table basse pour se couvrir. Elle avait froid et commençait à se lasser. Elle s'assit sur un canapé rouge aux lignes futuristes et se laissa aller contre le dossier incurvé comme une vague, qui paraissait rigide, mais était étonnamment confortable et moelleux.

— Vous ont-ils volé quelque chose ? demanda le policier.

Léo Klein regarda autour de lui.

— À première vue, rien.

— Ils ont transféré tout ce qui se trouvait à l'intérieur de l'ordinateur, dit Doria. Je me souviens que le plus maigre trouvait ça trop long. L'autre lui a répondu. « Tu copies tout, on cherchera après. »

— C'est étonnant qu'ils n'aient pas pris la bécane.

Doria se retint de lever les yeux au ciel. Qui pouvait encore dire « bécane » ?

— Non, heureusement. Je l'ai équipée d'un système antivol de mon invention. La colonne est comme vissée au sol par des capteurs, il n'y a que moi qui puisse la déplacer, expliqua Klein.

Doria informa l'inspecteur qu'elle avait deux photos des malfaiteurs : l'une prise du premier étage alors qu'ils s'enfuyaient, et l'autre datant du jour où elle avait surpris l'homme aux baskets blanches espionnant devant l'immeuble. Elle transféra les clichés sur le portable du policier et demanda l'autorisation de se retirer. Léo Klein la raccompagna jusqu'à la porte.

— Merci d'avoir prévenu la police, et merci pour les photos. Je ne connais personne qui aurait fait ce que vous avez fait. Vous êtes une vraie ninja !

Il tendit le bras et lui arrangea une mèche de cheveux qui avait dû se fourrer n'importe où. Doria se rendit compte qu'elle devait être monstrueuse après la nuit qu'elle venait de vivre et secoua la tête, comme un poulain rebelle.

— Je suis trop curieuse, je sais, c'est mon défaut.

— Non, je te trouve plutôt très courageuse.

Elle fit semblant de ne pas remarquer qu'il l'avait tutoyée.

— Je vais rapporter ses joujoux à Manuela.

Il eut l'air surpris.

— Ah bon, ce n'est pas à toi, tout ça ?

MARS

41

Définitivement faible face à ses yeux de velours et ses lèvres de miel

Sacha faisait une drôle de tête, comme chaque fois qu'il se souvenait qu'il n'était pas le seul artiste de Paris à se battre pour percer. Doria l'avait entraîné boire un verre au Limonaire, petit bistrot à chansons de la Cité Bergère où se produisaient ce soir-là deux de ses copines, Fleurine et Sidonie. Elles interprétaient des chansons à textes aux arrangements jazzy sous le nom de Petites Choses. Comme tous les soirs, la salle était pleine. Cinquante places, c'est vite rempli, surtout avec les amis des artistes, quelques habitués, quelques curieux.

— Pas très rock'n'roll comme ambiance, chuchota Sacha. J'espère qu'on ne va pas se faire chier…

Doria glissa un œil sur le profil de Sacha, occupé à boire son cocktail. Il boudait un peu, elle le voyait bien, ce qui ne le rendait pas moins craquant, au contraire. Qui était donc ce garçon assez charmant pour ne pas l'avoir découragée après le fiasco de leur première coucherie ? Avec ce visage, ce torse, ces jambes, cette bouche… Il lui donnait toujours envie d'en avoir plus. Ce soir, peut-être ? Depuis le concert, même si elle ne l'avait pas beaucoup revu – il y a des choses qui ne changent pas –, ils étaient plus intimes. Comme si un masque était tombé. Sacha n'était pas simplement ambitieux, il était habité par une idée fixe : devenir une star. Chacun de ses gestes, chacune de ses pensées n'était orienté que vers ce seul but. Le reste – les amitiés, les amours – comptait assez peu dans la balance. Définitivement faible face à ses yeux de velours et ses lèvres de miel, Doria avait accepté de s'occuper gracieusement de sa page Facebook. C'était terrible à dire, mais cela représentait un moyen assuré de passer plus de temps avec lui.

— Les filles sont là ! glissa-t-elle à son cavalier en voyant approcher les deux chanteuses de la soirée.

Il leva les yeux pour découvrir deux lianes en collants noirs et short à paillettes, juchées sur des baskets à talons. Fleurine avait les cheveux roux et bouclés, Sidonie les portait bruns et raides. Sacha les invita à s'asseoir. Doria les questionna sur leurs projets, leurs chansons. Elles se suivaient toutes de loin en loin avec Bettina et d'autres artistes parisiennes.

— J'ai un plan à vous proposer.

— C'est payé ?

— Légèrement payé, mais vous pourrez repartir avec un gode !

Les filles se mirent à rire.

— Qu'est-ce que c'est ?

— Tu ne vas pas leur demander de chanter chez Manuela ? C'est pas du jeu ! intervint Sacha.

— Et pourquoi pas ? Il y a une boutique un peu spéciale dans notre immeuble. Ça s'appelle Oh My Gode ! - avec un *e* à la fin. Une fois par mois, Manuela, la boss, organise un apéro coquin, avec champagne, petits-fours et vente d'accessoires. Pour sa soirée du mois de mars, elle aimerait faire un joli coup. Et j'ai pensé à vous. Si vous acceptiez de jouer quelques titres… Je m'occuperai de médiatiser la soirée. En plus, ça se passera dans notre immeuble, vous savez qu'on a douze mille fans sur la page Facebook ? Ils seront tous au courant !

Sidonie et Fleurine se consultèrent du regard.

— *Oh my God !* Douze mille fans ?

— Oui.

— Champagne ?

— Oui.

— Euros ?

— Oui. À négocier avec Manuela.

— *Done !*

Vers 22 heures, le service s'arrêta. Les filles montèrent sur scène. Elles dégageaient un charme acidulé et sexy. Leurs paroles, souvent à double sens, étaient susurrées comme on suce un bonbon.

— Sympa, mais elles ne seront jamais des stars, déclara Sacha.

Il recommença à boire, détendu, satisfait.

À la fin de leur tour de chant, le fameux chapeau haut de forme du Limonaire tourna dans la salle pour que chaque spectateur y glisse la somme qui lui semblait juste pour récompenser la prestation scénique. Les chanteuses ne furent pas déçues.

Doria et Sacha partirent dans la nuit noire et bruineuse du faubourg Montmartre. Ils décidèrent de pousser jusqu'au Silencio, histoire de se frotter à quelques oiseaux de nuit et de boire un cocktail. Sacha ne disait jamais non quand elle le faisait entrer dans ce club très privé où, avant minuit, seuls les membres étaient acceptés. Là-bas, nul n'était à l'abri d'une bonne rencontre professionnelle. Si Doria aimait la nuit pour sa beauté de fille perdue, elle savait que Sacha ne gâchait jamais une heure de sommeil pour rien. Elle se surprit à l'épier du coin de l'œil en sirotant son absinthe, comme une louve guettant sa proie, alors qu'il se laissait aller sur le *dancefloor* avec des déhanchements de rockeur blanc. Elle le rejoignit sur la piste, le frôla mine de rien, il la serra contre lui.

Une giboulée nocturne les rattrapa sur le boulevard, ils coururent, serrés l'un contre l'autre. Arrivés à l'abri dans l'immeuble, Sacha prit le visage trempé de Doria entre ses mains, l'embrassa doucement.

— Je me lève très tôt demain, je dois être en studio à 8 heures. Ça t'embête si je dors tout seul ?

42

J'ai décidé de traiter l'argent comme un amant : je vais le fuir, il va me suivre

Enfermée dans sa chambre à la nuit tombée, Doria faisait ses comptes. Et ce n'était pas brillant. Certes, le différend avec la Banque générale avait été résolu après qu'elle avait payé l'intégralité de ce qu'on lui demandait. Certes, elle n'avait plus de loyer, pas de voiture à entretenir, pas de courses à faire. Néanmoins, elle avait une vie – surtout nocturne –, une mutuelle, une facture de téléphone, une passion pour les boots à talons et un amour immodéré des jeans slim. En résumé, Doria était encore à découvert. Elle s'offrit une petite crise de panique quant à son avenir. Elle ne pourrait pas définitivement vivre chez Max, entretenue par son père comme une ado. Serait-elle autonome un jour ? Quand elle s'obligeait à regarder sa situation en face, Doria ne voyait qu'une voie sans issue. Pourtant, il devait bien y avoir une solution…

Dans le salon, elle entendait Max et ses potes se prêter à une sorte de *blind test* musical avec beaucoup de conviction.

— *Blue Jean Bop,* Gene Vincent !

— Attends, attends, écoute celle-là.

— *Pain In My Heart,* Otis Redding !

— À moi ! Sur ma vie, je vais vous faire pleurer.

— *Lucille* ! Little Richard ! Oh, trop bon !

— Elvis peut baiser le cul de Chuck Berry et de Little Richard. Le rock'n'roll, à la base, c'est un truc de Noirs…

— Vous voulez que je vous fasse découvrir des trucs de Blacks d'aujourd'hui ? proposa Simon.

— Simon, s'il te plaît, laisse-nous profiter ! soupira Max. Écoute ça, plutôt. Tous tes rappeurs, ils viennent de là. Joe ! Mets-lui un Chuck Berry !

— *School Days,* c'est pour toi, Simon, lança Gégé.

Doria prit sa tête dans ses mains. Elle n'arrivait pas à se concentrer avec leur musique qui ne donnait qu'une envie, remuer en rythme et tout planter. Elle relut pour la énième fois les lignes de son relevé bancaire sur Internet, surtout celle du bas qui annonçait un solde débiteur, et tenta de récapituler l'ensemble des dépenses qui l'avaient conduite à ce résultat. Cuite d'ennui, elle cliqua sur Facebook et jeta un œil sur la page de l'immeuble, « Si toi non plus, tu n'aimerais pas qu'on te chasse de chez toi ». La page avait atteint dix-neuf mille huit cent soixante-douze fans. C'était incroyable, la solidarité que leur situation générait. Les gens partageaient leur lien, faisaient tourner les infos, appelaient au soutien. Résultat, le nombre de visiteurs était exponentiel. Doria soignait les statuts, des petits textes qu'elle écrivait chaque jour sur l'immeuble, ses habitants, mais aussi des documents qu'elle partageait, comme cette « lettre d'une dame de quatre-vingt-six ans à sa banque », hilarante et terrible de justesse. Son dernier post, un portrait de Mira, « la gardienne qui aimait l'opéra », photos de sa loge à l'appui, avait suscité une nuée de commentaires, ainsi que plus de six cents « like ». Le succès l'avait rendue complètement accro et elle ne pouvait s'empêcher de vérifier le nombre de fans et de « like » environ deux mille fois par jour. Doria soupira et revint à ses comptes. Son découvert n'avait pas bougé et la petite enveloppe indiquant qu'elle avait un message continuait à clignoter. Elle savait qu'on l'invitait à régulariser sa situation au plus vite, sinon la banque allait encore se fâcher tout rouge.

Dans le salon, elle entendait des rires et des hurlements. Elvis chantait ses *Blue Suede Shoes.* Doria envoya balader sa souris et sortit de sa chambre, excédée.

— Vous ne pouvez pas faire moins de bruit ? Je suis plongée dans mes comptes…

— Vu ta tête, ça ne doit pas être brillant !

— J'ai décidé de traiter l'argent comme un amant : je vais le fuir, il va me suivre.

Max, Joe, Maurice et Gégé en rang d'oignon enseignaient à Simon les rudiments de la *rock'n'roll attitude,* jambes écartées, genoux en dedans et déhanché lascif. Les quatre anciens avaient tous à la bouche une drôle de cigarette à bout bleu et luminescent. Doria, qui tenait son iPhone à la main, les photographia impulsivement. Elle voulait poster la photo sur Facebook et tenait déjà sa légende : du *swag* et du *swing*.

— C'est quoi ces clopes ?

— Cigarettes électroniques. Le médecin vient d'interdire à Joe de fumer. On s'en est tous acheté une, par solidarité.

— C'est pas mal, dit Max en aspirant une bouffée de vapeur au léger goût de tabac, ça fait un peu narguilé.

— Regarde, Doria ! Comment je suis trop stylé !

En quelques minutes, Simon avait appris à maîtriser l'art du genou droit qui se pliait en rythme tandis que la jambe gauche restait fixe, plantée sur son pied rentré. Perché sur ses hautes jambes, avec son jean slim et ses boots étroites, il se déhanchait sur *Be-Bop-A-Lulla* de Gene Vincent, résolument rock et classieux.

— Je veux essayer aussi ! dit Doria qui venait de s'acheter une nouvelle paire de bottes à bout pointus et voulait déjà les baptiser.

Be-bop-a-lula, she's my baby
Be-bop-a-lula, I don't mean maybe
Be-bop-a-lula, she's my baby love
My baby love, my baby love

Musique à fond, ils dansaient, les yeux fermés, oubliant les genoux qui craquaient et les hanches qui gémissaient. Et le rythme entrait dans leur peau, s'infiltrait dans leurs bras et leurs jambes, ils dansaient, ils avaient dix-huit ans. Comme Simon.

— Golf-Drouot ! s'exclama Joe Boutboul, le bras levé, l'index tendu.

— Putain, Gene Vincent au Golf-Drouot. On y était !

— Le temple du rock'n'roll ! s'extasia Max, emphatique.

C'est alors qu'on sonna à la porte. Un homme souriant et soigné, le cheveu blanc et soyeux, se tenait sur le seuil.

— Bruno ! Entre ! invita Max après lui avoir serré la main.

Doria reconnut Bruno Blanckaert, le directeur du Grand Rex, client et bon copain de Max, collectionneur d'affiches de cinéma.

— Quelles nouvelles sur les grands boulevards ?

— Après quinze ans de lobbying, j'ai enfin réussi à faire accepter l'idée des grands boulevards à double sens. Les travaux ont enfin démarré ! Comparativement, je n'avais mis « que » sept ans à faire changer le nom de la station de métro Rue-Montmartre en Grands-Boulevards ! J'ai envie de travailler maintenant sur le jumelage des grands boulevards avec Broadway à New York. Après tout, nous avons plus de vingt théâtres d'un bout à l'autre des boulevards, Broadway en compte quarante. Ça risque de prendre du temps, mais je suis patient.

En plus de ses fonctions au Grand Rex, Bruno Blanckaert était le président de l'Association des commerçants des grands boulevards, et celui de la Chambre syndicale des cabarets artistiques et discothèques. Autant dire qu'il était le roi du quartier. Il s'installa sur le fauteuil Eames qui faisait face au canapé Art déco et attrapa quelques pistaches dans un bol.

— Et vous ? Des nouvelles pour la vente de l'immeuble ?

— Notre page Facebook compte vingt mille fans, l'informa Doria.

— Bravo, la nôtre n'en est qu'à huit mille.

— C'est ma fille qui s'en occupe, dit Max avec une certaine fierté.

Les enceintes continuaient à diffuser *I'm a Man* de Bo Diddley via l'iPod de Max.

— Mon Dieu, avoir à nouveau dix-sept ans et retourner danser au Golf-Drouot... souffla Joe Boutboul.

— Je vais chercher ton affiche, dit Max en servant un verre à Blanckaert.

— Comment faites-vous pour attirer tant de monde en si peu de temps ? demanda Bruno Blanckaert à Doria.

— Elle est très douée, elle organise des petits concerts et elle met les infos en ligne, annonça Maurice Ackermann.

— Je mets des photos, je raconte des histoires sur les locataires. La solidarité joue à fond. Quand j'annonce que la banque veut fermer le Broadway pour le remplacer par une boutique de luxe, ça attire du monde.

— Encore un signe de la boboïsation des boulevards ! Les bobos débarquent, attirés par le prix du mètre carré, les moulures, les ferronneries, les cheminées, les portes cochères, et après ils font fermer les bars et les restaurants pour nuisance. Et ça se prétend cool ! Mais ça a toujours été un quartier rouge ici : des établissements de nuit, des cercles de jeu, des bordels, des théâtres, des étrangers... On a mauvaise réputation depuis le XVIIIe siècle !

— La voilà ! annonça Max en déroulant l'affiche qu'il venait d'acquérir.

La tête de Michel Simon en clochard céleste apparut sur son épouvantail.

— Elle est magnifique ! 1932 ! L'année de création du Rex. Merci, Max, je suis ému.

Effectivement, Blanckaert s'assit et termina son verre d'un trait.

— Dis donc, tu n'aurais pas un petit job pour ma fille ? demanda Max. Elle est comédienne et galère un peu en ce moment...

Doria gémit intérieurement et fit de gros yeux furieux à son père.

— Elle a beaucoup de talent, et je crois même qu'elle couche, ajouta Joe.

Bruno Blanckaert réfléchissait.

— Je pourrais vous engager comme hôtesse pour les concerts et les événements du Grand Rex. Nous en avons plusieurs par semaine. C'est payé cent vingt euros par soir. Nous avons beaucoup de comédiennes dans nos recrues. Passez me voir au bureau demain. On vous arrangera ça.

— Oh super, merci ! lança Doria, surprise.

Cent vingt euros multipliés par plusieurs soirs par semaine, cela pouvait faire beaucoup d'argent.

— Et sinon, quoi de neuf au Rex ? demanda Gégé Giacobbi.

— Ça se passe très bien, mais imaginez-vous que des petits voyous m'ont piqué la clé de la terrasse sur le toit. J'ai dû changer la serrure. Incroyable comment ils arrivent à se faufiler partout !

Simon bondit sur ses pieds comme s'il avait un besoin soudain de se dégourdir les jambes.

— Max, tu parles toujours du Golf-Drouot, mais c'était où exactement ?

Max prit son petit-fils par l'épaule, et le conduisit à la fenêtre.

— Tu vois là, en face, l'angle du boulevard des Italiens et de la rue Drouot ?

— Oui…

— Il y avait une brasserie qui s'appelait le Café d'Angleterre. C'était là, le Golf-Drouot. Juste au-dessus du café. À l'angle, au 2, rue Drouot, se trouvait une porte battante, puis un escalier de quarante marches exactement. Quarante marches pour arriver au paradis du rock'n'roll. Je le voyais de ma fenêtre jusqu'en 1981. Puis il a été détruit.

— Tu veux dire que c'était juste là ? À la place du Mac Do ?

— Oui.

43

Je veux mettre du rêve dans le réel. On en a bien besoin, non ?

Doria Dahan et Léo Klein se trouvaient au commissariat central du 2e arrondissement, rue du Croissant, une petite rue perpendiculaire à la rue Montmartre. Le matin même, Klein avait informé Doria que la police avait des informations à leur communiquer. La conversation s'était faite d'un côté à l'autre de la cour, *via* les fenêtres ouvertes.

Ils retrouvèrent leurs deux policiers, le jeune et l'ancien, le Blanc et le Noir.

— Nous avons fait analyser la photo que vous nous avez fournie, déclara le plus âgé à Doria. Notre logiciel a reconnu Amir Khelfa, franco-marocain de vingt-cinq ans, né à Casablanca, arrêté plusieurs fois pour trafic de haschich et vol à l'arraché. Aux dernières nouvelles, ses parents l'avaient renvoyé au Maroc en espérant le calmer. C'est là qu'il aurait intégré le réseau d'un parrain local qui fait transiter d'énormes quantités de cannabis du Maroc à la France.

— Qu'est-ce que des trafiquants de drogue peuvent chercher dans l'ordinateur d'un designer ?

Le plus jeune, avec ses joues trop rouges, comme s'il était perpétuellement gêné ou chauffé par ses hormones, se tourna vers Léo Klein.

— Vous réaffirmez qu'ils ne vous ont rien volé ?

— Absolument. J'ai fait un état des lieux en remettant tout en ordre, il ne me manque rien.

— Avez-vous des ennemis, des rivaux qui pourraient avoir envie de pirater un de vos projets ?

— Il y a tellement de jalousies dans ce métier… Ça peut être n'importe qui, un designer, un éditeur de meubles, quelqu'un qui veut savoir sur quoi je travaille et me couper l'herbe sous le pied… Je peux vous montrer mes projets, si ça peut vous aider.

Il ouvrit son ordinateur portable avec des gestes précis et son visage changea d'expression ; de détendu et affable, il passa à sérieux et concentré en quelques fractions de secondes. Ses mâchoires se crispèrent pour arriver à un format carré, ses sourcils noirs se rejoignirent au-dessus du nez, son sourire disparut. Doria reconnut le visage fermé qu'elle avait souvent observé par la fenêtre de sa chambre.

— Alors là, vous voyez, ce sont les cotes d'un fauteuil pour Cassina, un éditeur italien…

— Ils ont peut-être envie de se fabriquer un beau fauteuil, suggéra Doria.

Sans se laisser déconcentrer, Léo Klein continua à expliquer :

— Ici, ce sont les plans d'un restaurant que nous venons de terminer, sur les grands boulevards, à l'occasion de la rénovation de l'hôtel Ronceray. Là, le projet d'un spa en Indonésie. Et regardez ça : un dirigeable en forme de baleine, et là, un projet de moto propre avec capsule de protection. J'ai également dessiné pour un milliardaire russe un sous-marin privé hyper facile à piloter.

— Ce n'est pas Léo Klein, c'est Géo Trouvetout ! ironisa Doria.

Mais les policiers se prêtaient au jeu et regardaient avec curiosité tous les projets de l'architecte designer, qui faisait défiler gratte-ciel à Shanghai, canapé au tissu autocicatrisant ou baignoire-piscine dans une salle de bains aux murs aquatiques.

— Mon travail est fondé sur la recherche des sens, de la magie et de l'émotion vitale. Je veux mettre du rêve dans le réel. On en a bien besoin, non ?

Les flics se regardèrent, légèrement dubitatifs.

— Tout à fait, affirma le plus jeune.

— Parfaitement, renchérit le plus vieux.

Il s'agissait de ne pas contrarier la victime.

— Vous voulez voir mon rêve secret ? demanda Léo qui s'était légèrement détendu.

Curieuse, Doria se pencha légèrement pour regarder par-dessus son épaule. Il portait encore une de ses chemises immaculées. Elle respira son odeur de linge propre et de parfum boisé, qui lui rappela qu'elle avait gardé la chemise de l'autre soir. Elle était tellement confortable et souple que Doria s'en servait pour dormir.

— Oui, allez-y, on finira peut-être par découvrir ce qui intéressait vos voleurs.

Klein cliqua sur un dossier et fit apparaître une sorte de soucoupe volante posée sur une colline verdoyante.

— Un vaisseau spatial ! s'exclama le jeune flic.

— Non, c'est un stade ! Je suis un dingue des stades ! Là, c'est la pelouse escamotable, qui peut également se transformer en scène pour grands spectacles.

— L'image est magnifique. Les Mac, c'est quand même autre chose, commenta le flic plus âgé.

Doria se demanda si elle n'allait pas les laisser s'occuper de leurs trucs de garçons : stade de foot, ordinateur… Pourquoi pas voitures de course et jeux vidéo ?

— Hum… Vous pensez que tout cela est vraiment utile à l'enquête ?

Les trois hommes se redressèrent, vaguement gênés.

— Hum ! Merci pour votre déposition, déclara le chef. Je pense qu'on peut s'orienter vers la piste de l'espionnage industriel. Nous vous tiendrons au courant si nous avons du nouveau.

En sortant du commissariat, Léo Klein proposa à Doria de boire un café quelque part.

— Désolée, je dois y aller, j'ai rendez-vous dans une demi-heure pour le tournage d'une pub… pour une barre chocolatée.

44

Les abdos triomphants du footballeur portugais

Simon claqua la porte et descendit l'escalier sans enthousiasme, son sac à dos accroché à l'épaule. Dans sa poche, son portable bipa, annonçant l'arrivée d'un texto. C'était Angélique : « G pas cours, y a personne chez moi, qu'est-ce que tu fais ? » « J'arrive ! » répondit Simon.

Il rangea son smartphone et continua sa descente en bondissant. Arrivé sur le palier du premier étage, Simon tendit l'oreille. Il entendit Sacha sortir de l'ascenseur au rez-de-chaussée et saluer quelqu'un avec sa voix de dragueur. Dans ces cas-là, il émettait une vibration particulière, un vrai capteur à nanas. Pas étonnant que le gars soit chanteur. Simon descendit quelques marches à pas de loup et s'aplatit contre la cage d'ascenseur, tendant l'oreille pour intercepter la conversation.

— Je vais devoir remonter avec vous, j'ai oublié quelque chose chez moi.

— Vous ne l'auriez pas plutôt laissé chez moi ? demanda une voix féminine.

La voix de Barbara Daquin ! Simon aurait aimé avoir une oreille bionique. À défaut, il écarquilla les yeux et ouvrit la bouche.

— Chez vous ? s'amusait Sacha. C'est vrai, tiens ! il faudrait que je vienne vérifier !

Simon entendit le sourire dans sa voix. Une voix, rieuse, sensuelle, irrésistible, le salaud !

— Je vous en prie, vérifiez.

— Alors je vous suis, c'est ça…

Sacha et Barbara pénétrèrent tous les deux dans l'ascenseur. La porte se referma dans un glissement high-tech. Simon entendit le ding caractéristique et remonta les marches quatre à quatre jusqu'au troisième étage, se demandant ce que ces deux-là trafiquaient dans la vieille cabine. Arrivé quelques marches avant le palier, il s'aplatit derechef contre le mur, en essayant de maîtriser le bruit de sa respiration, juste à temps pour voir Sacha et Barbara sortir de l'ascenseur, ayant déjà visiblement commencé à chercher activement l'objet oublié. Barbara tourna fébrilement la clef dans la serrure, attira Sacha à l'intérieur par le col de son tee-shirt. En digne neveu de Doria, Simon monta vivement les dernières marches sur la pointe des pieds et colla son oreille contre la porte. Quelques gémissements, des frottements, des halètements caractéristiques… Une brusque chaleur envahit l'entrejambe de Simon. Soudain honteux, il dévala l'escalier et monta comme une fusée sonner chez Angélique. Elle le trouva sur le palier, essoufflé, les joues rouges, le sourire jusqu'aux oreilles. Elle lui prit la main.

— Entre…

Elle l'attira jusqu'à sa chambre. Au-dessus de son lit s'étalait un poster de Cristiano Ronaldo, torse nu. Simon chassa les abdos triomphants du footballeur portugais de son esprit et se pencha lentement vers elle. Angélique souriait en lui tendant les bras, elle portait un jean et un tee-shirt décolleté. Simon colla ses lèvres contre les siennes et se sentit partir, sombrer dans un gouffre de sensualité intense. Ses sens, échauffés par la scène dont il venait d'être témoin, vibraient douloureusement. La main de Simon découvrit une nouvelle fois les contours merveilleux des seins d'Angélique, essaya de s'aventurer plus bas, mais elle l'arrêta… Elle vit son regard trouble, son visage tendu, et le repoussa légèrement :

— Je l'ai jamais fait.

— C'est super, j'adorerais être ton premier.

— On verra. Je veux le faire avec quelqu'un dont je suis très amoureuse… et qui est très amoureux de moi.

— Oh ! Mais je suis fou amoureux, moi !

— Peut-être, mais moi, je n'en suis pas encore sûre.

Petite phrase qui fit à Simon l'effet d'une douche froide. Angélique le sentit s'éloigner. Il s'allongea sur le dos, souffle court, les yeux dans le vague. Elle eut peur d'avoir été un peu dure et l'embrassa tendrement dans le cou.

— Je voudrais que ce soit un moment très spécial…, murmura-t-elle.

— D'accord, c'est toi qui décideras le jour et l'heure.

— Pas aujourd'hui, mais… Embrasse-moi encore !

45

La ville lumière brilla de tous ses becs de gaz

Max ouvrit le gros dossier des archives de l'immeuble que venait de lui envoyer son vieil ami Charles Turgot. Charles était responsable du syndic depuis la nuit des temps, c'est-à-dire avant même l'arrivée de Max au 19 bis, boulevard Montmartre, quarante et un ans plus tôt. À ce tournant de sa vie, Max avait besoin d'un espace plus grand que le studio qu'il habitait dans le même immeuble que sa mère : il allait être père. Il avait demandé à Charles de lui trouver un cinq-pièces à louer, pas trop éloigné du faubourg Poissonnière, avec une chambre pour recevoir le bébé, une pour sa mère – si un jour elle ne pouvait plus vivre seule – et une pour lui. Charles lui avait proposé cet ancien cabinet d'avocat, qui s'était avéré la configuration idéale. Sa mère ne s'était jamais installée chez lui, mais elle était souvent venue y passer le week-end pour s'occuper d'Alice, sa petite-fille adorée. Quand il avait visité les lieux pour la première fois, Max avait eu un coup de foudre pour les grandes pièces claires, le parquet de chêne, le charme rococo des parties communes. Il s'était installé ici à vingt-sept ans, il en avait soixante-six. Sa vie était passée, jour après jour, entre ces murs.

Fouillant dans les vieux documents, Max découvrit que l'immeuble du 19 bis, boulevard Montmartre avait été construit par la Banque générale en 1859, sous le Second Empire, à la place d'un hôtel particulier. La banque souhaitait en faire un immeuble de rapport. C'était au temps où le baron Haussmann, alors préfet de la Seine, rasait le vieux Paris pour la plus vaste opération immobilière et spéculative de l'histoire. Ayant détruit la moitié de la ville, il fallut tout reconstruire. D'immenses fortunes furent bâties grâce à une spéculation immobilière forcenée. C'était l'époque de l'argent roi, celui qui se dépense, mais surtout celui qui investit et sait fructifier.

Max découvrit que la Banque générale avait été fondée en 1855, au début du Second Empire, par un groupe d'industriels voulant favoriser le développement du chemin de fer. Le premier président de la banque fut un influent industriel, Étienne Rougeard. Le Broadway Boulevard naquit la même année que l'immeuble, sous le nom de Café de la Petite Pinte ; quant à la boutique de Manuela, elle servit d'abord d'atelier pour une modiste, Mademoiselle Adèle, puis abrita différents commerces, et même une école de dactylos, jusqu'à l'arrivée d'Oh My

Gode ! Dans ses étages, l'immeuble abrita d'abord des bureaux de compagnies d'assurance : La France industrielle, La Seine, L'Abeille (des assurances collectives d'entreprise, mortalité des chevaux, voitures, bris de glaces), La Caisse paternelle, la Caisse des familles, le cabinet d'avocats Beaulieu et Jouve associés, ainsi qu'une mutuelle de santé : Les Ménages avisés. Jusqu'au milieu du XXe siècle se succédèrent études de notaires, cabinets d'avocats… Puis, peu à peu, les particuliers prirent le pas sur les bureaux.

Max referma le dossier, songeur. Propriétaire de l'immeuble depuis sa construction, la Banque générale n'avait jamais songé à s'en débarrasser. Alors pourquoi le faisait-elle aujourd'hui ?

46

Paris est tout petit pour les gens de la nuit

Doria souriait, l'œil un peu vague, une coupe de champagne à la main. Sacha l'effleurait de ses yeux de velours, s'attardait sur son visage, son cou, sa bouche, et elle avait chaud partout où passait son regard.

— J'ai écrit une nouvelle chanson qui parle de toi, elle s'appelle *La Fille qui court*.

Du coin où elles chantaient, Sidonie et Fleurine lui firent signe. Ses copines des Petites Choses étaient venues interpréter quelques titres à l'occasion de cet apéro coquin très spécial, qui accueillait aussi bien les femmes que les hommes. Pour faire un joli coup de pub et sortir de l'ordinaire, Doria avait conseillé à Manuela d'organiser une soirée couples. Elle rejoignit les filles près de la scène.

— On dirait que ton amie Manuela est en surchauffe.

Doria jeta un coup d'œil à Manuela qui tournait et s'agitait sans efficacité.

— Tout va bien ! Continuez à chanter, c'est parfait.

Flânant à l'autre bout du magasin, Sacha examinait les godemichés, les bougies chauffantes – qui se transforment en huile de massage – les fouets et les dessous sexy, avec des petits regards en coin, comme s'il projetait mille bêtises torrides avec elle. Il s'empara d'un gode *king size* tout en la fixant intensément, et mit le jouet en marche. Le gode vibra, ondula, ronronna. Doria se troubla. C'est alors qu'un bruit de verre brisé rompit le charme. Manuela venait de casser trois coupes de champagne. Comme pour chaque apéro coquin, elle avait embauché une jeune fille en charge du service, et c'est en voulant l'aider pour la mise en place qu'elle avait renversé les verres.

Doria échappa à l'emprise de Sacha pour aller à sa rescousse.

— Doria ! À quel moment les filles chanteront *la* chanson ?

Tout en parlant, Manuela balayait fébrilement les débris de verre.

— Je pensais qu'elles pourraient terminer avec, comme ça tu enchaînes avec ta présentation… Tu vas bien, Manuela ?

— On ne peut mieux. N'oublie jamais ça : un homme qui paye devient un porc.

Elle n'avait pas l'air dans son assiette. C'était vraiment étrange, et la curiosité de Doria se mit en alerte maximale.

— Qu'est-ce que tu veux dire ?

— Je me comprends, continua Manuela, de plus en plus sibylline. Ah ! Voilà Max.

Le soulagement se répandit sur ses traits, dissipant l'anxiété comme l'eau nettoie les taches. Elle abandonna la fille et se précipita vers le père. Doria se retourna et repéra effectivement Max, ses cheveux gris, sa chemise en jean, son sourire. Manuela le regardait, les yeux brillants. Il lui prit le bras et l'entraîna dans la cour.

Doria retourna vers les Petites Choses, qui susurraient leur répertoire sexy jazzy en s'accompagnant à la guitare. Saupoudrée de leurs notes mutines, la soirée se parait d'une délicieuse atmosphère.

— Tout va bien ? Vous voulez un peu de champagne ?

— On a tout ce qu'il faut, merci Doria. On a même vendu des CD.

— Top. N'oubliez pas de finir par *la* chanson, d'ici une demi-heure environ.

Elle sentit une main se poser sur sa hanche, se glisser sous son tee-shirt. Sacha.

— Doria, je dois filer…

Max passa un bras autour des épaules de Manuela. Elle tremblait un peu. Il se demanda si c'était le bon moment pour lui parler.

— Ta fille est adorable. Elle a organisé tout ça en un claquement de doigts.

— Elle a de multiples talents en effet, sourit Max.

Il accentua la pression de son bras autour d'elle.

— Tu n'es pas descendu par simple curiosité, je suppose. Tu voulais me parler ?

Max se lança.

— Cela fait cent cinquante-trois ans que la Banque a fait construire cet immeuble et elle ne s'en est jamais séparée. J'ai trouvé ça étrange, et je me suis demandé si ça ne cachait pas autre chose. Mais comment savoir ce que Jérôme Lenormand, le président de la Banque générale, a en tête ? Et j'ai pensé…

Elle le coupa vivement.

— Je ne travaille plus, Max. Je ne connais pas ce Jérôme Lenormand.

— Toi non, bien sûr. Mais une de tes amies fréquente peut-être un des ses amis…

— Les confidences sur l'oreiller, ils sont plus malins que ça.

— Tu sais bien que non.

Pour la première fois, un sourire éclaira le visage de Manuela.

— Tu as raison. Je vais passer quelques coups de fil. Je te tiendrai au courant.

Elle déposa un léger baiser sur sa joue.

— J'y retourne… Tu viens boire une coupe de champagne ?

— Je n'aime que le whisky, tu sais bien.

Doria regarda Sacha quitter la boutique et se faufiler parmi les couples qui fumaient dehors. Et voilà ! Il fuyait à nouveau après l'avoir bien chauffée. Le beau gosse était un allumeur. Tout ce qu'il souhaitait, c'était entretenir la flamme qu'il faisait brûler en elle. Pourquoi tombait-elle toujours dans le panneau ? Sacha croisa Manuela qui revenait. Ils se frôlèrent sans se jeter un regard, parfaitement indifférents l'un à l'autre. Manuela poussa la porte et Doria s'approcha d'elle. Discrètement. Du moins le crut-elle.

— Tu connais bien mon père ? Comment ? Ça fait longtemps ?

Manuela gémit intérieurement, saoulée. Doria pouvait parfois être épuisante. Tant d'énergie électrique, tant d'agitation, de curiosité maladive… Elle tenta de ne pas laisser paraître son agacement.

— Paris est tout petit pour les gens de la nuit. Mon Dieu, ce qu'il était beau à l'époque ! Il était irrésistible.

Manuela sourit, son regard se fit vague, elle porta la main à son cœur.

— Quelle époque ? Golf-Drouot ? Castel ? Palace ? Élysée-Matignon ? Cercle Haussmann ?

— Ne m'en demande pas plus. Tu ne sauras rien !

Doria referma la bouche.

— Bon… On dit aux filles d'attaquer la chanson ?

Elle s'éloigna sur ses longues jambes. Manuela secoua la tête. Ça devait être bon de ne pas avoir trente ans, de ne pas avoir trop de problèmes d'argent… Elle frémit en songeant à ses propres jeunes années tandis que les premières notes de *la* chanson, *Les Nuits d'une demoiselle*, se faisaient enfin entendre.

Je me fais sucer la friandise
Je me fais caresser le gardon
Je me fais empeser la chemise
Je me fais picorer le bonbon…

Dans cette nouvelle version jazzy, la chanson de Colette Renard[1] rendait vraiment bien. Manuela

1. *Les Nuits d'une demoiselle. Paroles : Colette Renard. Musique : Guy Breton & Raymond Legrand. 1963. © Disque Vogue.*

considérait cette reprise comme l'hymne d'Oh My Gode !, un chant à la gloire du plaisir féminin. Elle avait souhaité que les Petites Choses clôturent leur prestation avec elle. Elle avait hésité avant d'accepter la proposition de Doria d'organiser une soirée couples. Seule la perspective de narguer Karim avec une petite fête au public mixte l'avait convaincue. Les hommes, aujourd'hui, moins elle en voyait, mieux elle se portait.

Manuela s'autorisa une gorgée de champagne. Karim était sagement resté à la niche et, cette fois-ci, elle était sûre qu'il ne mordrait pas. Nulle musique ne lui parvenait du bar, nulle trace d'activité démesurée. Ce soir, le Broadway Boulevard se contenterait d'un *after-work* tranquille, et la caisse enregistreuse d'Oh My Gode ! chanterait victoire.

Les Petites Choses remportèrent leur petit succès. Doria applaudissait avec les autres, soulagée. Les filles avaient assuré, la partie apéro s'était bien passée, avec une fréquentation nettement en hausse par rapport à la moyenne. Elle avait accompli et réussi sa mission. C'était à Manuela de jouer. Celle-ci invita les clients à la rejoindre dans l'arrière-salle avec ses canapés, ses poufs et sa table basse recouverte d'accessoires. Doria se cala debout dans un coin. L'atmosphère était différente de la dernière fois. Plus lourde, plus sexuelle.

— Doria, peux-tu venir m'aider, s'il te plaît ?

Manuela lui adressait son sourire le plus commercial, à la limite de la crispation. Doria soupira et vint se poster à côté d'elle. Sa boss d'un soir lui colla dans les pattes la grande affiche avec vue du clitoris en 3D. Plaquée sur un panneau de bois, elle pesait lourd.

— Ceci est votre clitoris ! tonitrua Manuela, tapotant l'organe géant du bout de sa fameuse cravache.

Si Doria se sentait déjà mal à l'aise, que dire de son état quand elle vit Léo Klein entrer dans la pièce ? Il lui adressa un sourire et un petit signe de main, pouce levé, l'air de dire « surtout ne bouge pas, tu es parfaite ».

— C'est un continent inconnu, un secret bien gardé, c'est la clef de votre plaisir ! On imagine souvent que le clitoris est un simple petit gland. Mais cette perle, ici (violent coup de cravache), n'est que la partie visible de l'iceberg…

Oui, Doria dut subir le discours jusqu'au bout, souriante, calme, le regard ironique de Klein braqué sur elle. Il lui sembla que Manuela en rajoutait pour le plaisir. C'était interminable, mais cela s'acheva enfin. Elle posa le panneau et se dirigea vers le fond de la salle.

— C'est une soirée couples ! Je ne veux pas d'homme célibataire ici ! s'étrangla Manuela en la voyant rejoindre Léo Klein.

— Non, mais c'est bon, il est avec moi.

— Lui aussi ?

Doria attrapa deux coupes de champagne sur le buffet. Ils s'assirent sur les marches du perron.

— Elle connaît son sujet sur le bout de la cravache !

Il leva sa flûte vers elle. Doria remarqua qu'il n'avait aucun mal à la regarder en face. Contrairement à tant d'autres qui détournaient les yeux ou baissaient les paupières en rencontrant un autre regard, Léo Klein mettait ses pupilles et tout ce qu'elles contenaient à nu. Dans leur bleu impudique, Doria lut de la franchise et de la bienveillance, une pointe d'admiration et une petite flamme de désir. Elle lui plaisait, c'était certain. Depuis quelque temps, il semblait se trouver sans cesse sur son chemin. Malheureusement, malgré sa carrure athlétique, ses belles chemises aussi blanches que ses dents, il ne l'attirait pas d'un millimètre. Il était tellement sérieux, tellement pas drôle, toujours penché sur son ordi à faire ses petits dessins... La vie avec lui devait être aussi insipide qu'une compote.

— Si j'avais su que Manuela prenait l'expression « soirée couple » tellement au pied de la lettre, je serais venu avec ma fiancée. Je suis sûr que ça l'aurait beaucoup amusée.

Doria, qui s'apprêtait à avaler une gorgée de champagne, hoqueta de surprise. La boisson se coinça dans sa gorge. Elle toussa, postillonna, ses yeux se remplirent de larmes, son nez la chatouilla intensément. Elle termina par un éternuement pharaonique. Klein lui tendit un mouchoir.

— Ça va ?

Elle se moucha bruyamment en réprimant une nouvelle quinte de toux.

— Oui oui... Maudit champagne. Ça me fait toujours ça quand il est tiède.

Il releva doucement une mèche qui lui tombait sur l'œil. Elle bondit sur ses pieds.

— Merde ! Je dois y aller !

— À cette heure-ci ? Un tournage ?

— Non, ce soir, je fais l'hôtesse au Grand Rex.

En sortant de l'immeuble, Doria fut obligée de s'appuyer contre la porte cochère pour reprendre son souffle. Elle jeta un coup d'œil au Broadway pour voir si Karim n'était pas trop déprimé, car Manuela l'avait sérieusement mis à l'amende. Fait étonnant, le bar était bondé. Curieuse, elle décida de vérifier ce qu'il se passait. Sur la façade, Karim avait scotché un grand écriteau : « Ce soir, c'est interdit aux filles ». Épatée par tant d'élégance, Doria poussa la porte. Il n'y avait que des mâles dans le bar, dont Simon… et Max. Un attroupement s'était formé autour d'une table où deux malabars s'affrontaient au bras de fer. Tout autour fusaient des encouragements virils. Derrière le comptoir, Karim servait bière sur bière et Sonia se limait les ongles. Max, une liasse de billets à la main, organisait des paris en sirotant un whisky.

— Karim paye un c-coup à chaque gagnant, c-c'est trop *swag*, bafouilla Simon, une bière à la main.

— Apparemment, tu n'as pas besoin de gagner pour boire.

— Naaan ! Moi, c-c'est Max qui m'arrose ! J'peux pas refuser !

47

Décidément, ton avenir est aussi bien tracé que ta raie

Elle s'appellait Claire. Claire Cubizol. Elle était jolie et certainement bien élevée. Il était écrit qu'elle était architecte d'intérieur et fiancée à Léo Klein. Sur sa page Facebook, elle avait posté quantité de photos avec « Monsieur Chéri ». Elle n'avait pas verrouillé son compte et il était donc accessible à tout le monde. Doria cliquait compulsivement. Image après image, elle découvrait la vie hors du bureau de Léo Klein : il posait, la mèche bien en place, la chemise repassée. Le voici en compagnie d'un confrère designer, un verre à la main, ou assis dans un fauteuil étrange, son ordi sur les genoux. Tiens, des photos de vacances. Le couple posait en maillot de bain sur une plage. Doria bénit Facebook qui permettait aux esprits curieux comme le sien de pénétrer au cœur de la vie des autres. Ainsi pouvait-elle examiner à loisir

Léo Klein en maillot de bain, reluquer ses abdominaux sérieusement dessinés, puis, en zoomant sur la photo, détecter un début de cellulite sur les cuisses de sa compagne.

Doria retourna sur la page de Léo Klein Design, une page professionnelle sur laquelle il exposait ses créations, ses projets… Elle eut la confirmation qu'il devait être une pointure dans son métier, car il avait reçu un certain nombre de récompenses, dont le prix de Créateur de l'année quelques mois plus tôt. Elle regarda attentivement ses différentes réalisations, bondit soudain hors de sa chaise et sortit en courant.

Le cerveau en ébullition, Doria sonna à la porte du Studio Klein Design.

— Je sais ! J'ai trouvé ! s'écria-t-elle.

Il ouvrit lui-même et s'effaça pour la laisser entrer. À cette heure, son équipe avait déserté les lieux. Des gens normaux qui avaient une vie, sans doute. Dans le bureau, il ne restait plus trace du passage des voleurs. La table de travail, un plateau de bois précieux posé sur des pieds métalliques, un entrelacs de baguettes d'acier aussi aérien qu'une sculpture, était rangée, dépouillée de tout objet superflu, à part un ordinateur.

— Quoi donc ? demanda Léo Klein.

— Je sais ce que les voleurs sont venus chercher dans ton ordi !

— Ah bon ?

— D'après ce que nous savons, il s'agit de trafiquants qui font entrer du cannabis en France.

— Oui.

— Entre la France et le Maroc, il y a la mer.

— Merci pour cette leçon de géographie, mais je ne vois pas le rapport.

— Qu'est-ce qu'on prend pour traverser la mer ?

— Un bateau ?

— Et quand on veut être très discret, on prend...

Il fronça les sourcils sans voir où elle voulait en venir.

— Un sous-marin ! s'écria Doria, triomphante.

Comme il n'avait toujours pas l'air de comprendre, elle expliqua :

— Ils ont volé les plans de ton sous-marin privé, celui que tu as dessiné pour le milliardaire russe ! Ils vont en construire un pour organiser leur trafic tranquillement, entre le Maroc et l'Europe.

Léo Klein la regarda un instant, interloqué, puis se mit à rire, à rire sans pouvoir s'arrêter, tant et tant que des larmes de joie coulaient sur ses joues.

— Ah ! Elle est merveilleuse ! Tu m'as tué de rire ! Quel sens du scénario ! Doria, merci d'exister !

— Tu ne prends pas ma théorie au sérieux ?

— Pardon, mais non ! Il s'agit très certainement d'espionnage industriel. Tu sais, de nombreuses personnes s'intéressent à mon travail. Je suppose que quelqu'un a voulu connaître mes projets du moment.

À cette pensée, son visage se plissa de fureur et Léo se mit à marmonner des insultes à l'attention de ses voleurs anonymes.

— Regarde tes plans, affirma Doria. Je suis sûre qu'on peut reconstituer un sous-marin en suivant ta description.

Comme elle lui offrait une possibilité de montrer son travail, il ne refusa pas et chercha le document dans son ordi. Voyant les plans s'afficher, il fronça les sourcils et approcha son nez de l'écran. Elle observa son air concentré, légèrement perplexe. Elle ne connaissait personne qui ait des cheveux semblables aux siens, noirs, immobiles, disciplinés, à part peut-être Don Draper[1].

— Elle est marrante, ta coupe de cheveux… C'est ta copine qui t'a conseillé de te coiffer comme ça ?

Il se redressa, un peu surpris.

— En effet, c'est ma fiancée.

— Fiancée, ouah ! Ça, c'est du sérieux ! Vous allez vous marier bientôt ?

— Pas tout de suite, on attend de stabiliser notre situation professionnelle.

— Décidément, ton avenir est aussi bien tracé que ta raie !

Léo Klein s'empourpra.

— La raie de tes cheveux, je veux dire !

Elle pouffa comme une gamine et tendit la main pour lui toucher les cheveux.

— Ça ne bouge même pas !

Il attrapa son poignet au vol.

— On ne touche pas.

Doria essaya de retirer sa main, il la retint avec force, la défiant du regard. Elle se dégagea finalement d'un geste sec, recula d'un pas, sans le quitter des yeux.

Soudain, elle n'arrivait pas à détacher le regard de son visage, de sa bouche. Elle fut prise d'un désir brut, tout bête, très fort pour cet homme. Léo Klein

1. Pour les lectrices et lecteurs qui ignoreraient de qui je parle, Don Draper est le héros de la série *Mad Men*. Il est interprété par Jon Hamm, qui a reçu pour son interprétation un Golden Globe en 2008. Conseil d'amie : terminez ce roman et courez découvrir la série !

la regarda, hagard, s'approcha, la bloqua contre le mur avec ses deux bras. Les yeux toujours plantés dans les siens, il se pencha vers elle. Le contact de sa bouche la surprit. Ils se frôlèrent, s'attirèrent, leurs langues s'emmêlèrent, leurs mains s'attrapèrent. Soudain, il était vital de sentir la peau nue de cet homme. Leurs vêtements s'arrachèrent à la hâte. Il sentait incroyablement bon. Il la porta sur le bureau, l'assit, lui écarta fébrilement les genoux. Il glissa un doigt en elle et laissa son pouce s'attarder sur son clitoris. La situation inhabituelle, la caresse experte excitèrent tellement Doria qu'elle jouit dans sa main. Elle rit, attrapa son sexe et le caressa, il gémit, plongea le visage entre ses seins. Elle attrapa avec plaisir sa mèche entre ses doigts, leva son visage vers lui et lui prit les lèvres. L'excitation la gagna à nouveau. Voilà, il était en elle et ils s'emboîtaient parfaitement, c'était harmonieux, comme un ballet, glissant, rapide. Ça sentait le sexe tout autour d'eux et ce parfum les enivrait.

Cette fois, il atteignit l'extase juste avant elle, mais elle le retint avant qu'il ne se retire jusqu'à ce qu'elle jouisse violemment.

Ils reprirent leur souffle en silence, sans que leurs regards osent se croiser. Doria ramassa ses affaires, Léo remonta son pantalon et boucla sa ceinture, choisit une chemise propre dans le placard. Elle sourit car sa mèche était enfin décoiffée et ça lui allait bien, mais n'osa pas lui en faire la remarque. Quand elle fut rhabillée, elle lui effleura la joue d'un baiser.

— Salut ! Je dois filer.

— À un casting ?

— Non.

— Au Grand Rex ?

Il se recoiffa fermement devant le grand miroir au-dessus de la cheminée. La mèche retrouva son alignement initial.

— Non, je retrouve mon amie Bettina pour tourner une vidéo. Ça s'appelle le Bizz Buzz, et on a pas mal de buzz ! On les poste sur notre chaîne YouTube et notre page Facebook. Tu devrais regarder.

AVRIL

48

En matière d'imagination, Doria avait un don

Ce matin-là, Doria courait presque en remontant le boulevard Montmartre, à peine si elle ne dansait pas de joie. Joss l'avait appelée à l'aube pour lui dire que le dom pérignon était prêt et qu'elle avait intérêt à rappliquer : il y avait un rôle pour elle dans une pièce de théâtre. Ça devait être sérieux pour que Joss parle de déboucher le champagne. Doria avait sauté dans ses bottes et passé son trajet à échafauder les plans les plus mirobolants (Tarantino peut-être ?). En matière d'imagination, Doria avait un don.

À l'agence Rachel, le champagne était un mousseux tiède servi dans des gobelets en plastique. Doria s'assit en face de son agente, qui avait poussé l'amabilité jusqu'à verser quelques cacahuètes dans une coupelle.

— Alors ? demanda Doria, prête à exploser.

Joss passa placidement une main dans sa chevelure lisse, brillante.

— Ça n'a pas été facile, mais je l'ai décroché. Pour toi !

— Qu'est-ce que c'est ?

— Une pièce hilarante qui se va se jouer au théâtre des Nouveautés.

Doria réprima une grimace de déception. Le théâtre des Nouveautés était réputé pour mettre à l'affiche les pires pièces de boulevard.

— Le titre : *Mon père est l'amant du placard.*

— Et mon rôle ? demanda Doria en tentant de garder un semblant d'espoir.

— La soubrette !

Doria s'était ratatinée sur son siège.

— Oui, je sais, dit comme ça, ce n'est pas terrible, mais attends : c'est le père de la soubrette qui est l'amant !

— Que te dire ? Je suis… effondrée.

— Ben quoi ? Tu voulais un *vrai* rôle dans une *vraie* pièce, tu l'as ! Putain, ces comédiennes, jamais contentes !

Perchée sur un tabouret devant le zinc du Broadway, Doria sirotait un whisky. Il était 10 heures du matin, et alors ? Parfois, le découragement est un grand mal auquel il faut un grand remède. Karim essuyait mollement son bar en racontant qu'après moult refus Sonia avait enfin convaincu Frédéric le photographe de lui tirer le portrait. À côté de Doria, Félix Baltimore, le boss de Laser Finance, buvait son café en lui décrochant des regards noirs que, plongée dans son désespoir, elle ne remarquait même pas.

— Ça vous arracherait la gueule de me dire bonjour une fois dans votre vie ?

— Pardon ? sursauta-t-elle.

— Je sais ce que vous pensez, vous et les autres dans l'immeuble. Nous sommes les méchants, l'ennemi à abattre…

— Mais enfin, on ne pense rien !

— C'est pire ! Vous faites la fête ensemble, vous buvez des coups, vous vous racontez vos vies… Mais nous, ceux du deuxième ? On n'existe pas ! Jamais un regard, jamais invités à un apéro, jamais au courant de rien, jamais une petite photo sur la page Facebook de l'immeuble. Personne ne nous aime.

— Je suis désolée que vous le viviez comme ça…

— Et comment vous voulez que je le vive ? J'ai quitté la Martinique et ma mère à dix-sept ans, j'ai vécu tout seul dans une chambre de bonne, je me suis tapé cinq ans de mathématiques financières ! Je passe mes journées à imaginer des montages financiers créatifs et lucratifs pour mes clients, je fais parfois le *business angel*, et je devrais avoir honte de bien gagner ma vie ? C'est bien la France, ça ! Aucun respect pour la réussite.

— Mais enfin ! explosa Doria. Vous vous rendez quand même compte que vous nous foutez tous dehors ?

— Mais ça n'a rien à voir ! « Bonjour Félix. » C'est tout ce que je demande.

Doria termina son verre en se demandant si elle n'aurait pas dû étudier les mathématiques financières, elle aussi. Elle n'en serait pas là aujourd'hui, réduite à jouer la soubrette dans une pièce qui s'appelait *Mon père est l'amant du placard.* Quel fiasco ! Elle dévisagea Félix Baltimore, ses yeux sombres enfoncés dans leurs orbites, ses ongles rongés, son costume bien coupé… Il devait avoir à peu près son âge. Il dirigeait une structure financière d'une dizaine de personnes, il jonglait avec les millions toute la journée, il avait accompli quelque chose, et il râlait pour un peu de reconnaissance. Quelle arrogance ! Elle déposa quelques pièces sur le comptoir.

— Au revoir, Félix.

49

Et ses yeux souriaient tant qu'on y voyait danser des feux follets

Simon s'était lavé les cheveux. Il avait passé une demi-heure devant le miroir avec son gel pour leur donner une forme acceptable, un coiffé décoiffé très étudié. Il avait enfilé un jean propre et son tee-shirt le plus cool : Angélique l'invitait à dîner.

Les parents de la jeune fille passaient le week-end en Normandie chez des amis. Angélique avait refusé d'y aller : avec le bac dans deux mois, il fallait vraiment qu'elle révise. Les Delgado avaient hésité, ils avaient même failli refuser l'invitation pour rester avec leur fille, mais Angélique les avait suppliés de ne pas se priver d'un week-end sympa pour elle. Manuel Delgado était déchiré à l'idée de laisser la prunelle de ses yeux seule à Paris. Puis le petit Enzo avait pleuré qu'il voulait voir la mer, et Isabelle avait décidé de partir.

Samedi soir à 20 heures, beau comme un héros de série américaine, Simon Lambert sonna à la porte. Angélique ouvrit, avec ses cheveux répandus sur les épaules, et ses yeux souriaient tant qu'on y voyait danser des feux follets. Il lui smacka les lèvres, faussement nonchalant, le cœur battant à dix mille, lui offrit les boucles d'oreilles en argent qu'il avait achetées avec ce qu'il avait gagné au Club Cadet. Il avait choisi un modèle en forme de plumes ciselées parce qu'il savait qu'elle aimait les plumes en ce moment.

— Je t'aime, dit-elle en ouvrant le paquet.

Angélique avait remarqué Simon peu après son installation dans l'immeuble. Sa haute taille, sa minceur, ses jeans si parfaitement tombants, ses tee-shirts toujours stylés, ses cheveux en pétard, cet air à la fois décontracté et malicieux. Il avait l'air tellement plus cool et indépendant que les garçons de son lycée qu'elle connaissait depuis la sixième ! Il vivait chez son grand-père Max. Et Max était un noctambule célèbre, qui avait couché avec une star de cinéma. Manuela l'avait dit à Isabelle Delgado qui l'avait répété à Angélique. Sa tante Doria avait l'air d'être sa sœur et tournait dans des pubs qui passaient à la télé. Chez eux, il y avait des objets de collection et des trucs étranges, comme une énorme paire de défenses d'éléphant sur la cheminée, on se couchait à pas d'heure, on écoutait toutes sortes de musiques, on vivait dans une décontraction permanente, à l'opposé de la tension qui régnait chez Angélique. Quand Simon l'avait abordée un matin au Broadway, elle avait séché les cours pour la première fois de sa vie afin de rester avec lui. Il lui avait fait découvrir le hip-hop des années quatre-vingt-dix et le cinéma des années soixante-dix, il savait danser le vrai rock'n'roll et montait hyper bien à cheval. Il était drôle, intéressant, tendre et beau à mourir. Depuis deux mois, Angélique Delgado vivait là-haut, sur un nuage.

Quand ses parents avaient parlé de ce week-end à la campagne chez leurs amis, les Caldeira, elle avait prié pour qu'ils partent et lui laissent l'appartement. Dieu l'avait écoutée.

— Tu as faim ? J'ai préparé à dîner.

— Tu as un truc à boire aussi ?

Les blancs de poulet n'étaient pas assez cuits, la crème fraîche avait fait des paquets grumeleux, le riz était collant et la mousse au chocolat salée parce que Angélique avait mis du gros sel dans ses œufs en neige, mais pour Simon, ce fut le meilleur dîner de sa vie. Assis face à face, ils se dévoraient des yeux entre deux bouchées, et discutaient passionnément d'un sujet passionnant : eux. Eux et leur amour, leur amour et eux, Angélique et Simon, le couple le plus amoureux de Paris, au moins. Ils laissèrent la mousse et attaquèrent un paquet de Michoko, les bouches pleines de chocolat noir et de caramel fondant comme les sentiments.

Simon regarda sa montre, il était près de minuit, il voulait lui faire la surprise de l'emmener au Silencio. Doria les ferait entrer.

— Tu veux sortir ? demanda-t-il.

— J'ai prévu autre chose.

Elle lui tendit la main, il quitta le canapé et la suivit. La porte de sa chambre était fermée. Angélique la poussa. Partout, au bord du lit, sur les étagères, le bureau et le rebord de la fenêtre, des dizaines de bougies éclairaient la pièce de leurs petites flammes dansantes. La couette blanche était recouverte de pétales de roses et 50 Cent susurrait *Candy Shop*.

— J'ai décidé que ce serait ce soir, dit-elle en souriant.

Simon sentit sa respiration se bloquer un instant, puis le sang se mit à bouillir dans ses veines et la tête lui tourna. Il tendit les bras vers Angélique et l'enlaça.

— Je ne te demande pas si tu es sûre… Je ne pourrais pas supporter que tu changes d'avis.

Elle rit, la tête contre son épaule. Il ne vit pas combien elle rougissait. Elle tremblait un peu, mais c'est elle qui l'attira vers le lit. Simon ferma les yeux et se laissa lentement glisser sur la couette, dans le parfum des roses, Angélique entre ses bras.

50

Le sous-marin, la mafia marocaine, des menottes roses

C'étaient les deux mêmes policiers, l'ancien à la peau noire et le jeune aux joues rouges, qui les reçurent au commissariat. Il y avait du nouveau dans l'affaire du cambriolage. Doria et Léo Klein étaient assis côte à côte sur des chaises grises en attendant d'en savoir plus. Ils ne s'étaient pas croisés depuis leur dernière entrevue dans le bureau de Klein. Doria s'était empressée de classer l'incident dans la catégorie *one shot*, mais l'épisode venait parfois squatter son esprit sans qu'elle s'y attende. Des pensées incontrôlables, qui lui mettaient des papillons dans le ventre avant de disparaître, chassées par la raison. Klein, quant à lui, continuait à passer ses journées, voire ses soirées, rivé à son bureau. Parfois, Doria sentait son regard errer sur elle à travers les fenêtres qui les séparaient, mais cela pouvait être le fruit de son imagination fertile.

Le jeune policier, qui tapait laborieusement quelque chose sur l'énorme ordinateur trônant sur le bureau, s'arrêta enfin. Le plus vieux croisa ses bras devant sa poitrine et imprima sur son visage un air grave, agrémenté d'un léger sourire. Quand son acolyte cessa de taper, il tourna l'écran en direction de Léo Klein et de Doria.

— Que vous inspire cette photo ? demanda-t-il.

Léo Klein plissa les yeux, incrédule. Sur l'écran s'affichait un engin maritime flottant sur la mer d'où émergeaient deux hommes, apparemment épuisés, faisant de grands signes vers l'objectif.

— Ça ne vous dit rien ? demanda le jeune inspecteur en faisant défiler une série de clichés montrant l'appareil sous différents angles.

— Ah ! Tu vois que j'avais raison ! C'est bien ton sous-marin ! lança Doria, victorieuse.

— Que dites-vous, mademoiselle ? Vous aviez prévenu M. Klein du vol des plans de ce sous-marin personnel ?

Doria se contracta légèrement. Il fallait toujours faire attention à ce qu'on disait à la police. Ils pouvaient vite vous accuser d'espionnage industriel.

— J'ai simplement émis l'hypothèse qu'il pourrait s'agir du sous-marin. Je me suis demandé de quoi pouvaient avoir besoin des trafiquants de drogue. Et la réponse n'était pas un canapé !

— Monsieur Klein, vous auriez dû nous faire part de cette information. Cela aurait pu faire avancer l'enquête. Pourquoi ne nous avez-vous pas appelés ?

— Je trouvais l'idée parfaitement ridicule !

— Ce mini sous-marin correspond en tous points à celui qui se trouvait dans votre ordinateur, commenta le vieux flic.

— Ce n'est pas le sous-marin qui était dans la bécane, c'étaient les plans, corrigea le jeune.

L'autre poussa un soupir excédé.

— Oui, bref, ce submersible a été retrouvé, en panne, au large des côtes portugaises, avec à son bord deux passeurs et une grosse cargaison de cannabis.

— En panne ? Comment ça, en panne ? s'agaça Léo Klein.

— C'est-à-dire avec un moteur qui ne fonctionnait plus et deux naufragés, mourant de soif, flottant sur l'eau, à la dérive...

Léo Klein ruminait de sombres pensées en secouant la tête. Il n'en revenait visiblement pas d'avoir été la cible de trafiquants de drogue. Cette affaire dépassait l'entendement de bout en bout. Le sous-marin, la mafia marocaine, des menottes roses... Il jeta un regard suspicieux à Doria. Que cette fille complètement perchée ait pu voir juste le mettait inexplicablement en rage. Comment lui faire comprendre que le monde n'était pas complètement farfelu, si les événements lui donnaient raison ? Dès qu'elle apparaissait, tout tournait au grand n'importe quoi.

— Et le mec qui m'a frappée, il a été arrêté ? questionna Doria.

— Ah non, lui, il n'était pas à bord. Il doit toujours être planqué quelque part au Maroc... pour l'instant ! Car la police portugaise va faire parler les naufragés.

Léo Klein, qui marmonnait toujours dans son coin, explosa :

— Mais enfin, je ne comprends pas ! Passe encore que ces malfrats s'en soient pris à mon sous-marin. Mais comment ont-ils fait pour le foutre en l'air ? Cet engin est conçu pour fonctionner parfaitement. Ils ont mal lu les cotes, j'en suis sûr.

En sortant du commissariat, ils marchèrent tous les deux un moment en silence, dans le froid doux du printemps, avec le soleil neuf qui leur piquait les yeux ; ils déboulèrent boulevard Montmartre, rencontrèrent la foule. Doria posa ses lunettes de soleil sur ses yeux, Léo consulta sa montre.

— Si tu n'as pas de casting, pas de tournage, pas de Grand Rex, pas de rendez-vous, pas de soirée à organiser, pas de voyou à poursuivre… Tu as le temps de manger un bout ? demanda-t-il.

Elle rit, son ventre se crispa et son cerveau se mit en marche à toute vitesse, moulinant beaucoup de questions et peu de réponses : pourquoi voulait-il déjeuner avec elle ? Avait-elle envie d'un tête-à-tête avec Léo Klein, maintenant, tout de suite ? Qu'aurait-elle à lui dire ? Était-elle coiffée ? Avait-elle faim ?

— Oui, j'ai faim.

— On peut aller au Madeleine-Bastille.

L'endroit était bondé, comme tous les cafés et restaurants des boulevards à l'heure du déjeuner, mais ils trouvèrent une petite table tranquille, près du coin bibliothèque.

— On venait toujours ici avec mon père quand j'étais petite. Le Broadway était un boui-boui dégueulasse où il ne mettait jamais les pieds. Il y avait un vieil Auvergnat cradoque qui faisait tout le temps la tête et fumait des Gitanes maïs à l'odeur atroce. Ce n'est qu'à l'arrivée de Karim que c'est devenu fréquentable.

Léo s'était emparé de la carte.

— Qu'est-ce que tu prends ? Leur sole est bonne et en plus, ils te la préparent.

— Pareil que toi.

Un serveur apparut au moment même devant eux. Sans qu'il ait besoin de lever le bras ni même chercher du regard. Doria se demanda s'il ferait le même effet devant le bar d'un club. Ce serait pratique. Les soiffards s'écarteraient devant lui, et les barmen leur prépareraient des cocktails en souriant.

— Tu sors en boîte parfois ? demanda-t-elle quand le garçon eut pris la commande.

— J'ai horreur de ça.

— Tiens, quelle surprise ! lâcha-t-elle, un tantinet méprisante.

Doria n'avait pas voulu être désagréable mais il était tellement prévisible, M. Je-suis-toujours-sérieux.

— On va en boîte pour draguer, et ce n'est pas là où j'ai développé mes meilleures techniques d'approche.

— Laisse-moi deviner… C'est au bureau, je parie.

Il plongea son regard bleu droit dans le sien, et Doria eut le temps de se rendre compte qu'il pouvait sourire avec les yeux.

— Et même… *sur* mon bureau !

Elle recula, estomaquée par tant de lourdeur.

— Si je peux te donner un conseil, Léo, arrête l'humour.

— Ah bon ?

— Ça ne te va pas du tout. Je crois que c'est pas ton truc.

— Tu préfères quand je parle sérieusement ?

Il posa la main sur la sienne et lui refit le coup du regard plongeant.

— Je n'arrête pas d'y penser, Doria.

Le serveur toussota. Elle retira vivement sa main, devenue moite sans crier gare. Ils s'éloignèrent l'un de l'autre pour le laisser disposer les assiettes. Les soles avaient effectivement été préparées dans les règles de l'art et la sauce paraissait succulente. Léo Klein s'empara de ses couverts et porta un morceau de poisson à sa bouche. Doria n'avait plus faim.

— J'aime bien aller au Silencio en ce moment. Tu sais, ce club décoré par David Lynch. Les cocktails sont démentiels et la musique est vraiment cool. J'ai appris que c'étaient les presses du journal *L'Aurore* autrefois. C'est là où a été imprimé le « J'accuse » de Zola.

Elle parlait rapidement, en se rattrapant à leur premier sujet de conversation. Ils avaient sérieusement dérivé, comme le pauvre sous-marin. Léo s'essuya la bouche.

— Et toi, tu y penses parfois, Doria ?

— Tu veux parler de notre séance sur ton bureau ? Non, je n'y pense plus du tout, c'est oublié. C'était ce qu'on appelle un coup d'un soir.

Il la regardait attentivement, concentré sur elle, exactement comme quand il étudiait un de ses dossiers. Elle soupira.

— Écoute, Léo, je t'aime beaucoup, mais je ne pense pas qu'il y ait quoi que ce soit de possible entre nous. Sans vouloir te vexer, tu n'es pas du tout mon genre. On n'a vraiment pas la même vision de la vie et puis je ne suis pas vraiment disponible, toi non plus…

Il s'était arrêté de manger et la regardait en se mordant les lèvres, comme s'il retenait un fou rire. Il l'interrompit.

— Hum ! Je crois que tu t'emballes un peu. Je pensais à quelque chose de plus simple. Par exemple, si l'envie te prenait de t'amuser un peu un soir, tu pourrais sonner à la porte de mon bureau, et on se distrairait ensemble… Tu comprends, Doria ? Tu m'écoutes ? Doria !

Mais Doria n'écoutait pas. Elle fixait un point au-dessus de la tête de Léo et poussa une exclamation horrifiée.

— Je crois que le restaurant va prendre feu !

Il secoua la tête, agacé.

— Arrête de vivre tout le temps dans un film ! C'est bon, oublie ce que j'ai dit et finis ta sole. Tu n'as rien mangé.

— Non, mais la crêpe flambée, elle a touché le manteau de la dame juste derrière toi… Et c'est de la fourrure synthétique ! Et le garçon n'a rien vu !

— Doria, je suis désolé, je ne pensais pas ce que j'ai dit. Arrête de jouer à la conne. Un incendie ne peut pas prendre comme ça, dans un restaurant !

Léo Klein se leva d'un bond. Des flammes commençaient à dévorer sa veste. Il eut à peine le temps de réagir que deux seaux à glaçons s'abattirent sur lui, l'inondant d'eau glacée. Des serveurs zélés avaient maîtrisé l'incendie naissant avec les moyens du bord. Un cube de glace se glissa dans le cou de Léo Klein et dévala le long de son dos. Il enleva sa veste calcinée et la piétina rageusement.

Une demi-heure plus tard, Doria et Léo quittaient le Madeleine-Bastille, établissement vieux de plus d'un siècle qui servait autrefois de relais pour les omnibus à chevaux qui reliaient la Madeleine à la Bastille par les grands boulevards. De mémoire de garçon de café, on n'avait jamais vu un homme prendre feu aussi rapidement.

Klein marchait quelques pas en avant en bougonnant, sa chemise collant à son dos dans un très bel effet « tee-shirt mouillé ». Doria le rattrapa, pressant le pas :

— De quoi on parlait, déjà ?

Il la regarda, abasourdi.

— Laisse tomber, laisse tomber.

51

Cet ado tout vibrant d'hormones, jamais rassasié, jamais fatigué

Il n'y avait plus qu'eux au monde. Angélique et Simon, Simon et Angélique, et le plaisir fou que leur procuraient leurs corps tout neufs. Ils étaient dans cette parenthèse enchantée du désir jamais assouvi, de la tête qui tourne, de l'amour impérieux qui prend toute la place. Max et Doria s'était habitués à voir Angélique souvent, très souvent. Elle arrivait directement après les cours et restait jusqu'au dîner. C'était l'heure où son téléphone sonnait. Elle répondait : « Oui, Maman, j'arrive, je suis chez Émilie, on révise pour le bac. » Les embrassades duraient dix bonnes minutes sur le pas de la porte. Max et Doria patientaient dans le salon, le whisky à la main et une exaspération attendrie au cœur. Simon finissait par les rejoindre, la chevelure plus explosée que jamais, les lèvres gonflées et les cernes bienheureux. Il s'excusait vaguement et on tentait de parler d'autre chose, mais bientôt, le portable de Simon bipait, annonçant un texto.

— C'est Angélique, elle est bien arrivée.

— Nous avons failli être inquiets, répondait Max.

Il levait les yeux au ciel en priant pour qu'il lui envoie de la patience. Jamais il n'aurait pensé, en accueillant Simon, que le garçon aurait une vie sexuelle sous son toit, et qui plus est une vie sexuelle terrifiante de vitalité. Cet ado tout vibrant d'hormones, jamais rassasié, jamais fatigué, avec ses prouesses quotidiennes, était le rappel cinglant que lui, Max, avait passé la main depuis un bon bout de temps. Et le grand-père, qui se jugeait plutôt fringant pour son âge, était forcé d'admettre que « fringant » n'était plus le mot qui convenait, que l'adolescence était loin, la force de l'âge aussi, et pendant qu'il avançait vers son déclin, la relève s'en payait une bonne tranche. Et puis Max buvait une gorgée de whisky et souriait, car c'était une chance et une joie de voir ce petit gars plongé en plein amour, en pleine extase, éclater de bonheur sous ses yeux.

Ce jour-là, alors qu'ils étaient allongés sur le lit et que Simon jouait paresseusement avec ses cheveux, Angélique eut faim. Ils réfléchirent un moment, terrassés par la flemme de bouger. La veille, ils avaient fait un sort aux petits gâteaux du placard de la cuisine, il ne restait plus rien. Simon se proposa pour aller acheter des crêpes juste en bas, chez le marchand ambulant qui proposait des gourmandises de fête foraine dans sa baraque verte : gaufres, guimauves, hot dogs, beignets…

— Dépêche-toi de revenir, je t'attends ! lança Angélique.

Il enfila ses baskets, passa la main dans ses cheveux et sortit. La jeune fille s'allongea sur toute la surface du lit et, plongeant son nez dans l'oreiller, respira avec délices l'odeur de Simon qui imprégnait les draps. Puis elle se mit sur le dos et observa tout autour d'elle. Angélique avait rarement eu l'occasion de se trouver seule dans la chambre de Simon. Elle avisa son ordinateur à demi ouvert, posé sur la table de nuit. Elle le prit, curieuse. Peut-être y gardait-il des photos de lui enfant. Angélique brûlait de découvrir la frimousse de Simon gamin, il devait être mignon à croquer.

Le dossier « Images » comprenait des dizaines de photos d'eux qu'elle parcourut vaguement, les connaissant par cœur. Il y avait aussi de nombreux portraits de Max et Doria pris dans l'appartement. Elle chercha plus bas et dénicha un dossier « Maison », qui montrait une grosse baraque en pierre paumée en pleine campagne, des photos de chevaux, une femme blonde, d'allure bourgeoise, qui souriait très tendrement à l'objectif – sa mère sans doute. Un homme grand et brun comme Simon, à l'air mou et gentil, une bande de potes en train de faire la fête, et Dieu merci, rien qui ne ressemblât de près ou de loin à une ex. Angélique referma le dossier, déçue de ne pas avoir trouvé ce qu'elle cherchait.

Prise d'une impulsion subite, elle glissa la souris jusqu'à la barre d'outils et chercha l'historique. Ce serait amusant de voir quels sites il avait visités dernièrement. Elle était sûre que Simon venait espionner sa page Facebook et son compte Twitter ; enfin presque sûre, alors autant s'en assurer. Mais Angélique manqua s'étrangler quand elle vit ce qui s'affichait, sur des dizaines et des dizaines de lignes :

YouPorn.com et Pornhub.com. Simon fréquentait les sites pornos !

Suffoquée, elle referma précipitamment le capot de l'ordinateur et se rhabilla à toute vitesse, puis composa le numéro de sa meilleure amie.

— Allô, Émilie ? Viens chez moi tout de suite, s'il te plaît, sanglota-t-elle. C'est la fin du monde !

Quand Simon remonta avec les deux crêpes quelques instants plus tard, il trouva la chambre déserte. Il chercha dans le salon, la cuisine, les toilettes, la salle de bains, la chambre de Doria et même celle de Max, où personne ne s'aventurait jamais. Il appela à voix haute, s'imaginant qu'elle jouait à un jeu nouveau et qu'elle jaillirait de quelque part complètement nue et lui sauterait dessus. Il inspecta les placards, regarda sous les lits, mais ne la trouva pas. Il lui téléphona, elle ne répondit pas, et plus inquiétant, la sonnerie ne retentit pas dans l'appartement. Comme les crêpes refroidissaient, il se posa dans la cuisine pour manger la sienne et déposa celle d'Angélique dans une assiette.

De plus en plus inquiet, il se décida à sonner chez elle. Elle ne répondit pas, mais en collant l'oreille contre la porte, il perçut du bruit, de la musique. Simon devint fou. Angélique était là et ne lui ouvrait pas. Ça ne pouvait être qu'elle. Ses parents travaillaient jusqu'au soir et ses petits frères restaient à l'étude. Il se mit à tambouriner à la porte en hurlant : « Angélique, Angélique, ouvre ! Je sais que tu es là ! » La porte resta close. Simon s'assit sur le paillasson, les genoux repliés vers son cœur, le visage caché dans ses mains. Il pleurait d'angoisse, il ne comprenait plus rien, il suffoquait.

52

Dans un chagrin d'amour, c'est le premier sourire qui compte

Max avait préparé un poulet rôti aux poivrons et aux oignons, le plat préféré de Simon. Il avait émincé les légumes, enduit le fond du plat et la bestiole d'huile d'olive, avait fourré un citron coupé en quatre dans le ventre de la volaille, avait salé et poivré, avant d'enfourner le tout et de laisser cuire. La maison embaumait tant que Doria en avait déjà l'eau à la bouche. Simon n'était toujours pas sorti de sa chambre. Cela faisait presque vingt-quatre heures qu'il était enfermé. Quand Max était rentré la veille au soir, il avait trouvé son petit-fils sanglotant à gros bouillons, incapable d'articuler deux phrases cohérentes. Avec une patience infinie et un sens de la déduction digne du grand Sherlock Holmes, il avait fini par comprendre l'essentiel des faits : Angélique avait quitté Simon après avoir découvert qu'il se rendait régulièrement sur différents sites pornographiques, élégamment nommés YouPorn et Pornhub.

— Quand j'ai pris mon ordi, je l'ai trouvé ouvert sur la page de l'historique. Elle a tout vu. J'y suis allé des centaines de fois !

Il s'était derechef effondré, en pleurs, image édifiante de la culpabilité masculine.

— Des centaines ? Tant que ça ? avait demandé Max l'air de rien.

Mais on n'avait plus rien pu en tirer. Simon était tombé dans une léthargie flagellatrice où il s'accusait tour à tour d'être un pornographe malsain et un abruti complet, incapable d'effacer les traces de son forfait.

Le poulet était cuit et Max s'était même donné la peine de faire de vraies frites maison, tant il voulait arracher un sourire au petit.

— Dans un chagrin d'amour, c'est le premier sourire qui compte. Et crois-en mon expérience, plus vite ce sourire arrive, plus vite le cœur se remet.

— Et s'il tarde ? avait demandé Doria.

Max avait fait la grimace.

— Ce sera plus long…

Ils réussirent à faire sortir Simon de sa chambre et à l'asseoir à table. Max lui servit un verre de vin.

— Pessac-léognan, 1998. Ça va te faire chanter les papilles.

Il le suivit du regard tandis que Simon ingurgitait difficilement une gorgée.

— Bois, bois encore, insista Max.

— Papa, évite quand même de le saouler… Et s'il avait le vin triste ?

— Triste ? Du pessac ?

Max jeta un regard inquiet à son petit-fils qui goûtait une frite du bout des lèvres. C'était pas gagné pour le premier sourire...

— Tu veux que je te raconte encore comment Léo Klein a pris feu ? proposa Doria.

L'histoire les avait fait rire pendant une bonne semaine.

— Merci Doria, mais j'ai pas trop la tête à ça... Quand je pense à Angélique, comment elle a dû être mal en découvrant que je suis allé sur YouPorn...

— Et pas qu'une fois, fit remarquer Max.

Voyant la bouche de son neveu se crisper, annonçant une nouvelle crise de larmes, Doria s'extasia :

— Oh, Papa, c'est di-vin ! Les frites sont démentielles et le poulet... Il fond dans la bouche. Tu as goûté le poulet, Simon ?

— Il est délicieux, en effet...

Il n'en avait pas encore pris une bouchée, mais il devait sans doute la croire sur parole. Max se racla la gorge.

— Dis donc Simon, j'aimerais bien que tu m'expliques ton *you porno*... Comment ça se passe ?

Simon laissa échapper un petit rire étranglé.

— T'es trop con, Papy !

— Non mais dis-moi, ça m'intéresse !

— Tu veux y aller ? gloussa Simon.

— Pourquoi pas ? Faut faire quoi ?

— Ben, tu tapes ce qui te plaît, il vaut mieux en anglais, par exemple *lesbians big boobs*...

— Au hasard, commenta Doria avec malice.

— Et après ? demanda Max.

— Ben après, ils te proposent des vidéos, tu les regardes et tu t'astiques !

— Je m'astique. Je me branle, quoi.

Cette fois, Simon riait. Il n'y avait pas de doute.

— Arrête, Max ! J'peux pas ! Je t'imagine maintenant !

Il riait sans pouvoir s'arrêter. Un fou rire qui s'échappait malgré lui, qui le secouait tout entier et narguait le chagrin. Max adressa un regard complice et un sourire victorieux à sa fille. Ils avaient réussi. Le petit leur avait offert bien mieux qu'un premier sourire, il riait ! « Il se remettra vite, tu verras », semblait dire Max en levant son verre vers elle.

— Alors fais ça discrètement, Papa, s'il te plaît ! lança Doria.

— Et n'oublie pas les Kleenex !

Ils explosèrent ensemble. Ils avaient le pessac joyeux.

Ils riaient encore quand on sonna à la porte. C'était Karim, défiguré par la colère et le chagrin.

— Oh mes Dahan ! C'est la catastrophe !

Max l'invita à entrer. Karim le suivit jusqu'à la salle à manger où Doria et Simon attendaient, curieux. Karim s'assit à table, les épaules voûtées, le teint gris, complètement abattu.

— Sonia est partie avec ce putain de photographe ! Tu m'avais prévenu, Doria ! J'aurais dû t'écouter !

Max et Doria se regardèrent, atterrés. C'était mauvais. Très mauvais pour Simon.

— Bienvenue au club, mon frère, pleurnicha Simon. Tu veux boire quelque chose ?

— Tu rigoles ! Jamais d'alcool !

— Ah pardon.

— Par contre, si t'avais un truc à fumer…

53

Ça n'a rien à voir avec toi, mais puisque tu me le demandes, oui

Vous avez reçu un message privé de @angelik_dgd sur Twitter :

Simon, tu dois t'en douter, mais je préfère que ce soit clair : je te quitte. Angélique.

Vous avez reçu un message privé de @simonlambert sur Twitter :

Angélique ! C'est ridicule ! Il faut que je te voie, qu'on discute !

Vous avez reçu un message privé de @angelik_dgd sur Twitter :

Non.

Vous avez reçu un message privé de @simonlambert sur Twitter :

Tu sors avec quelqu'un d'autre ?

Vous avez reçu un message privé de @angelik_dgd sur Twitter :

Ça n'a rien à voir avec toi, mais puisque tu me le demandes, oui.

Vous avez reçu un message privé de @simonlambert sur Twitter :

C'est qui ?

Vous avez reçu un message privé de @angelik_dgd sur Twitter :

C'est pas un branleur.

Vous avez reçu un message privé de @simonlambert sur Twitter :

Sale pute.

54

Des ondes de stress puissamment communicatives

Doria pianotait mornement sur son ordinateur, à la recherche d'une distraction quelconque. Par la fenêtre entrouverte lui parvenait le brouhaha de l'apéro coquin d'avril qui se déroulait dans la cour. Pour une fois, elle n'y participait pas. Karim, abattu par sa rupture avec Sonia, n'avait pas le cœur à relancer les hostilités. Manuela était revenue à la formule classique de la soirée réservée aux filles. Tout semblait calme. Doria n'avait envie de voir personne, ce soir, elle était *down*.

Pour la trois cent douzième fois de la journée, elle cliqua sur la page Facebook de l'immeuble, qui comptait désormais près de quarante mille fans. Cela ne semblait pas perturber la Banque générale, qui ne s'était pas manifestée depuis l'envoi des lettres recommandées. Leur expulsion semblait donc inexorable. Il en était de même avec les vidéos du Bizz Buzz, qu'elle continuait à réaliser régulièrement avec Bettina. Aucun producteur ne les avait contactées, malgré leur succès honorable. Ce manque de réaction en disait long sur la prétendue toute-puissance des réseaux sociaux. Doria avait beau s'investir à fond dans ces bouffeurs de temps, rien ne se passait. Fallait-il continuer ? Max attendait des informations qui pouvaient changer la donne. Il fallait tenir. Son père disait que tout ce travail finirait par porter ses fruits. Elle continuait pour lui faire plaisir. Sans trop y croire. Ce soir, elle ne croyait plus à rien, coincée dans la peau de Doria Dahan, sans possibilité d'évasion, sans perspective d'avenir.

Certes, entre les pubs qu'elle continuait à tourner régulièrement pour Joss, son prochain petit rôle au théâtre et son job d'hôtesse au Grand Rex, elle gagnait enfin un peu sa vie. À peine de quoi se payer un studio quand la banque les mettrait à la porte. Mais où étaient le rêve, l'excitation, le défi ? Où étaient les beaux rôles qui la feraient vibrer ? Doria se sentait bouillir de vitalité. Il y avait en elle une telle soif d'accomplir, de faire. Elle se disait tristement qu'elle était en train de se gâcher.

Elle leva les yeux et découvrit Léo Klein qui l'observait. Il avait ouvert la fenêtre et se tenait exceptionnellement accoudé à la rambarde, pour regarder le ciel, la cour, les autres. Il lui adressa un salut de la main et un sourire qu'on pouvait qualifier de chaleureux. Doria y répondit froidement. Elle n'avait rien oublié de leur dernière conversation au Madeleine-Bastille. Sur le moment, elle n'en avait pas cru ses oreilles. Depuis, elle le méprisait.

Simon entra dans sa chambre pour lui signifier que le whisky était prêt. Elle se leva, heureuse de la diversion. C'est alors qu'ils entendirent des éclats de voix dans l'entrée.

— Il rentre immédiatement à Chantilly avec moi ! Il ne reste pas une seconde de plus dans cette maison.

Alice, furieuse, tentait d'assommer Max à coups de sac à main. Il se défendait mollement, les bras repliés devant son visage.

— Maman ? Qu'est-ce que tu fais ? Ça va pas ?

Alice se tourna vers son fils, rajusta son serre-tête et respira profondément, emplissant d'air ses narines frémissant de rage.

— Dégénéré, pervers ! assena-t-elle froidement.

Simon pâlit, rougit, suffoqua.

— Va préparer tes affaires. On s'en va.

Max attrapa sa fille par le bras et l'entraîna quasiment de force vers le salon. L'apéritif était prêt, il les attendait sur la table basse.

— Calme-toi, Alice, s'il te plaît. Prends un verre.

Il servit un whisky avec de la glace qu'il offrit à sa fille aînée. Elle le lui jeta au visage.

— Alcoolique !

Doria se précipita vers son père qui était plié en deux, du whisky plein les yeux. Elle lui tendit une serviette.

— Mais enfin, Alice, qu'est-ce qu'il se passe ? Tu vas nous expliquer à la fin ?

— Simon ! Internet ! postillonna Alice.

Simon était littéralement décomposé. Il tremblait tant qu'il dut s'asseoir.

— Qu'est-ce que tu as vu sur Internet ? articula-t-il faiblement.

— La dernière fois que tu es venu passer le week-end à la maison, tu as oublié de déconnecter ta page Facebook. Du coup, je l'ai regardée et j'ai découvert, à travers tes multiples photos, que tu étais devenu croupier !

Tout à sa rage, Alice ne vit pas l'imperceptible soupir de soulagement qui s'échappa de la poitrine de son fils.

— Mais c'est un enfer, cet Internet ! gémit Max. Vous vous rendez compte que vous n'avez plus aucune vie privée ?

— Je ne suis pas croupier, je suis juste allé jouer au poker avec des potes…

— Comment as-tu osé fouiller sa page Facebook ? s'indigna Doria.

— À ta place, Doria, je ne la ramènerais pas là-dessus, gronda Max. Et toi, Simon, ne prends pas ta mère pour une conne. Oui, Alice, Simon est croupier, plusieurs soirs par semaine au Cercle Cadet. Je connais le patron, c'est un de mes amis. Il n'y a pas de danger. En plus, il est très content de Simon.

— Pas de danger ? Et l'addiction au jeu ? Tu veux qu'il finisse comme toi, à tenir un tripot ? Ou pire, ruiné dans le caniveau, comme un clochard ? Et qu'est-ce que c'est que cette réunion de putains en bas de l'immeuble ?

Max s'assit et se servit un verre. La vie de famille était un enfer.

— Ce ne sont pas des putes. C'est une vente de sex-toys, c'est un peu comme une réunion Tupperware…, expliqua Doria.

— C'est ça, l'influence que vous avez sur Simon ? L'inciter à jouer ? Lui filer du whisky tous les soirs ?

Fréquenter une vendeuse de godemichés ? Il va toujours en cours, au moins ?

Doria se versa un whisky et Simon un grand verre de Coca.

— Bien sûr qu'il va en cours ! N'est-ce pas, Simon ?

— Euh, oui, oui, je vais en cours.

Alice se leva, épousseta sa jupe.

— Bon, ça suffit comme ça. Simon, on s'en va. Tu rentres à la maison. Tu prendras le train chaque jour pour aller à la fac. Ça ne te tuera pas.

Max jeta un regard malheureux à son petit-fils, mais n'intervint pas. Simon se redressa.

— Non, Maman. Je ne vais nulle part. Je reste.

— Pardon ?

— Je suis très heureux ici. J'ai découvert mon grand-père, que tu m'avais dépeint comme un vieil égoïste, mais qui est un homme d'une humanité extraordinaire. Je me marre ici, la vie est cool. On ne se prend pas la tête. Il est hors de question que je quitte cet appartement. Après tout, c'est toi qui as forcé Max à m'accueillir.

Elle était très pâle soudain, Alice. Elle se rassit lentement, comme assommée, regarda tour à tour son père, son fils, sa sœur, se sentit rejetée et horriblement seule. Elle plongea son visage dans ses mains. Les larmes étaient revenues.

— Regarde ce que tu as fait, Papa, chuchota-t-elle. Regarde. Tu m'as volé mon fils. Il t'aime. Tout le monde t'aime. Et toi, Simon, tu aimes tout le monde, sauf moi !

Simon se jeta au cou de sa mère.

— Je t'aime, Maman ! Max n'a rien volé, enfin ! Je suis toujours ton fils ! *Ton* Simon !

Max décortiquait frénétiquement ses pistaches. Avec tous les psychodrames de ces derniers jours, il allait finir par avoir une attaque. Il regarda désespérément par la fenêtre. Son esprit vola jusqu'au Cercle anglais, boulevard des Capucines, où Maurice, Gégé et Joe devaient se trouver actuellement autour d'une bonne partie de poker. Il avait voulu rester à la maison pour veiller sur le petit qui filait un mauvais coton depuis sa rupture. Mal lui en avait pris. Alice continuait à chouiner doucement, et, malgré lui, elle lui fendit le cœur. Comme elle semblait malheureuse…

— Qu'est-ce que tu vas t'imaginer, Alice ! Évidemment que je t'aime ! Tu es ma fille.

Max se leva et la serra maladroitement contre lui. Elle tremblait et son cœur battait si vite qu'elle lui fit peur. Les choses n'avaient jamais été simples avec Alice. Elle semblait toujours prête à mordre. Adolescente, elle lui parlait terriblement mal, il devait faire la sourde oreille pour ne pas réagir brutalement.

— Moi aussi, je veux m'éclater, j'en ai marre d'être toujours sérieuse. Je ne parle plus à personne, j'ai plus de copines, je ne joue plus au poker…

Max saisit la balle au bond.

— Alors jouons au poker !

— Nan mais j'ai faim, moi, se plaignit Simon. On mange quand ?

— Il y a un rôti de veau aux champignons dans la cocotte. On mangera après, décréta Max.

Il installa la table de jeu en un tournemain, les tapis, les jetons, les caves. Et attira Doria à part.

— Je sais que tu as promis à ta mère de ne pas jouer… Mais fais une exception pour ce soir, chuchota-t-il. Tu ne risques pas grand-chose.

Comme Doria faisait la grimace, il ajouta : « Pour la famille. » En se demandant si c'était bien lui qui prononçait ces mots.

Ils se mirent tous les quatre autour du tapis vert. Alice avait gardé son verre à portée de main. Subitement, elle rayonnait.

— Tu vas voir de quoi ta mère est capable, mon petit ! dit-elle à Simon.

Max distribua les cartes. Alice gagna la première main.

— Ah ! Ah ! Je sens que la soirée va être bonne ! Simon, donne-moi un de tes trucs à fumer !

— Ah mais non ! Je ne fume pas, je n'ai rien !

Et pour cause. Il avait consumé ses réserves avec Karim.

— C'est ça, prends-moi pour une conne !

— Mais je te jure…

Max, qui craignait un nouveau débordement, intervint :

— C'est vrai qu'il n'a rien, Alice. Je vais chercher la mienne.

Il revint avec son herbe. Doria roula le joint et l'alluma. Elle avait besoin de se détendre. Alice était tellement à fleur de peau qu'elle dégageait des ondes de stress puissamment communicatives. Doria en aspira une dernière bouffée et passa le bédo à Max, qui prit une profonde taffe avant de le tendre à Alice, qui se montra encore plus goulue avant de le passer à son fils avec un sourire lourdement complice. Max distribua une nouvelle main. Peu à peu, l'électricité dans l'air s'apaisa. Ils se détendirent et purent prendre plaisir au jeu. Doria lança quelques plaisanteries.

— Ah mon Dieu, j'ai faim, c'est terrible ! se plaignit soudain Alice, une note d'affolement dans la voix.

— C'est la *weed*, Maman !

— Je meurs de faim ! Vite ! Il faut que je mange !

Ils lâchèrent les cartes pour courir dans la cuisine faire un sort au rôti de veau. En accompagnement, Max prépara des tagliatelles fraîches qu'Alice dévora avec voracité.

— Je vous vois ! s'exclama-t-elle en brandissant sa fourchette. Je vois tout. Je sais comme vous êtes con…

Et elle s'écroula sur la table.

— Je crois qu'elle est cuite, dit Max.

55

Une actrice en quête de rôle, au passé complètement décomposé

Doria ouvrit les yeux. Il faisait nuit noire et très chaud dans la chambre. Une atmosphère inhabituelle. Sa sœur était là, allongée près d'elle, paisible. Ou raide défoncée. Doria passa une main sur son front, mais sa paume était trop chaude pour sa migraine. Ils avaient continué à fumer et à boire, même après qu'Alice eut déclaré forfait. Il faut croire qu'ils avaient tous des choses à faire passer.

Elle hésita à bouger, de peur de déranger sa sœur. Ils avaient déposé Alice dans sa chambre, et elle était restée là, inerte. Il faudrait des heures pour qu'elle émerge. Au moins jusqu'au matin. Restait à attendre qu'elle s'en aille pour que passe le malaise. Doria fit un mouvement pour se rapprocher de la fraîcheur du mur.

— Tu dors ? demanda Alice.

Doria tenta d'imprimer à son souffle un battement régulier pour échapper aux bavardages amers de sa sœur.

Elle émit un grognement léger, autant pour signifier son agacement que pour montrer qu'elle était au bord du sommeil. Alice se mit à chuchoter dans le noir.

— Je suis désolée, Doria. Je sais que j'ai été injuste avec toi. J'ai dit des choses très moches que tu ne méritais pas de recevoir.

Des regrets ? Voilà qui devenait plus intéressant. Doria ouvrit les yeux et se redressa.

— Pourquoi ? demanda-t-elle.

— Quand tu es arrivée, j'ai été tellement jalouse. Papa n'en avait que pour toi. J'ai soudain eu l'impression de le déranger. En plus, tu t'appelais Doria, comme ma grand-mère.

— Tu l'as connue ? demanda Doria, ébahie.

— Évidemment ! J'avais quatorze ans quand elle est morte. On s'adorait. Elle s'est occupée de moi toute mon enfance.

— Je ne savais pas..., murmura Doria.

— Ben si ! Quand je venais ici le week-end, Mamika s'installait et gérait tout. Après sa mort, Max était tellement désespéré qu'il a refusé de me voir pendant plus d'un an. Je sais que ce n'était pas contre moi, il n'avait quasiment plus la force de vivre. Mais je me suis sentie tellement rejetée ! Ça m'a ravagée.

— Je connais si peu le passé de Max. Il n'en parle jamais...

— Il a fait une dépression abyssale. Quand j'ai enfin eu le droit de revenir à l'appartement, ses cheveux étaient devenus gris, il avait perdu du poids et il y avait une nouvelle petite fille qui dormait dans la chambre de Mamika. Une petite bonne femme de quatre ans aux cheveux noirs. Toi. Il m'a dit que tu étais ma sœur. Fallait voir comme il te chouchoutait ! Tout ce qu'il n'avait pas fait pour moi, me donner à manger, m'habiller, me donner le bain… il le faisait pour toi. J'étais triste et folle de jalousie.

Doria écoutait ces confessions en silence, le cœur serré ; elle comprenait mieux l'attitude d'Alice à présent. À sa place, aurait-elle mieux réagi ? Soudain, elle comprit que quelque chose n'allait pas dans le discours de sa sœur.

— Pourquoi dis-tu que j'avais quatre ans ? Je n'étais pas un bébé ? Je n'habitais pas ici avec Max et Maman ?

— Mais pas du tout ! Je t'ai connue à l'âge de quatre ans, je m'en souviens comme si c'était hier. Je n'ai jamais vu ta mère ici, même pour un week-end. Tu sais bien que Max n'a jamais vécu avec personne.

Doria n'insista pas, mais se dit qu'il y aurait des choses à éclaircir concernant sa naissance. Avait-elle vraiment envie de tout savoir ?

— Je me demande comment tu fais pour ne pas le haïr, chuchota Alice. Enfin, avoue qu'il ne nous a jamais donné ce qu'on est en droit d'attendre d'un père.

Doria réfléchit.

— Je ne sais pas. Je n'ai jamais rien attendu de lui. J'ai pris ce qu'il me donnait.

Alice semblait plongée dans ses souvenirs. Elle ne disait plus rien, et Doria crut qu'elle s'était endormie. Mais sa sœur n'avait pas fini de parler.

— Il s'est très mal comporté avec ma mère. Il n'a jamais voulu l'épouser, alors qu'elle était enceinte. Il l'a laissée fille-mère. Même au début des années 1970, c'était dur pour une femme. Ma mère l'a toujours critiqué. Je suppose que ça a déteint sur moi. J'avais envie de fuir tout ça, d'avoir une vie normale et classique. C'est pour cela je crois que je me suis mariée jeune et que j'ai eu Simon à seulement vingt-deux ans.

— Ma mère ne m'a jamais dit de mal de lui. Je crois qu'il l'amuse.

— Il amuse tout le monde ! Même Simon ! Tu sais, mon fils était tellement insupportable l'année dernière, dans le genre ado en ébullition, que j'étais sûre qu'il allait pourrir la vie de Papa. J'avoue que je me réjouissais un peu à cette idée. Et puis, il est tombé sous le charme, lui aussi.

Doria se mit à rire :

— Mais enfin, Alice, on parle de Max Dahan !

Elle devina que sa sœur souriait aussi dans le noir. Un sourire un peu triste quand même.

— Tu sais que Simon est amoureux ? Une fille dans l'immeuble qui s'appelle Angélique. Mais ils viennent de rompre et il est désespéré. S'il quitte l'appartement, il ne pourra pas la reconquérir.

— Elle est jolie ? demanda Alice d'une voix ensommeillée.

— Très, chuchota Doria.

Alice s'était rendormie, l'air un peu apaisée. Doria remonta le drap sur elle, et pour la première fois de sa vie, déposa un baiser tendre sur sa joue. Se tournant vers le mur, elle ferma les yeux et récapitula la soirée. Sa demi-sœur souffrait d'un fort sentiment d'abandon. Son neveu de dix-huit ans s'était fait surprendre à fréquenter des sites pornographiques et des clubs de jeu. Son père était un joueur de poker. Elle était une actrice en quête de rôle, au passé complètement décomposé.

De l'autre côté de l'appartement, Max Dahan, allongé sur son lit, fixait le plafond, les yeux grands ouverts. Les lueurs et les rumeurs des grands boulevards parvenaient à s'infiltrer dans la pièce, même la nuit, même à travers le double vitrage et les stores occultants. Il ne dormait pas. Les reproches cinglants d'Alice sifflaient encore à ses oreilles. Elle avait raison, il n'était pas apte à accueillir sous son toit un adolescent encore influençable. Il avait laissé son petit-fils jouer, boire, baiser, se branler et se droguer. Il avait fermé les yeux sur son manque d'assiduité à la fac et son hygiène de vie déplorable. Il s'était contenté de le nourrir, de l'écouter, de lui donner quelques conseils basiques et de discuter tranquillement avec lui pour le connaître et le comprendre sans le brimer. Il n'avait jamais songé à changer son style de vie pour Simon, ni à lui montrer autre chose que ce qu'il était vraiment : un jouisseur, un dilettante, un hédoniste, un mauvais exemple. Max soupira. Il s'était tenu éloigné des drames domestiques toute sa vie, et ce soir, sa lâcheté lui avait explosé à la face. La douleur d'Alice avait fendu son cœur. Il décodait soudain ses névroses, sa nervosité, son amertume. L'agressivité de sa fille était un appel au secours. Jamais plus il ne ferait souffrir ses propres enfants. La mort dans l'âme, il décida de laisser partir Simon. Il n'avait ni autorité ni conscience. Il ne méritait pas son petit-fils.

56

Ce ton de la nuit, teinté d'ironie et d'affection factice

Coincée entre le mur et sa sœur ronflante, Doria souffrait. Ses pensées, ping-ponguant à l'intérieur de son crâne, cherchaient une issue, une évasion. Elle bougea légèrement et Alice marmonna dans son sommeil. Ses ronflements alcoolisés se calmèrent un instant et reprirent de plus belle. Doria tendit le bras par-dessus la tête de sa sœur pour attraper son iPhone. Il était 2 heures du matin. Elle ne pourrait pas dormir, c'était une certitude.

Cinq minutes plus tard, vêtue d'un jean, chaussée de boots à talons, Doria se maquillait hâtivement sur le palier. Elle rangea sa trousse de maquillage dans son sac et descendit les escaliers. Il était temps d'aller faire un tour au Silencio, voir si la nuit y était plus belle. Il y aurait toujours quelqu'un avec qui échanger quelques propos légers comme des bulles. Ce ton de la nuit, teinté d'ironie et d'affection factice, c'était exactement ce qu'il lui fallait.

Il faisait nuit très noire. À travers la vitrine de la boutique de Manuela luisait l'écran d'un ordinateur allumé. Quelqu'un était assis sur les marches juste devant. Sa silhouette massive se découpait dans le léger halo bleuté. Le bout incandescent d'une cigarette brûla dans le noir. Le cœur de Doria se mit à battre de façon désordonnée. Et si les cambrioleurs étaient revenus ? Elle songea un instant à remonter chez elle à toute vitesse, puis se traita d'idiote.

— Qui est là ? demanda-t-elle en allumant la lumière sous le porche.

— C'est moi, répondit Léo Klein.

Il fumait tranquillement, la mèche bien en place, le regard fatigué. Elle poussa un soupir de soulagement.

— Qu'est-ce que tu fais, seul dans le noir ?

— J'ai travaillé tard. Je réfléchis, je décompresse. Et toi ?

Il se leva et fit quelques pas vers elle. Doria le regarda approcher, les yeux écarquillés. Elle était tellement tendue qu'elle sentit la tête lui tourner.

— J'allais danser.

Il se mit à rire en secouant la tête.

— Évidemment, il est 2 heures, Doria va danser. Où avais-je la tête ?

— En fait, ma sœur aînée est en train de squatter mon lit. Nous avons eu une soirée familiale légèrement mélodramatique et je n'arrivais pas à dormir. Je pensais faire un tour au Silencio.

Il jeta sa cigarette et l'écrasa sur les pavés. Doria pensa que Mira allait encore grogner le lendemain matin en découvrant le mégot.

— Ah oui, le club de David Lynch.

Ils firent quelques pas ensemble sur le boulevard apaisé où flânaient quelques noctambules. Un peu plus haut sur le trottoir brillait la façade du Café Oz, bar australien bien connu des jeunes fêtards qui venaient boire et danser au son des groupes *live* et des DJ tous les soirs jusqu'à 5 heures du matin.

— Tu tiens vraiment à aller au Silencio ? Sinon, je peux t'offrir une bière australienne ?

— Du moment que tu ne me demandes pas de venir te distraire dans ton bureau.

— C'est aussi une option…

Elle lui jeta un regard très noir, il leva les mains en signe de reddition, un sourire mutin aux lèvres :

— Je plaisante ! C'était une blague !

Quand Léo souriait, son visage changeait complètement. Ses yeux s'emplissaient de lumière, ses lèvres se relevaient et deux arcs sexy se formaient sur ses joues. Doria fixa malgré elle cette bouche expressive et certaines images explicites vinrent lui parasiter la mémoire, provoquant un petit pincement au ventre.

— Je t'ai déjà dit d'arrêter l'humour.

Ils s'installèrent à une table près du bar et commandèrent deux Crown Lager. Doria regardait autour d'elle avec curiosité. Des grappes de gamins entre dix-huit et vingt ans étaient agglutinés autour du grand bar en bois. D'autres, en bandes ou en petits groupes, étaient installés aux tables.

— Je comprends pourquoi je ne suis jamais venue avant, j'ai l'impression d'avoir cent ans !

Un serveur au look de surfeur australien, longs cheveux blonds, musculature dorée, regard bleu, leur apporta les boissons. Doria le remercia en le détaillant complaisamment. Il se laissa faire avec un petit sourire complice.

— Je te dérange ? s'agaça Klein.

Il était vraiment rabat-joie. Le serveur s'éloigna après une dernière œillade en coin.

— Pas du tout, j'avais fini, sourit-elle.

Doria but une première gorgée de bière ; elle était fraîche, pétillante, avec un zeste d'amertume. Parfaite. C'était exactement ce qu'il lui fallait. Elle se laissa aller contre le dossier de sa chaise avec un soupir de satisfaction. Léo Klein tendit la main vers son visage et lui passa lentement le pouce sur la bouche. Elle sursauta. Sa main était froide mais ses lèvres devinrent brûlantes. Doria repoussa sa main, le souffle un peu court.

— Tu avais de la mousse, là, expliqua-t-il.

— Tu aurais pu simplement me dire de la lécher !

Il éclata de rire.

— Vraiment ? Alors c'est ce que je dirai la prochaine fois : lèche !

Elle sourit malgré elle. Oui, Doria devait s'avouer qu'elle le provoquait un peu… et Léo réagissait avec humour. Il but un peu de bière et changea de sujet.

— Que s'est-il passé chez vous ? Pourquoi y a-t-il eu un psychodrame chez les Dahan ?

— Ma sœur aînée a débarqué. Alice, la mère de Simon. En fait, c'est ma demi-sœur. Elle a découvert que Simon travaillait comme croupier le soir, elle ne veut plus qu'il reste avec nous. Elle en a profité pour dire à Max qu'il était un père exécrable et un grand-père irresponsable, entre autres compliments. Après nous avoir démontré combien elle avait souffert, elle m'a aussi fait quelques révélations sur notre passé qui m'ont bien empêchée de dormir.

Klein n'osa pas lui demander plus de détails et hocha la tête, comme s'il comprenait tout.

— Pourquoi est-ce que tu travailles autant ? demanda-t-elle.

— Parce que je veux être le meilleur.

— Pourquoi ?

Il termina sa bière avant de répondre.

— Disons que j'ai des choses à prouver.

Il n'ajouta rien et elle n'insista pas. Ils se regardaient en souriant, avec des tas de questions, et du désir aussi, qui flottaient en suspens au-dessus de leurs têtes.

57

Il est encore temps d'en faire un *mensch*

Max et Simon avaient préparé les croissants et le Doliprane. Ils prenaient leur petit déjeuner dans la cuisine en silence : café pour Max et jus d'orange pour Simon. Le garçon était très pâle. Doria et Alice sortirent de la chambre au même moment, avec la même démarche ensommeillée, et se posèrent sur les chaises Napoléon-III qui entouraient la table bistrot.

— Bien dormi ? demanda Max derrière ses lunettes de soleil.

— Parfaitement bien, répondit Alice en prenant un croissant.

— Hum, fit Doria.

Max se racla la gorge.

— J'ai bien réfléchi hier soir, et, effectivement, je pense qu'Alice a raison. Je ne suis sans doute pas capable de m'occuper correctement de Simon. Mon influence sur lui est mauvaise et, à mon âge, je ne peux plus changer, même pour lui. Il est encore temps d'en faire un *mensch.* On en a parlé ce matin tous les deux. Il est au courant. Il vaut mieux qu'il rentre chez ses parents…

— Tu me chasses, quoi.

Doria retint une exclamation accablée. Alice posa son croissant.

— Papa, tais-toi. Je vous ai bien observés tous les trois. Votre complicité saute aux yeux et je vois bien que Simon est heureux et épanoui, avec vous… malgré ses petits problèmes sentimentaux.

— Doria ! gronda Simon.

— Désolée…

— Tu vois, il est capable de bouder sans claquer la porte ! Il a mûri, il devient un homme. Ici, il découvre un certain art de vivre, *the good life,* comme tu disais, Papa. S'il n'en profite pas maintenant, quand le fera-t-il ?

Alice regarda son fils avec tendresse :

— Donc, j'ai réfléchi, moi aussi. Simon, tu peux rester ici avec Max et Doria si tu le souhaites.

Simon se leva et serra sa mère dans ses bras.

— C'est vrai ? Putain, j'ai l'impression d'être un candidat nominé dans Secret Story qui a fait sa valise et qui est sauvé par le public ! Je reste dans la maison !

— Tu continues l'aventure ! sourit Doria.

Max secouait la tête, incrédule. Quoi ? Alice lui avait infligé une nuit de remords, de regrets et de remises en question, pour finir par lui dire qu'il pratiquait un certain art de vivre – merci, il était au courant –, et qu'elle lui laissait Simon ? Alors, tout ça pour ça ? Elle ne pouvait pas avoir un peu de suite dans les idées ? Max bénit le fait d'avoir échappé à une vie de tracas domestiques. Il n'aurait pas supporté le choc.

— Profites-en bien, mon Simon. Je te laisse savourer ce que je n'ai jamais eu la chance de vivre.

Max consulta sa montre.

— Bon, tout cela est parfait. Je vous laisse, j'ai rendez-vous.

— Avec qui ?

Ils avaient posé la question tous les trois, avec le même air un peu outragé. Max leva les yeux au ciel et articula :

— Avec Manuela.

Dans le miroir de l'entrée, il recoiffa posément sa chevelure argentée, bien en arrière, planta un regard sans complaisance dans ses pupilles noires, et sourit à son reflet, de ce vieux sourire charmeur qui avait fait tant de ravages et qui fonctionnait encore bien. Dans la glace, les yeux se firent velours, le charme se mit en marche, comme un petit moteur. Max passa ses doigts sur sa mâchoire carrée, rasée de près. Certes, il n'avait plus l'allure d'autrefois, mais il se trouvait encore pas mal. Il ajusta sa veste de velours noir, redressa les épaules, rentra le ventre et quitta l'appartement tout auréolé d'amour, de gloire et de contentement de soi.

Manuela le reçut dans son appartement. Elle était pieds nus, avec un vieux jean et un pull à col en V, sans rien en dessous. Les yeux de Max détectèrent ce détail en un rien de temps. Il l'embrassa dans le cou et glissa une main sous son pull.

— Alors là, même pas en rêve, Max. Depuis que je n'y suis plus obligée, je me suis juré de ne plus jamais toucher un homme de ma vie. Et je te promets que je m'y tiens. C'est une telle libération !

— Je disais juste bonjour, Manuela ! Que vas-tu imaginer ?

— Je préférais être claire, c'est tout.

— Tu sais bien que je ne t'ai jamais fait d'avances…

Elle préféra changer de sujet. Sur le terrain de la mauvaise foi, Max était retors.

— J'ai les infos que tu m'as demandées. Tu veux un café ?

L'appartement de Manuela était confortable, avec une touche de luxe et une belle part de sobriété. Les objets, choisis avec soin, étaient parcimonieusement disséminés dans l'espace. Profondément enfoncé dans le canapé de lin beige, une tasse de café à la main, Max écouta Manuela lui raconter qu'une de ses amies avait obtenu des informations confidentielles sur le grand projet de la Banque générale. Celle-ci avait pour objectif de vendre l'ensemble de son capital immobilier. Cela n'était que la première étape d'un plan à long terme : d'ici deux ans, la B.G. souhaitait devenir une banque purement virtuelle, pour réduire ses coûts et s'adapter aux nouvelles règles du marché. Une révolution numérique pour une compagnie financière du troisième millénaire. À terme, une grande partie du personnel, en particulier dans les agences, serait licenciée. La banque désirait que ses biens immobiliers soient liquidés le plus silencieusement possible, sans vague ni remous.

— Les salauds, grinça Max.

— Plus on s'agite, plus on les emmerde, résuma Manuela. Je peux t'assurer qu'ils suivent de près la page Facebook de l'immeuble. Pour l'instant, ils ne réagissent pas car ils veulent absolument éviter toute polémique.

— Ça nous donne un moyen de pression très intéressant. C'est bien de savoir qu'on peut les gêner. Tu peux remercier ta copine de ma part. Nous avons désormais un as dans notre manche, Manuela ! L'important sera de savoir à quel moment s'en servir.

58

Une de ces photos mythiques que sa mère avait brûlées

Depuis plusieurs jours, Doria ne se sentait pas bien. Un poids inconnu lui pesait sur le cœur, l'empêchant parfois de respirer. Elle n'avait plus goût à rien. Il lui semblait que sa vie n'avait aucun sens, que ses combats étaient perdus, et cela n'avait finalement aucune importance. Le temps filait. Rien ne se passait. Elle répétait son rôle de soubrette, mais les paroles de sa sœur tournaient dans sa tête. Elle essayait de les chasser et, comme une balle de tennis qu'on envoie contre un mur, elles revenaient invariablement cogner dans son cerveau : « Avoue qu'il ne nous a jamais donné ce qu'on est en droit d'attendre d'un père. » Alors, elle tentait une incursion dans la chambre de Simon et essayait de s'intéresser avec lui aux scénarios complexes de jeux vidéo comme Assassin's Creed ou Call of Duty. « Ta mère n'a jamais vécu ici. » À bout de forces, Doria sortait et passait voir Bettina qui bavardait, penchée sur sa prochaine collection de bijoux, ou sonnait chez Sacha, qui n'était plus jamais là. « Je t'ai connue quand tu avais quatre ans. »

Un matin, alors qu'elle se trouvait seule dans l'appartement, Doria décida d'agir. Max était à Drouot et Simon en cours. Elle disposait de quelques heures pour découvrir la vérité. Le cœur battant, elle poussa la porte de la chambre de Max. Ses pas firent grincer les lames du vieux parquet. La pièce, contiguë au salon et à la salle à manger, était vaste, éclairée par deux hautes fenêtres donnant sur le boulevard. La grande couette blanche était soigneusement tirée, les vêtements pliés et rangés. Comme chaque matin, son père avait fait sa chambre. Une photo originale en noir et blanc du Rat Pack, Frank Sinatra, Dean Martin, Sammy Davis mauvais garçons en smoking immortalisés dans leur classe internationale, s'étalait sur le mur au-dessus du lit, habillé de part et d'autre de tables de nuit 1930. Elle regarda autour d'elle sans savoir où commencer à fouiller. Son père avait installé un secrétaire dans un coin, elle ouvrit le premier tiroir.

Deux heures plus tard, épuisée, les joues rouges, le cœur oppressé par l'angoisse de se faire surprendre, Doria s'avoua vaincue. Elle avait retourné le secrétaire, fouillé la penderie, la commode, la malle de voyage monogrammée et recouverte d'étiquettes aux noms de destinations exotiques – elle renfermait les objets ayant appartenu à la première Doria Dahan –, et la petite bibliothèque sans rien trouver. Elle ne savait pas ce qu'elle cherchait au juste, mais il devait certainement y avoir quelque chose, un objet, un document, qui pourrait répondre à ses interrogations.

Doria s'assit sur le lit, découragée, et se laissa aller en arrière, sur la couette moelleuse. Alors qu'elle glissait, ses pieds rencontrèrent quelque chose de dur, comme un tiroir ou une boîte. Elle se redressa d'un bond, puis s'aplatit pour l'attraper.

Il s'agissait d'une de ces boîtes en carton longues et plates que l'on trouve à Ikea ou Habitat pour ranger des effets sous le lit. Doria souleva le couvercle. Il y avait là des dizaines, voire des centaines de photos, en vrac ou rangées dans des albums. Tout le passé de Max qui défilait sous ses yeux. Max et sa mère, Max et des amis, Max en vacances, Max en boîte de nuit, Max au casino, et surtout Max et des femmes, beaucoup de femmes, jolies, souriantes, habillées et parfois déshabillées… très déshabillées. Doria lâcha les photos, les joues écarlates, et les remit dans la boîte, les mains tremblantes. Espionner la vie intime de son père n'était pas dans ses plans. Elle voulait juste découvrir pourquoi elle n'avait pas eu une enfance normale. Doria recommença néanmoins à fouiller. Peut-être y aurait-il quelques photos de sa mère et son père avec leur petite fille dans les bras, une de ces photos mythiques que sa mère avait brûlées après que Max l'avait quittée. Ses doigts rencontrèrent une pochette noire aux coins usés. Elle fit sauter les élastiques. Son père avait rangé là quelques papiers administratifs. Le cœur de Doria se mit à battre à grands coups. Elle découvrit de vieux passeports turcs appartenant à sa grand-mère, ainsi que ses actes de naissance et de décès, des papiers d'identité périmés au nom de Max, l'acte de naissance d'Alice. Mais il y avait d'autres documents.

« Le mercredi treize avril mil neuf cent quatre-vingt-huit, à onze heures et vingt-quatre minutes, Max Joseph DAHAN, né à Istanbul (Turquie) le vingt-six septembre mil neuf cent quarante-six, marchand de tableaux et d'objets d'art, domicilié à Paris 2e, 19 bis, boulevard Montmartre, a déclaré reconnaître pour sa fille Doria Éva ROCHE, née le quatorze juin mil neuf cent quatre-vingt-quatre à Paris 14e, de Sophie Éva ROCHE…

Lecture faite et invité à lire l'acte, le déclarant a signé avec nous… »

Un acte notarié daté de septembre 1988 stipulait que Doria Éva née Roche changeait de nom de famille et portait désormais le patronyme de Dahan. Doria découvrit également une décision de justice refusant à son père une autorité parentale. Elle rabattit fébrilement la pochette, referma la boîte, retapa le lit, regarda autour d'elle. La chambre était impeccable. Rien ne s'était passé.

59

Mille morceaux qui éclaboussèrent le parquet comme des gouttes de sang

Ce soir, le théâtre des Nouveautés accueillait la première de *Mon père est l'amant du placard,* avec Doria Dahan dans le rôle inoubliable de la soubrette. Max y serait bien allé, mais Doria avait interdit à quiconque de venir la voir, et Maurice Ackermann l'avait appelé pour lui annoncer qu'il organisait un poker chez lui. Comme sa fille avait prévu d'aller se saouler après la représentation, Max préférait éviter d'avoir mal pour elle. Depuis quelques jours, elle avait une mine épouvantable. Le trac sans doute.

Il rentra chez lui vers minuit. L'appartement était vide. Simon avait également déserté. Max s'installa dans le canapé, face à la télé. Les billets qu'il venait de gagner émirent un aimable craquement dans la poche de son jean. Il posa les pieds sur sa table basse et poussa un soupir de bien-être. C'était agréable d'être au calme, sans cœur brisé à recoller, sans drame familial. Il zappa de chaîne en chaîne, à la recherche d'un bon vieux western hollywoodien, de ceux qui le faisaient rêver quand il était gosse, avec John Wayne ou James Stewart. Malheureusement, ce calme fut de courte durée. Un bruit de verre brisé, accompagné de sanglots et de hurlements, lui parvint de l'étage inférieur.

Deux minutes plus tard, Max sonnait à la porte de Barbara Daquin, un verre d'eau à la main. Elle ouvrit précautionneusement la porte.

— Buvez, elle est fraîche, dit-il.

La jeune femme sourit à travers ses larmes.

— Oh, Max, c'est adorable…

Il se retrouva à nouveau sur le canapé de Barbara. La bouteille de vodka sur la table était bien entamée et les coussins éparpillés à travers la pièce semblaient avoir servi de punching-ball ou de ballon de foot.

— Je croyais que vous n'aimiez pas boire seule, fit-il remarquer en montrant la bouteille.

— Il y a tellement de choses que je me croyais incapable de faire et que j'ai faites quand même ces derniers temps.

Max haussa un sourcil.

— Votre fille ?

— Non.

Elle s'empara de son verre de vodka, le leva en direction de Max.

— À la santé de la reine des connes !

Il se servit posément à boire.

— Il faudrait m'en dire un peu plus, Barbara. Venez ici, racontez-moi.

— Ce petit tapin à la gueule d'ange, ce gamin aux dents qui rayent tant qu'elles trouent le plancher…

— Sacha Bellamy ? proposa complaisamment Max.

— Il m'a trompée ! Humiliée, cocue jusqu'à l'os !

Elle attrapa un vase ultra-design en verre rouge et le propulsa sur le plancher. Il se brisa en mille morceaux qui éclaboussèrent le parquet comme des gouttes de sang.

— Ça m'apprendra à jouer les cougars ! Moi qui croyais qu'il y avait une connexion spéciale entre nous… Moi qui le conseillais, qui le guidais… Je lui ai présenté tout mon carnet d'adresses…, s'étrangla-t-elle.

— Barbara, vous êtes pieds nus, venez vous asseoir à côté de moi, gronda Max.

Barbara Daquin étouffa un sanglot et traversa le salon en tentant d'éviter les éclats de verre. Elle s'effondra sur le canapé et se blottit contre Max.

— Oh, Max, c'est affreux !

Il l'entoura d'un bras protecteur.

— Je suppose qu'il a couché avec votre meilleure amie.

— Pire ! gémit Barbara en se tordant les mains de rage.

— Ah ?

— Il a couché avec *mon* meilleur ami. Un producteur de spectacle, qui lui a promis une tournée pour son groupe, le financement de l'enregistrement de son album… La totale !

Le visage de Max refléta la plus grande compassion. Il serra Barbara plus étroitement contre lui. Elle pencha la tête sur son épaule.

— Dans moins d'un an, ce gamin sera une star… un peu grâce à vous ! affirma Max en souriant.

— Oh, Max !

Elle souriait aussi, et leurs lèvres se joignirent. Max passa la main sous la chemise de Barbara, effleura doucement sa poitrine. Il songea pendant une fraction de seconde qu'il était sur le point de s'envoyer en l'air avec la femme qui avait couché avec le petit copain bisexuel de sa fille. Il attrapa les fesses de sa partenaire et balaya cette pensée malvenue en les pétrissant à pleines mains. Avec tout ce qu'il venait de traverser, il avait quand même le droit de se détendre !

60

L'homme dont on rêve toutes mais qu'on est sûres de ne jamais garder

Sophie Roche avait proposé à sa fille de la rejoindre au Max Café, boulevard de la Madeleine. Doria y décela un signe prémonitoire, alors que sa mère n'y voyait qu'une adresse agréable et design à côté de son bureau.

Elles s'installèrent à une petite table tranquille sur des chaises bulles en plexi transparent. De longs sofas blancs capitonnés couraient le long des murs décorés de photos de mode – le restaurant était attenant à la boutique BCBG située au rez-de-chaussée. Doria bouillait intérieurement. Elle avait retourné maintes et maintes fois ses découvertes dans sa tête. Elle n'y comprenait rien, ou avait peur de comprendre le pire. Elles commandèrent deux Coca zéro et deux salades de bœuf thaï. Ne sachant comment aborder le sujet, Doria posa les documents qu'elle avait dérobés chez Max sur la table et les poussa en silence vers sa mère.

— Je savais bien que tu ne pourrais pas t'empêcher de fouiner.

— Il n'est pas mon père, c'est ça ? Tu lui as demandé de m'adopter ?

Sophie observa longuement les documents avant de répondre.

— Mais enfin, qu'est-ce que tu vas chercher ? Bien sûr que Max est ton père !

Doria faillit s'évanouir de soulagement. La tension et l'angoisse accumulées ces derniers jours se relâchèrent, les larmes lui montèrent aux yeux.

— Alors, qu'est-ce que ça veut dire ? demanda-t-elle en pointant les papiers. Pourquoi une reconnaissance tardive ? Pourquoi le changement de nom ?

Sophie Roche soupira. Elle n'était pas complètement fière de ce qu'elle allait avouer à Doria. Mais il était temps de lui raconter toute la vérité sur sa naissance.

— Tu sais que j'ai toujours beaucoup travaillé…, commença-t-elle.

C'était l'histoire d'une femme ambitieuse, une de ces *executive women* des années 1980, qui s'était consacrée à sa carrière et qui n'avait pas ménagé sa peine pour faire aussi bien, voire mieux, que les hommes. Elle avait tant travaillé qu'elle ne s'était pas beaucoup intéressée à sa vie privée. Et puis un jour, elle avait eu trente ans. C'était avant *Bridget Jones* et *Sex & the City*. À l'époque, avoir trente ans et ne pas être mariée, c'était l'angoisse. Ne pas être mère, cela voulait dire qu'on avait raté sa vie. Sophie Roche s'était mise à désirer désespérément un enfant. Alors elle avait décidé de faire un bébé toute seule, comme dans la chanson de Jean-Jacques Goldman. Au cours d'une soirée, elle avait rencontré Max Dahan.

— Qu'il était beau ! Il était spectaculaire ! Et puis cool, cultivé, désinvolte... L'homme dont on rêve toutes mais qu'on est sûres de ne jamais garder. J'avais déjà eu la chance de lui taper dans l'œil. Je me suis dit : « C'est lui ! » Alors, j'ai fait ce qu'il fallait et je suis tombée enceinte. Je connaissais sa position sur le mariage, les enfants, le couple... Je ne lui ai rien dit.

— Tu aurais dû ! On ne sait jamais, peut-être qu'il aurait changé d'avis.

— Tu rêves, ma fille ! Moi, je savais qu'il ne fallait pas rêver. Je suis sortie de sa vie sans faire de bruit, trop contente de lui avoir piqué un futur bébé en souvenir.

— Maman, c'est dégueulasse... Tu lui as fait un enfant dans le dos.

— Je sais. Dans mon esprit, ce n'était pas si dramatique, puisque je comptais ne jamais lui en parler, ne rien demander. Seulement, je n'avais pas prévu le caractère de Mlle Doria ! À trois ans, tu as remarqué que toutes tes copines à l'école avaient un père. Tu m'as demandé où était le tien. Tu t'es mise à le chercher partout. Observatrice et obstinée. C'était déjà bien toi ! Quelque temps plus tard, je me suis résolue à téléphoner à Max. Il m'a donné rendez-vous au Madeleine-Bastille.

Doria lui ressemblait déjà beaucoup. Max, intrigué, avait regardé l'enfant en se demandant quel âge elle avait. « Elle a trois ans et c'est ta fille », avait répondu Sophie.

— Sur le moment, il a été choqué, voire furieux, mais quand je lui ai appris que tu t'appelais Doria, j'ai cru qu'il allait se mettre à pleurer. Il m'a appris qu'il venait de perdre sa mère un an plus tôt et que ça avait été terrible pour lui.

— Oui, je sais, ça colle avec ce qu'Alice m'a raconté.

— Après ce rendez-vous, Max a demandé un test de paternité et quand le résultat a confirmé que tu étais bien sa fille, il a proposé que tu passes un week-end avec lui. Un samedi après-midi d'avril, j'ai sonné à la porte de l'appartement, il s'est penché vers toi, avec son sourire incroyable, et il t'a dit : « Doria, je suis ton papa. Tu veux voir ma maison ? » Il t'a pris la main et t'a donné la chambre de sa mère, et c'est comme ça que tu as eu un père.

— Mais pourquoi vous ne m'avez pas dit la vérité tout de suite ?

Sophie soupira.

— À l'époque, tu étais beaucoup trop petite pour comprendre. Et puis, ta relation avec Max a tout de suite été extraordinairement naturelle. Je suppose que nous n'avons pas voulu te traumatiser, alors on a prolongé le *statu quo*. Quand tu m'as demandé des détails sur notre séparation, je t'ai raconté qu'elle avait eu lieu quand tu étais encore un bébé…

— Et que tu avais brûlé toutes les photos.

— Voilà.

Sur ces mots, Sophie s'étira, tendant ses bras en avant. Ses mains tremblaient.

— Je savais qu'il me faudrait avoir cette conversation avec toi un jour. Je suis soulagée que ce soit fait. Je boirais bien un truc un peu fort, et toi ?

— Pourquoi le tribunal lui a refusé l'autorité parentale ?

— Quand tu reconnais ton enfant plus d'un an et un jour après sa naissance, tu n'as plus droit à l'autorité parentale. Il faut en faire la demande auprès de la justice. Max a fait la démarche. Je suppose qu'ils ont dû enquêter. Tu sais comment il vivait : femmes, boîtes de nuit, potes... Son appartement était un vrai tripot. Le tribunal a refusé. Mais nous n'avons pas tenu compte de cette décision. Pour moi, il était ton père, et du moment qu'il t'avait reconnue, il avait tous les droits. Pour ses devoirs, je me suis abstenue de l'embêter. On s'est arrangés entre nous...

Elles commandèrent deux vodkas. Doria tentait de digérer ces informations. Tout ça pour ça, finalement ! La vérité n'était pas la fiction qu'on lui avait racontée. Mais elle n'en était pas si éloignée non plus. Dire qu'elle s'en était fait une montagne. Il y avait toujours eu une imprécision qui l'avait empêchée de se sentir droite dans la vie, bien en place. À cause d'un petit mensonge, elle avait toujours été à l'ouest, décalée. Était-ce pour cela qu'elle voulait sans cesse fuir ? Que se serait-il passé si elle l'avait appris plus tôt ? Cela aurait-il changé sa vie ?

— Tu es sûre que c'est bien lui mon père ? Tu n'as couché avec personne d'autre à cette époque ?

Sophie fronça les sourcils.

— Bien sûr que non Doria ! Je ne suis pas Max... ni toi ! Tu es sa fille, sans doute possible.

Doria rejeta la tête vers l'arrière, tentant de retenir les larmes qui menaçaient de déborder de ses yeux comme d'une piscine trop pleine. Elle ferma les paupières. L'eau salée se répandit sur ses joues, alors elle prit la vodka et la vida d'un coup. Puis elle sourit, d'un air à vouloir bouffer la vie. Un serveur qui passait par là en resta tout ébloui. Sa mère secoua la tête.

— Je me demande pourquoi tu t'obstines à rechercher un homme coulé dans le même moule que ton père. C'est toi qui ressembles à Max, Doria. Tu es exactement comme lui.

Max avait passé l'après-midi à faire le ménage dans l'appartement, ce qui l'aidait souvent à s'éclaircir les idées. Il avait passé l'aspirateur sous les lits et le Pliz sur les meubles. Chiffon à la main, il chantonnait *Mack the Knife* sur la voix d'Ella Fitzgerald. Hormis deux détails qui le chatouillaient, Max était de bonne humeur. Mais, d'une part, ses ébats de la veille lui avaient offert un tour de reins lancinant, et, d'autre part, surtout, il fallait qu'il parle à Doria de son jeune abruti à gueule d'ange. Il n'avait pas l'impression qu'elle était vraiment attachée à lui, mais il la préférait en femme avertie que surprise. Il se demanda ce qu'il allait lui préparer pour ce soir. Depuis qu'elle jouait au théâtre, Doria aimait grignoter un bout avant de partir.

La porte d'entrée s'ouvrit brutalement, laissant passer une Doria particulièrement agitée. Le cœur de Max se serra. C'était à lui de jouer, il ne savait pas trop comment aborder le sujet. Contrairement à son attente, sa fille ne se dirigea pas vers la salle à manger pour l'embrasser, ainsi qu'elle le faisait chaque jour. Elle se précipita dans sa chambre et en claqua bruyamment la porte. Il la suivit, intrigué, frappa légèrement contre la cloison. N'entendant pas de réponse, il entra. Doria avait posé sa valise sur le lit et commençait à vider son placard.

— Qu'est-ce-que tu fais ? paniqua-t-il.

Il se demanda un instant si elle ne voulait pas fuir l'immeuble parce qu'elle avait découvert la vérité à propos de Sacha.

— Je pars. Je ne veux pas m'imposer plus longtemps dans ta vie.

— Mais enfin, Doria, de quoi tu parles ?

— Je suis désolée de t'avoir importuné toutes ces années alors que tu n'avais rien demandé.

Max eut soudain l'impression que le ciel lui tombait sur la tête et s'assit sur le lit, hébété. Il ne comprenait absolument rien à ce qu'elle disait. Avait-elle un petit problème psychologique ? Il tendit les bras vers elle. Doria se précipita vers lui en pleurant.

— J'ai déjeuné avec Maman. Elle m'a tout raconté. Elle t'a fait un enfant dans le dos. Tu as dû me supporter toutes ces années !

Max la serra contre lui, atterré.

— Mais tu es la joie de ma vie ! Depuis le jour où je t'ai vue, avec ton regard profond et ta petite frimousse, j'ai été incroyablement heureux que tu existes. Et je suis tellement content que tu sois venue vivre avec moi. C'est le plus beau cadeau que tu pouvais me faire. Je sais que cela ne pourra pas durer éternellement, mais, en bon égoïste, j'espère que tu partiras le plus tard possible. Donc, s'il te plaît, range cette valise et remets tes affaires à leur place.

Doria sanglotait dans ses bras, totalement bouleversée et en même temps soulagée, après toutes ces années, de parler enfin de la vérité.

— Tu veux un verre d'eau fraîche ? demanda son père.

Pour Max, le verre d'eau était la solution à bien des problèmes. Il permettait de faire une pause, d'hydrater un être composé de 70 % d'eau, de se rafraîchir la gorge et les idées – peut-être même de stopper les larmes. Doria hocha la tête, répondant par l'affirmative. Il se mit debout pour aller dans la cuisine et son dos rechigna.

— Ça va, Papa ? demanda-t-elle en le voyant faire la grimace.

— Oui. C'est juste que j'ai fait un peu de sport hier…

61

Un baiser, vite

Une standardiste conduisit Doria jusqu'au bureau de Léo Klein. Il l'accueillit avec un grand sourire dans ses yeux bleus.

— Je ne viens pas te distraire, avertit-elle.

— Entre quand même.

À vrai dire, Doria ne comprenait pas bien l'impulsion qui l'avait menée jusqu'ici, mais qu'importe. Son esprit avait tellement à faire avec les révélations du jour qu'elle refusait de l'encombrer avec des questions subsidiaires. Après la conversation avec son père, vidée, elle avait éprouvé le besoin de sortir et s'était retrouvée dans la cour, puis devant la porte du Studio Klein Design. Elle fit quelques pas dans la pièce, se posta devant la fenêtre. C'était le côté pile de son côté face. De la même manière qu'elle voyait tout ce qui se passait chez Léo, il avait une vue imprenable sur sa chambre, son lit, son bureau, son désordre, sa vie. Doria avait laissé une lampe allumée en sortant, c'était comme un projecteur sur son intimité. Elle nota de courir acheter des stores.

— Ah d'accord..., commenta-t-elle.

— Oui, j'ai la télé branchée sur la chaîne Doria. Mais je ne la regarde pas trop souvent.

— Tu as vu le dernier mélo ?

— Une scène avec le père, la valise jetée sur le lit, des larmes, des embrassades ?

Elle appuya son front contre la vitre. Par la porte ouverte de sa chambre, on apercevait même la salle à manger. La fenêtre d'à côté était noire, l'obscurité masquant l'univers désordonné de Simon.

— Je ne sais plus où j'en suis. Mon enfance a été bâtie sur un mensonge. Je n'ai plus confiance en ma mère, j'ai cru ne plus être la fille de mon père...

— Quel mensonge ?

— Ma mère m'a toujours affirmé qu'elle avait vécu avec Max et qu'ils s'étaient séparés quand j'étais petite. C'est faux ! Elle a fait un bébé toute seule. J'avais quatre ans quand elle a annoncé à Max qu'il avait une fille. Elle l'a mis devant le fait accompli, elle m'a imposée, alors qu'il n'avait rien demandé.

— Il a l'air de s'être parfaitement adapté à la situation.

— Je n'ai pas été désirée par lui !

— Et alors ? Ça n'empêche pas l'amour qu'il te porte. Il y a des enfants désirés qui sont bien moins aimés que toi...

Léo s'était approché tout près et lui parlait d'une voix douce, sans sarcasme, sans masque. Elle eut envie d'être dans ses bras, de se laisser aller contre son épaule. Il sentait bon, un mélange d'eau de toilette, de propre, d'encre. Elle sentit sa chaleur, ses muscles rouler sous sa veste. Il referma son bras sur elle et elle leva le visage vers lui. Un baiser, vite. Elle en avait envie. Après tout ce qu'elle venait de traverser, elle avait bien le droit de se détendre !

Simon était venu sonner chez Sacha avec un bédo en offrande. Celui-ci disposait de deux avantages imparables : une vue directe sur la chambre d'Angélique et une paire de jumelles. Sacha Bellamy était en train de faire des exercices vocaux, un entraînement fastidieux auquel il s'astreignait dans le plus grand secret au moins une heure par jour. Il s'enfermait dans l'ancienne chambre de sa grand-mère, une pièce aux murs tapissés de liège (Mamie Bellamy était asthmatique) et vocalisait consciencieusement, manœuvre qu'il n'aurait avouée à personne, même sous la torture. Sacha préférait faire croire que sa voix était un don de la nature et jaillissait sans effort, parfaite et originelle. En entendant les coups de sonnette insistants, il but un verre d'eau pour nettoyer sa gorge et jura.

— Simon ? Tout va bien, mon pote ?

— Non. Tu as toujours tes jumelles ?

Sacha soupira et s'effaça pour laisser entrer le gamin. Simon avait les yeux explosés, comme si toutes les larmes de son corps s'étaient échappées d'un coup. Il y avait du drame dans l'air et Sacha aimait bien les drames. Surtout chez les autres. Chez lui, il en avait eu plus que la dose nécessaire, alors désormais, il préférait passer son tour. Les petites tragédies des gens pouvaient cependant lui donner des idées amusantes pour ses chansons.

Simon s'effondra sur le canapé blanc. Cela faisait des jours qu'il essayait de voir Angélique, de lui parler, mais elle faisait un sérieux blocus. Que se tramait-il dans sa vie ? Elle lui manquait tant qu'il étouffait parfois et se réfugiait dans le silence et les livres d'architecture pour contenir son chagrin torrentiel. Il voulait au moins la regarder vivre.

— Tu veux en fumer un petit ? J'ai apporté ce qu'il fallait.

Sacha consulta sa montre, il était 19 heures. Son entraînement était terminé.

— O.K. Il est roulé ?

— Bien sûr.

Simon alluma le joint, en tira une rapide bouffée et le tendit à Sacha. Il se posta à la fenêtre avec les jumelles.

— Elle est là, avec une copine, l'informa Sacha en aspirant à fond.

— Je vois rien ! Elles sont où ?

— Allongées sur le lit. Elles matent des trucs sur l'ordi.

— Ah ouais, je les vois.

Simon resta un long moment à observer son amour perdu à la jumelle. C'était comme des retrouvailles. Les lunettes étaient tellement puissantes qu'il voyait presque le grain de sa peau, ses cheveux qui glissaient dans son dos et qu'Angélique relevait de temps en temps pour les enrouler en un chignon haut perché qui s'écroulerait quelques minutes plus tard. La courbe douce de sa joue. Son regard, un peu triste, lui sembla-t-il, son sourire craquant... Sacha fumait en silence. Il chantait dans sa tête. Soudain, Simon ne vit plus rien, ou du moins vit-il flou.

— Merde, qu'est-ce qu'il se passe ?

Sacha jeta un œil à l'extérieur.

— Elles sont venues fumer à la fenêtre, dit-il.

Simon se baissa instinctivement.

— Trop tard, elles t'ont vu, ajouta Sacha en lui prenant les jumelles des mains.

Il continua à les observer calmement tandis que Simon se roulait en boule comme un cloporte, honteux.

— Alors ?

— Je crois qu'elle a un message pour toi, ironisa Sacha.

Simon se redressa et Sacha lui tendit les jumelles. De l'autre côté de la cour, Angélique brandissait une feuille de classeur sur laquelle on pouvait lire, inscrit au marqueur noir en lettres capitales : « Simon Lambert est un pervers. »

— Oh non ! gémit Simon.

— C'est excellent ! Elle renoue le dialogue. Attends, tu vas voir…

Sacha attrapa une feuille et un feutre et écrivit une réponse qu'il refusa de montrer à Simon.

— Non mais tu es fou ! Qu'est-ce que tu fais ? Arrête ! s'énerva-t-il en essayant d'arracher le message des mains de Sacha.

Ce dernier colla la feuille contre la vitre. Angélique et sa copine déchiffrèrent le message, ouvrirent de grands yeux horrifiés et battirent en retraite.

— Qu'est-ce que tu as écrit ? demanda Simon en attrapant le message. Oh non ! Tu as tout gâché, elle ne me pardonnera jamais ! geignit-il en laissant tomber le papier où Sacha avait tracé : « Angélique Delgado est une petite conne immature. »

— Mais achète-toi des couilles, Simon ! Tu ne pouvais pas la laisser t'insulter sans réagir. Et puis, elles adorent ça, qu'on ne s'écrase pas.

Simon attendit donc qu'Angélique lui réponde. Il guetta un long moment, mais rien ne se passa. Jumelles greffées sur les yeux, il observa la fille au visage d'ange discuter et sourire avec sa copine, sans que la moindre trace d'inquiétude ou de stress vienne troubler l'harmonie de ses traits. Il sentait que le moment de la réconciliation était passé. Il y avait eu cette infime minute de grâce où tout était possible. Il avait laissé Sacha répondre à sa place. Le chanteur était un gros connard, mais il avait raison sur un point, les filles n'aiment pas les *losers.* Simon laissa tomber les jumelles et lâcha son poste d'observation. Il était trop mal. Il quitta l'appartement de Sacha sans un mot.

Sacha récupéra les jumelles et les pointa sur Angélique, languissamment allongée sur le lit. Elle jeta un regard furtif vers la fenêtre, sans doute pour vérifier que les jumelles de Simon étaient toujours pointées sur elle au garde-à-vous, et releva sensuellement ses cheveux. Sacha bâilla d'ennui. Ses jumelles quittèrent le cinquième étage et balayèrent la façade de l'immeuble à la recherche d'une autre saynète plus intéressante. Elles s'arrêtèrent au quatrième, au niveau du Studio Klein Design. Sacha découvrit Doria en grande conversation avec Léo Klein. Il ajusta les lunettes pour avoir une vision plus précise. Ces deux-là avaient l'air de bien se connaître, il y avait une sorte d'intimité entre eux. Doria était vive comme d'habitude, elle parlait beaucoup, avec les mains, et Klein la dévorait des yeux. Sacha connaissait ce regard. Ce mec la voulait. Ce mec était dingue d'elle. Tout à coup, elle se blottit contre son épaule et ferma les yeux. Sacha laissa échapper un cri de rage.

Oui, Doria voulait être embrassée par Léo et sentir ses lèvres, pleines et chaudes, se poser sur les siennes. Le visage levé vers le sien, elle le regarda approcher doucement. Il ferma les yeux.

Le téléphone posé sur le bureau sonna. Dans le haut-parleur, la voix de la standardiste laissa transparaître un début de panique.

— Monsieur Klein, Mlle Cubizol se dirige vers votre bureau.

Léo sursauta comme s'il venait d'être mordu par un alligator.

— Merde ! Merde !

Il regarda autour de lui, empoigna Doria par les épaules et la poussa vers le placard. Elle le fixa, effarée, il la regarda avec des yeux suppliants, paniqués, perdus. La porte du bureau s'entrouvrit, Doria s'engouffra dans l'armoire. Léo s'appuya dessus. Elle l'entendit souffler.

— Salut chéri, je suis venue t'apporter ma proposition de déco pour l'hôtel de Saint-Malo.

Klein se dirigea à pas lents vers le bureau.

— Fais voir…

Enfermée dans son placard, Doria passa en revue l'armée de chemises blanches repassées et alignées sur leurs cintres de bois. Et soudain, elle suffoqua. Une rage la prit, contre Klein, qui avait osé la fourrer là comme un objet encombrant. Elle poussa la porte et sortit. À sa vue, Léo Klein pâlit, rougit, se décomposa. Doria adressa un sourire rassurant à la femme qui se tenait à ses côtés, ébahie.

— N'ayez pas peur, je ne suis pas la maîtresse du placard.

Doria se dirigea tranquillement vers la porte, sortit et buta contra la standardiste, qu'elle soupçonna d'avoir écouté à la porte. Elle lui adressa une grimace et colla à son tour l'oreille contre la cloison.

— Qui était-ce ? demanda Claire.

— Une voisine, Doria Dahan, elle cherchait son téléphone…

— Un téléphone, dans un placard ?

La porte s'ouvrit sur Claire Cubizol, dont le visage passa de perplexe à méfiante, et de méfiante à haineuse en quelques secondes. Doria et la standardiste reculèrent, effrayées. Ça sentait le roussi pour Klein.

— Tu as retrouvé ton téléphone ? demanda Léo par-dessus l'épaule de sa fiancée.

— Oui ! Ouf ! Avec le mode vibreur, ça se faufile partout ces bestioles… Ravie de vous rencontrer, Claire, mais je dois filer, le théâtre m'appelle.

MAI

62

Son œil vif qui flasha Max comme un radar

Soudain, il faisait beau. Le soleil plongeait droit sur la cour et rejaillissait contre les murs. Les plantes s'étiraient dans leurs pots, faisant jaillir leurs bourgeons, le lierre verdissait le long des gouttières. Quelques brins d'herbe émergeaient péniblement entre les pavés, c'était l'éveil de la nature, façon grands boulevards. Comme chaque année, Mira avait installé une petite table et des chaises en fer forgé dans la cour. Max était descendu parce qu'elle avait préparé un tarama maison, qu'ils dégustaient avec un petit verre de vodka glacée. Il buvait au soleil, ses longues jambes étendues devant lui. Isabelle Delgado passa devant eux d'un pas pressé, agita les doigts pour les saluer. Mira remarqua son œil vif qui flasha Max comme un radar et grinça des dents. Jusqu'à quel âge continuerait-il à intéresser les femmes ? Elle adressa une vague grimace à la voisine tandis que Max lui offrait machinalement son sourire charmeur. Les cuisiniers du Broadway s'accordaient une pause cigarette avant le coup de feu de midi en discutant, assis sur les marches de la cour. Un couple assez glamour pénétra avec assurance chez Oh My Gode ! Quelques employés du Studio Klein Design sortirent en groupe pour aller déjeuner dans le coin. C'était l'heure où la cour connaissait son pic d'animation. Félix Baltimore émergea du hall de l'escalier A, cheveux ras et lunettes de soleil sur le nez, et se dirigea vers Mira, qui l'invita à s'asseoir. Max se fendit d'un hochement de tête.

— Votre maman vous a envoyé un gros colis cette semaine, il est dans la loge.

Baltimore sourit, un peu gêné.

— Plus je lui manque et plus ils sont gros. En juin, ils seront carrément énormes, et en juillet, j'irai la retrouver à Fort-de-France.

— Qu'est-ce qu'elle met dans ses paquets ? demanda Max.

— De l'amour !

— Moi aussi, j'envoie des colis à mon petit, avoua Mira. Surtout des gros pots de Nutella, il adore ça !

— J'ai vu que la page Facebook dont s'occupe votre fille avait atteint plus de quatre-vingt-douze mille fans, monsieur Dahan. C'est incroyable ! Je peux vous dire que le service de communication de la banque la surveille de près...

— Oui, Doria fait un boulot formidable là-dessus.

— Que comptez-vous faire de tout ce soutien, monsieur Dahan ?

— Vous ne croyez quand même pas que je vais vous dévoiler mon jeu, monsieur Baltimore ?

— Appelez-moi Félix, je ne sais pas pourquoi personne dans cet immeuble ne m'appelle Félix !

— On se le demande, Félix...

Un brouhaha de voix à l'accent italien leur parvint du porche, accompagné du grondement identifiable de lourdes valises à roulettes.

— Tire, Massimo ! Si tu ne tires pas, ça n'avance pas.

— Mais je préfère pousser, Vittorio, *grazie.*

Max interrogea Mira du regard.

— Mais enfin, Max, ce sont les locataires italiens du troisième étage, escalier B.

— C'est vrai, on est déjà en mai !

Cahin-caha, tirant poussant, les Italiens parvinrent jusqu'à Mira avec leur chargement, la saluèrent avec une exubérance chaleureuse où pointait néanmoins l'énervement inhérent à tout voyage. Les deux gracieux quinquagénaires arrivaient de Milan pour passer comme tous les ans un mois ou deux à Paris. Ils enlacèrent Mira, serrèrent Max contre le tweed luxueux de leurs vestons. La gardienne leur donna les clefs et une pile de courrier, expliqua que l'appartement était nettoyé, rangé, aéré, prêt à les accueillir.

— *Grazie mille,* Mira ! remercia Vittorio.

— Max, on veut signer la pétition, on veut faire partie de l'association. On ne veut pas partir. Dis-nous ce qui se passe ! demanda Massimo.

Max s'assura que Felix Baltimore n'était plus dans le périmètre :

— On va bientôt passer à l'action !

63

Tu as eu des chagrins d'amour, toi ?

Parfois, ils aimaient bien se retrouver ensemble dans le salon, plutôt que de rester seuls, chacun dans sa chambre. Plongé dans les archives comme dans un grimoire, Max passait une nouvelle fois au crible l'historique du 19 bis, boulevard Montmartre, à la recherche d'une information utile qui aurait pu lui échapper. Vautré sur le canapé, Simon feuilletait un énorme ouvrage d'art intitulé *Bauhaus 1919-1933.* La journée avait été longue pour Doria, qui avait tourné une pub pour Joss et une vidéo avec Bettina. Pelotonnée dans les profondeurs du fauteuil Eames où elle aimait paresser, elle se détendait devant son ordinateur avant de partir jouer la soubrette au théâtre des Nouveautés, rôle qu'elle n'arrivait sans doute pas à apprécier à sa juste mesure car elle s'y ennuyait à mourir. Alors qu'elle surfait d'une page à l'autre, elle poussa un cri de triomphe.

— La page Facebook a atteint cent mille fans !

— Cool ! commenta Simon avant de replonger dans son livre.

Max se leva pour la féliciter.

— Excellent travail, Doria ! Je pense qu'il est temps de contacter les journalistes qui suivent la page pour leur proposer des papiers, reportages, documentaires… Tout ce qui leur plaira. Tu penses pouvoir faire ça ?

— Bien sûr !

— Excellent ! Excellent ! répéta Max en se frottant les mains.

Son visage rayonnait et Doria se sentit fière. Elle se tourna vers Simon.

— Je ne te dérange pas trop ? Ça te ferait mal de montrer une infime étincelle de joie ?

Elle se leva pour lui prendre l'ouvrage des mains, mais il s'y agrippa comme un ours à sa banquise.

— Tu vas bien, Simon ? Je ne te reconnais pas. Depuis que tu n'es plus avec Angélique, tu ne sors plus, tu passes ton temps le nez dans les livres…

— Oui, ça m'aide à penser à autre chose.

Doria regarda la couverture.

— Tu t'intéresses à l'architecture ?

— Ouais, j'aime bien penser le bâtiment comme étant le reflet de son époque. Ça m'a pris quand j'ai feuilleté le livre sur l'architecture des grands boulevards que j'ai offert à Max. Je m'en suis acheté d'autres… C'est ouf ! Quoi de plus primordial que l'habitat ? Un toit sur sa tête, oui, mais lequel ? Comment s'intégrera-t-il à son environnement, à quels besoins répondra-t-il ? D'ailleurs, l'année prochaine, je projette de m'inscrire dans une école d'architecture. J'aimerais vraiment changer de voie.

— Oh, toi, tu mérites que je te présente Léo Klein…

— Tu crois qu'il pourrait me conseiller une ou deux bonnes écoles ?

Ça faisait longtemps qu'elle n'avait pas eu l'occasion d'aller déranger Léo.

— J'y vais en éclaireur. Rejoins-moi là-bas !

— Bravo ! s'exclama Max. En voilà un qui va réussir dans la vie, pas comme son grand-père ! Moi, quand j'avais un chagrin d'amour, je sortais tous les soirs et je me bourrais la gueule, à l'ancienne.

Doria et Simon s'écrièrent en cœur :

— Tu as eu des chagrins d'amour, toi ?

Max soupira. Son regard se voila, son esprit partit très loin dans les souvenirs.

— Oh oui !

Ce n'était pas une surprise : Léo Klein travaillait. La standardiste annonça Doria, qui pénétra dans le bureau silencieux, surprise une fois de plus par la capacité de concentration du designer. Comme un sculpteur donne vie à la pierre, il faisait jaillir une forme en 3D sur l'écran de son ordinateur. À première vue, cela ressemblait à une goutte tombant sur une bulle, mais Léo lui expliqua qu'il s'agissait d'un flacon de parfum.

— Je ne suis pas venue pour te distraire, mais pour te parler de mon neveu. Il a besoin de conseils, de soutien. Il veut étudier l'architecture.

— Simon ? soupira Léo. Je suppose que ça ne pouvait pas attendre ?

— Non. Angélique l'a quitté, il est en plein chagrin d'amour. Il a besoin de perspectives.

— Décidément, c'est le temps des ruptures. Angélique a quitté Simon, Sonia a quitté Karim. Et j'ai quitté Claire.

Doria se troubla. Léo la regarda dans les yeux, de son regard tranquille, absolument sans fard. Était-il en train de lui faire passer un message ? Il y avait tant d'humanité au fond de ses prunelles bleues qu'elle détourna la tête.

— Je suis désolée. Ce n'est pas suite à notre petit vaudeville de l'autre jour ?

— Non… Pas vraiment. C'était rattrapable. Mais je me suis rendu compte que je me trompais. Je voyais le couple comme une association de deux personnes qui s'apprécient et ont des intérêts communs. Cependant un couple n'est pas une PME. C'est quand l'autre te fait vibrer, rêver, rire. C'est le manque, le désir, l'imprévu. Bref, ces choses-là manquaient dans ma relation avec Claire. Ça n'a pas été une décision facile à prendre, malgré tout je sentais qu'il fallait le faire.

Doria se demanda si Léo s'attendait qu'elle lui tombe dans les bras ou quelque chose du genre. Une chaleur lui brûla le cœur, un grand froid envahit son cerveau, la surprise et la gêne paralysèrent ses gestes. Quand un homme vous avoue que le couple qu'il formait avec son ex ne correspondait pas à ses attentes, cela ne veut pas dire qu'il est en train de tenter sa chance avec vous. Non ? Doria essaya de sourire, comme s'ils avaient une conversation parfaitement normale.

— Si tu pensais qu'il fallait le faire, c'est bien de l'avoir fait.

— Je voulais juste que tu le saches.

— Et bien… Maintenant, je sais !

Elle consulta fébrilement sa montre :

— Oups, je dois filer !

— Au Grand Rex ?

— Non…

— Un casting ? Un tournage ? Une vidéo ?

— Non, au théâtre. Je joue la soubrette dans *Mon père est l'amant du placard.*

Léo fronça les sourcils, ce qui rendit son regard ténébreux.

— Je suis épuisé rien qu'à essayer de te suivre ! Tu n'as pas l'impression de te disperser ?

— Pas du tout : je veux être comédienne. Donc, je joue au théâtre parce que c'est mon métier, je tourne des pubs pour gagner ma vie en faisant mon métier, je fais des vidéos pour me faire connaître, je m'occupe de Facebook pour rendre service à mon père et je suis ouvreuse au Grand Rex pour arrondir mes fins de mois.

— J'ai l'impression que tu ne devrais te consacrer qu'à une seule activité, et la faire à fond.

Cet homme était fatigant, tatillon, agaçant. Elle le savait bien.

— C'est exactement ce que je fais !

La voix de la standardiste grésilla dans le haut-parleur :

— Simon Lambert vous demande.

Doria lui colla un bisou sur la joue, loin des lèvres.

— Tu t'occupes de lui et tu lui expliques bien tout ! Je compte sur toi !

64

Tu dois être bonne en soubrette

Doria avait fort à faire. Une dizaine de blogueurs et de journalistes avaient répondu à sa proposition de faire un sujet sur les cent mille fans de la page « Si toi non plus, tu n'aimerais pas qu'on te chasse de chez toi » et le combat des locataires de l'immeuble. Et elle devait gérer la demande. La plupart des interviews se faisaient par mail ou au téléphone. L'information avait été twittée et retwittée, les commentaires s'étaient multipliés, le nombre de fans avait encore augmenté. Elle passait un temps fou à répondre aux commentaires, à poster de nouveaux statuts, de nouvelles photos.

Un message s'afficha en haut de son écran, et cette fois, Doria eut l'impression d'avoir décroché le gros lot. Une journaliste de France 3 souhaitait réaliser un reportage filmé pour le 19/20 Île-de-France. Enfin ! Son père lui avait dit que la banque surveillait la page de près. Cette fois, c'était sûr, les financiers prendraient vraiment peur. Ils se rétracteraient.

Au téléphone, la journaliste avait une voix charmante, et demanda à venir un soir d'apéro coquin. Elle avait tellement vu de photos de l'événement sur Facebook qu'elle avait envie d'en filmer un en *live.* Doria promit de s'organiser et raccrocha, avec l'envie de sauter en l'air.

— Et ma page Facebook à moi ? Elle dort ?

Oui, Sacha se tenait debout dans l'embrasure de la porte. Sombre et magnétique.

— Tu ne me donnes plus beaucoup d'actualités pour faire vivre ta page, je ne peux pas les inventer.

— Je sais, j'ai été très occupé ces derniers temps. C'est justement pourquoi je suis descendu te voir : tu me manques.

Il traversa la pièce et se posta devant la fenêtre. Le soleil s'attardait dans un coin du ciel, le jour était encore clair, mais Doria avait déjà allumé la lampe de son bureau.

— Comment ça se passe au théâtre ? Tu dois être bonne en soubrette !

— Hum… Je ne sais pas si je suis bonne, mais la pièce est mauvaise.

— Doria, quand on a un job, on doit le faire bien. Tu risques de le regretter.

Elle observa sa silhouette qui se découpait à contrejour. Il avait quelque chose d'un chat guettant sa proie, elle le sentait tendu, aux aguets. Il pencha la tête de côté, charmeur et sérieux.

— J'ai réfléchi. J'arrête de résister. Doria, je crois que je suis amoureux de toi.

Doria se regarda instinctivement dans le grand miroir au-dessus de la cheminée. Était-elle spécialement en beauté ? Produisait-elle des hormones d'excellente qualité ? Avait-elle changé de parfum ?

— Je sentais qu'il pouvait vraiment se passer un truc entre nous, c'est pour ça que je ne me laissais pas aller... Mais je serais un idiot de ne pas profiter de ma chance. Doria, tu m'entends ?

Ce garçon trop beau, qui lui avait tourné la tête, le temps d'un fantasme, d'un caprice, la fixait, boudeur, semblant attendre une réponse qu'elle ne pouvait lui donner, elle en était certaine. Sacha était comme une étoile qui brille dans la nuit froide. Sa lumière vous attire, son doux halo semble vous promettre la lune, mais elle ne vous éclaire pas, ne vous réchauffe pas. Elle se contente de briller, seule. Doria comprit qu'elle l'avait paré de toutes les qualités qu'elle attendait chez un homme, mais Sacha n'était pas joyeux, il était profondément seul, et triste. Il n'était pas un électron rock'n'roll, mais une bête de travail tendue vers sa seule gloire. Il n'était pas ouvert, cool et tolérant, il se foutait complètement des autres car il ne s'intéressait qu'à lui-même. Doria sourit, parce qu'elle venait de le voir, enfin. Elle s'approcha de lui.

— Tu ne dis rien ? bouda-t-il.

Il tendit la main vers elle, son charme réglé en position maximum.

— J'ai envie de t'embrasser, tout de suite.

Elle prit la main tendue, se laissa attirer contre lui, laissa ses lèvres rejoindre les siennes, ferma les yeux sur leur baiser d'adieu. Sacha la plaqua contre la vitre, ses mains se glissèrent sous son tee-shirt pour caresser sa chair tandis qu'il levait les yeux vers le bureau de Léo Klein, pour s'assurer que ce dernier ne ratait rien du spectacle. Celui-ci les observait en effet par-dessus son ordinateur. Il attendit un long moment puis se leva, et baissa lentement le store.

65

Notre petit coin des grands boulevards était baptisé « le clitoris de Paris »

Julie Michel était une jeune femme enthousiaste. Cela faisait six mois qu'elle avait intégré la rédaction de France 3 Île-de-France, et on ne lui donnait en général à traiter que des sujets inintéressants : des artisans de quartier, des S.D.F. méritants, des kermesses scolaires… Comme elle était la plus jeune de l'équipe, on l'avait laissée s'occuper de tout ce que qui paraissait sur Internet. Les « vrais » journalistes n'avaient pas le temps de s'intéresser aux réseaux sociaux. Alors, quand Julie avait annoncé que la page d'une association de locataires avait atteint cent mille fans et qu'elle souhaitait traiter le sujet, on l'avait laissée faire. L'actualité parisienne était calme et le public aimait bien ces histoires de voisins solidaires. Julie décida de faire un reportage mémorable.

Elle repoussa ses grosses lunettes qui glissaient sur son petit nez et pria son cameraman de filmer la belle façade, pierres de taille et balcons ouvragés, du 19 bis, boulevard Montmartre. Il fit un gros plan sur la banderole installée par Doria quelques mois plus tôt :

I ♥ MY 19 bis, BOULEVARD MONTMARTRE
Soutenez les locataires expulsés
et rejoignez notre page Facebook :
« Si toi non plus, tu n'aimerais pas
qu'on te chasse de chez toi »

— Cette banderole a permis à l'association de rassembler plus de cent mille fans ! prononça la journaliste dans le micro tendu par le perchiste. Nous allons maintenant pénétrer dans l'immeuble, où nous attendent les locataires.

Le cameraman filma la porte qui s'ouvrait et avança vers la cour où se tenaient Mira, Doria, Max, Simon, Karim, Vittorio et Massimo, Isabelle Delgado et ses deux petits garçons, ainsi que Manuela.

S'ensuivit un instant de confusion où la journaliste se précipita vers les godemichés en ordonnant au cameraman de filmer tout ce qu'il pouvait. Manuela essaya d'en placer une, en vain. Julie Michel se pâmait devant un Mister Rabbit géant, le brandissant comme un trophée. C'était une brunette sautillante d'environ vingt-cinq ans, fluette et souriante, perchée sur d'improbables boots aux talons vertigineux. En qualité de président de l'association, Max dut expliquer en quelques mots clairs pourquoi ils avaient décidé de contrer la décision de la Banque générale. Son charme agit dès que la caméra se braqua sur lui.

Son sourire se fit plus irrésistible, ses fossettes et son regard de velours happèrent l'objectif.

— Nous avons conscience de représenter des valeurs quelque peu obsolètes en ces temps de guerre économique : le sentiment humain contre la raison du marché, l'art de vivre contre le profit, la pérennité contre le changement à tout prix. Mais rien ne nous interdit de tenter d'inverser le cours des choses. Vendre cet immeuble changera-t-il quoi que ce soit à la vie des actionnaires de la Banque générale ? Parce que, pour nous, locataires qui vivons ici au jour le jour, cela changerait beaucoup..., conclut-il.

Julie et son équipe filmèrent encore plusieurs plans de l'immeuble ; la cour avec sa table, ses chaises et le banc des cuistots, la loge de Mira, le Broadway Boulevard, « restau-lounge-kebab », les cages d'escaliers dans leur jus XIXe avec ses miroirs et ses moulures. Enzo et Lucas, les petits frères d'Angélique, expliquèrent qu'ils ne voulaient pas déménager parce que, ici, ils pouvaient jouer au foot dans la cour. Doria exprima ses remerciements les plus sincères aux cent treize mille deux cent cinquante et un fans qui avaient « liké » la page et les soutenaient au quotidien. C'est alors que Vittorio, qui avait écouté les différents témoignages avec attention, se décida à intervenir.

— Cet immeuble est encore plus extraordinaire que vous ne pensez, car il abritait autrefois une maison close.

La volubile Julie Michel se tut, arrêta même de s'agiter pendant quelques secondes.

— Vous pouvez prouver ce que vous avancez ? demanda-t-elle.

— Évidemment ! Nous avons tout conservé en l'état. Enfin, pas tout ! Juste une pièce. La chambre égyptienne. Ses fresques murales sont d'une beauté...

Un éclair de malice brilla dans son regard :

— Je peux vous montrer si vous voulez !

— Bien sûr, on va filmer !

La journaliste emboîta le pas à Massimo et Vittorio, qui se dirigeaient vers l'escalier B et commençaient à monter, suivie par le cameraman et le perchiste, eux-même suivis par les Delgado, Simon, Mira, Isabelle, et les clientes de Manuela.

Dans l'escalier, Vittorio pérorait :

— Si l'on en croit les frères Goncourt – et pourquoi ne les croirait-on pas ? –, notre petit coin des grands boulevards était baptisé « le clitoris de Paris ». Non seulement nous sommes sur le territoire des courtisanes les plus célèbres, celles qu'on appelait les grandes horizontales et qui régnaient sur les restaurants chic des boulevards, mais le périmètre était également truffé de bordels, de lupanars, de maisons closes au standing plus ou moins élevé. Sans compter toutes les demoiselles qui travaillaient en indépendant et hantaient les passages couverts, comme le passage Jouffroy juste en face ou le passage des Panoramas.

Dans la cour, Manuela était restée seule. Muette, immobile, comme hébétée, elle restait droite mais on aurait dit qu'elle venait de se prendre une balle. Sur le perron de sa cuisine, Karim s'apprêtait à retourner travailler quand il se retourna instinctivement. Il la vit, avec ses lèvres pâles et ses yeux éteints. Elle s'avança vers lui.

— Ils ne savent pas de quoi ils parlent... Ils trouvent ça amusant, exotique, érotique. Ils ne savent pas ce que c'était.

— Excuse-moi, Manuela, je ne comprends pas un mot de ce que tu racontes.

— La maison close, là-haut.

— Roh ! C'est sympa, non ? Là, j'ai pas le temps, je dois bosser, mais j'irai voir demain, la chambre égyptienne et tout !

— Sympa ? Ces pauvres filles étaient des esclaves sexuelles, misérables, maltraitées, parfois torturées, souillées jusqu'à l'âme. Prisonnières d'un système qui n'offrait pas d'autres issues aux femmes que le mariage, la misère ou la prostitution. Jusqu'en 1946, la République française a été le plus grand proxénète de l'Histoire.

Le pauvre Karim était dans ses petits souliers. Il voyait que Manuela était bouleversée, mais ne comprenait pas pourquoi la découverte d'une chambre de bordel la mettait dans cet état. Quel rapport avec elle, sa boutique rose et ses godemichés ? Il eut une vague intuition, la refoula immédiatement car il n'aimait pas insulter les femmes, c'était péché. En désespoir de cause, il lui tendit les bras et elle appuya son front, puis sa joue contre Karim, et se calma peu à peu, au rythme doux des battements de son cœur.

Au troisième étage, Vittorio s'apprêtait à ouvrir la porte de la chambre égyptienne. Julie Michel retenait son souffle. Elle avait décroché un scoop, elle en était certaine. Elle voyait déjà quel parti tirer de ce joli coup. Bientôt, elle demanderait à traiter les sujets de société, des vrais bons trucs de fond, son nom serait sur toutes les lèvres, et un jour, on viendrait la chercher pour être chroniqueuse au Grand Journal de Canal+. Elle entra et sauta de joie, atterrissant gracieusement sur ses talons de douze. Vittorio et Massimo s'effacèrent pour laisser entrer tout le monde.

Au sol, une polychromie de marbre formait des motifs graphiques. Sur les murs courait une fresque défraîchie, inspirée de l'Égypte antique, où s'alignaient de jeunes danseuses, corps de face et visage de profil, seins nus, vêtues de pagnes transparents ne laissant rien ignorer de leur pilosité triangulaire. Au plafond régnait un entrelacs de fleurs de lotus et de roseaux peints. Un pan de mur était recouvert de gravures érotiques avec des mises en scène hétérosexuelles, homosexuelles ou saphiques à faire rougir une star du X. Une statue grandeur nature d'un Osiris en onyx se tenait dans un coin, avec sa longue barbichette, sa haute coiffe, son sceptre et son flabellum, imperturbable malgré une imposante érection exposée à la vue de tous.

— Touchez-la, ça porte bonheur, susurra Massimo.

Max s'approcha des murs, passa la main sur les peintures patinées, scruta discrètement le plafond.

— Évidemment, le mobilier n'était pas là quand nous avons loué l'appartement. Nous avons complété ces éléments décoratifs avec des meubles de notre cru.

Des draperies de soie rouge et des fauteuils capitonnés de velours noir complétaient l'ensemble.

— C'est extraordinaire ! s'extasia Julie. Filmez, filmez tout ! Pouvez-vous sortir pour laisser le cameraman travailler ?

La petite troupe reflua lentement vers l'escalier.

— Oui, filmez ! ordonna Vittorio. Il faut qu'on s'intéresse enfin au patrimoine érotique national et qu'on classe les anciennes maisons closes aux monuments historiques[1]. Les vestiges architecturaux de ces établissements ont pratiquement tous disparu. Notre société a fait tomber dans l'oubli tout un pan de l'histoire érotique. La chambre japonaise du Chabanais avait reçu un prix des Arts décoratifs, elle a été complètement détruite !

Doria se tourna vers son père pour avoir son avis, mais il s'était éclipsé.

---

1. Au 32, rue Blondel, dans le 2e arrondissement, les locaux d'un marchand de vêtements en gros ont été classés monument historique. Il s'agissait de l'ancienne maison close Aux Belles Poules. Classé aussi, l'immeuble du 6, rue des Moulins, dans le 1er arrondissement, doté d'un immense escalier en bois pastel et d'angelots féminins sculptés au-dessus des portes.

66

Broadway Boulevard, restau-kebab-lounge-bar à chicha

Simon s'était levé très tôt. Karim lui avait demandé de le remplacer au Broadway pendant une heure ou deux, le temps d'une démarche administrative. Il descendit à 7 h 15 et fut surpris de voir qu'il y avait déjà pas mal de monde au comptoir. C'était une clientèle différente du reste de la journée. Au petit matin, le bar est le royaume des ouvriers, des éboueurs, qui prennent leur petit noir bien chaud avant de retourner bosser dehors. Karim accueillit Simon avec un visage concentré et lui expliqua le fonctionnement de la machine à café, qui servait aussi pour le thé et le chocolat chaud. Il lui montra où se trouvaient les jus de fruits, les croissants, les tartines, lui expliqua comment servir une bière à la pression, comment ranger tout de suite les tasses et les verres sales dans le lave-vaisselle. Simon le sentait inquiet, regrettant presque de l'avoir fait venir.

— Et la caisse, le plus important, c'est la caisse. Tu tapes ton montant, ça enregistre, le tiroir s'ouvre, tu mets l'oseille, tu rends la monnaie, au cas où. Pigé ? Si on te demande la carte bleue tu dis non. Pas de carte bleue.

— O.K.! Stresse pas, mon Karim, ça va le faire.

— Et les tartines, c'est toi qui les beurres, sinon les clients, ils en mettent une tonne...

Karim partit enfin, par la porte de la cour. Simon se retrouva seul derrière le comptoir de zinc, se sentit puissant. Vers 7 h 45, il vit entrer le boss de Laser Finance avec un type de son équipe.

— Bonjour Félix, lui dit-il.

L'autre afficha un sourire heureux.

— Oh, toi, je t'aime !

À 8 heures, Barbara Daquin commanda un thé Earl Grey, avant qu'une longue berline noire et son chauffeur ne l'emportent vers une salle de réunion de l'Ouest parisien. À 8 h 05, Angélique entra.

Simon pâlit. Elle rougit.

— Qu'est-ce que tu fais là ?

— Karim m'a demandé de le remplacer.

Elle regarda autour d'elle avec agitation.

— Émilie n'est pas là ? J'ai rendez-vous avec elle.

— Émilie ne viendra pas ! annonça la voix de Karim.

Simon se retourna, pour découvrir le patron du café dans l'entrebâillement de la porte de la cour. Karim se précipita vers son bar, fit fonctionner le robinet, vérifia la caisse.

— Émilie ne viendra pas et je n'ai pas besoin de Simon derrière le bar. Vous avez rendez-vous l'un avec l'autre, vous avez des choses à vous dire. Alors, asseyez-vous à cette petite table tranquille, là, et buvez votre chocolat chaud. C'est tonton Karim qui régale.

Simon et Angélique restaient plantés là où ils se trouvaient. Paralysés et un peu énervés, comme on peut l'être à dix-huit ans quand on voit qu'un adulte a pris des décisions à votre place. Mais l'adulte en question était Karim, avec sa bouille réjouie, sa malice dans les yeux et tant de bienveillance au cœur qu'ils finirent par s'asseoir en souriant. Le patron leur apporta leurs chocolats chauds et leurs tartines beurrées, comme à l'époque où ils prenaient le petit déjeuner pour passer encore plus de temps ensemble. Ils burent leurs boissons sans rien dire, en se regardant dans les yeux.

— J'ai failli m'en aller, dit Angélique.

— J'ai failli le taper, répondit Simon en trempant sa tartine dans le chocolat. Comment tu vas ?

— Bien. J'ai le bac bientôt, je révise.

— J'ai décidé d'arrêter médecine. Je ferai archi l'année prochaine. Léo Klein m'a recommandé plusieurs écoles. Je vais aller m'inscrire.

— Oui, c'est cool. Je te vois bien en architecte.

Ils se regardaient au fond des yeux maintenant. Leurs bustes s'étaient tendus l'un vers l'autre sans qu'ils en aient vraiment conscience. Simon tendit les doigts vers Angélique et caressa le dessus de sa main du bout de l'index.

— Tu m'as manqué, dit-il.

Elle baissa les yeux vers son assiette.

— Toi aussi.

C'était un chuchotement.

— Je suis désolé, dit Simon.

— Non, c'est moi ! Je sais que j'ai été immature. Mais... C'est con, ça m'a fait trop mal.

— Je comprends. On vivait un truc trop beau, trop pur et là, j'ai tout sali.

— C'est comme ça. C'est le monde où on vit. J'ai demandé à mes potes... Tout le monde fait ça, en fait. Je ne savais pas.

— C'est parce que c'est trop facile.

Elle releva son poignet et agrippa les doigts de Simon.

— Vous allez vous embrasser quand ? C'est bien, les tripotages avec les doigts, mais faut passer à l'action, là !

Karim n'avait pas pu s'empêcher d'intervenir. Les coudes appuyés sur le comptoir, le menton sur ses mains, il contemplait son œuvre de réconciliation avec un sourire jusqu'aux étoiles.

— Pas devant toi !

— J'ai une idée, je vais installer des chichas sur les tables, en terrasse. Ça le fera, non ? Broadway Boulevard, restau-kebab-lounge-bar à chicha ! Ça me rappellera les bars sur la plage, à Casa. Ah ! On passait du bon temps, là-bas, quand j'étais jeune ! Je pense que je vais mettre ça en place pour le prochain apéro coquin. Histoire de taquiner Manuela. Qu'est-ce que vous en pensez, les amoureux ?

67

Le vent léger qui s'invitait par la fenêtre racontait des histoires de printemps

La chambre égyptienne s'était transformée en salon de télévision. Vittorio et Massimo avaient fait surgir des fauteuils confortables, disposés autour d'un écran plat. Ce soir, tous les locataires étaient invités à regarder le 19/20 de France 3 qui allait les rendre célèbres. La télé était branchée sur le journal télévisé, mais, pour l'instant, le son était coupé, et si on y jetait parfois un œil distrait, c'était pour voir si le sujet sur l'immeuble était annoncé. Le couple d'Italiens avait préparé un apéritif et chacun piochait parmi un festin délicat de petits cœurs d'artichaut à l'huile d'olive, *calamari fritti, bignole al gorgonzola,* mini *crostini,* copeaux de parmesan, ou bouchées de *prosciutto* aux figues. Passant de convive en convive, Vittorio servait un brunello di montalcino, délicieux vin rouge de

Toscane, dans de beaux verres à long pied, et le vent léger qui s'invitait par la fenêtre racontait des histoires de printemps. Simon et Angélique s'étaient installés l'un sur l'autre et on ne savait pas trop, à les voir, à qui appartenait cette jambe gainée de jean, ce bras émergeant d'un tee-shirt, ces doigts emmêlés.

Manuel Delgado regardait le décor avec curiosité car il n'avait pu être présent le soir du tournage. Les entrepreneurs en bâtiment travaillent tard le soir. Ils ne comptent pas leurs heures pour gagner de l'argent et subvenir aux besoins de leur famille. Et quand, un jour, ils ont l'occasion d'acheter l'appartement dans lequel ils vivent, les banques ne leur accordent pas de prêt. Ils sont chefs d'entreprise dans un domaine à risque, et les banquiers n'aiment pas trop prendre de risques. Oui, c'était ce que Manuel Delgado avait entendu de la bouche des différents organismes de crédit qu'il avait sollicités. Autant dire qu'il ruminait sa rage depuis des semaines, mais il ne la digérait pas. La colère ne passait pas, elle lui faisait mal à l'estomac maintenant, lui brûlait le ventre et le cerveau, il avait l'impression d'avoir tout raté, et sa femme avait été tellement déçue qu'elle en avait pleuré. Depuis, Manuel Delgado était devenu l'un des plus fervents partisans de l'association. Oh non, il ne partirait pas. Il ne leur donnerait pas en plus le plaisir de le foutre à la porte. Il n'avait jamais eu un jour de retard sur le paiement du loyer, il était un locataire respectable, il n'allait pas se laisser déloger sans se battre.

Max faisait le joli cœur avec Manuela. Sacha bavardait avec Karim en tournant stratégiquement le dos à Barbara Daquin. Doria demanda à Mira si elle avait bien prévenu Léo Klein.

— Il ne viendra pas, affirma la gardienne. Il lâche ses bureaux. Il a décidé de quitter l'immeuble.

— Mais pourquoi ? s'affola Doria.

— Il m'a juste dit que l'association n'était plus son combat.

Vittorio demanda le silence. Le reportage commençait. La sautillante Julie Michel apparut, micro à la main, pour expliquer qu'une poignée d'irréductibles locataires tentait depuis cinq mois de faire reculer la puissante Banque générale dans son intention de vendre *leur* immeuble à la découpe, et avait reçu le soutien de plus de cent mille fans sur Facebook. Aujourd'hui, France 3 se rendait sur place. La caméra passa sur la façade haussmannienne de l'immeuble, s'attarda sur la banderole du quatrième étage, et glissa le long du porche rococo jusqu'à la cour où une petite foule était amassée. À cet instant dans la chambre égyptienne jaillirent des cris d'excitation, des exclamations, des éclats de rire, chacun se reconnaissait, reconnaissait son voisin, se moquait gentiment. Max crevait tellement l'écran, avec son faux air de Marcello Mastroianni, que personne n'écouta ce qu'il avait à dire, ce qui était tout de même embêtant. On aperçut vaguement quelques godemichés, les enfants qui couraient, Doria qui souriait, puis la caméra parcourut la chambre égyptienne alors que Vittorio expliquait la nécessité de classer le « patrimoine érotique national ».

— L'enjeu est donc de taille pour les membres de l'association « I love my 19 bis, boulevard Montmartre », expliquait Julie Michel. En effet, si l'immeuble présentait un intérêt au point de vue historique et architectural, il pourrait être classé monument historique. Or, un immeuble classé ne peut être cédé sans que le ministre de la Culture en soit informé. Ce qui constituerait une victoire quasi certaine des locataires sur la banque. En attendant, continuez à les soutenir en « likant » leur page sur Facebook !

Sur l'écran réapparut Marlène Blin, la présentatrice, souriante derrière son bureau. Les locataires criaient que ça y était ! La banque allait reculer, ils allaient pouvoir rester chez eux, ce cauchemar serait bientôt terminé.

— Taisez-vous ! Elle parle encore de nous ! hurla le petit Enzo Delgado.

— Nous avons contacté Jérôme Lenormand, président-directeur général de la Banque générale, qui n'a pas souhaité intervenir sur le sujet. Néanmoins, il nous a fait savoir par un communiqué qu'il démentait totalement l'existence d'une maison close au 19 bis, boulevard Montmartre, et a qualifié la chambre égyptienne, je cite, de « décor de carton-pâte ». La banque ne reviendra en aucun cas sur sa décision de vendre un bien dont elle est libre de disposer à sa guise. « Quand on est prêt à tout pour faire parler de soi, on dit n'importe quoi », a conclu Jérôme Lenormand. Affaire à suivre donc. Nous passons maintenant à la météo…

Massimo éteignit la télé. Personne ne prononça un mot. L'espoir qui flottait encore joyeusement dans l'atmosphère était retombé en une poussière grise comme les désillusions.

— Tu es content, Vittorio, tu as ce que tu voulais ?

L'accent d'Italie revenait dans l'émotion et la gêne.

— *Vai !* On peut s'amouser un peu, non ? On est à Parigi ! Oui, c'est une fausse chambre de bordel.

Nous sommes décorateurs, vous savez, nous nous sommes offert cette petite fantaisie…

— Nous sommes désolés…, s'excusa Massimo, Vittorio pensait faire une plaisanterie sans importance.

Soudain, le silence, tendu, agressif. Les visages tournés vers les deux hommes n'avaient plus rien de chaleureux. C'est alors que Max se mit à applaudir.

— Bravo ! Bravo, Vittorio ! lança-t-il avec son plus bel accent rital.

— Mais il nous a ridiculisés ! s'énerva Delgado.

— Vittorio a menti, mais il a été excellent. Il a vendu du rêve. C'était un superbe reportage, qui montrait l'immeuble sous un jour sympathique. Le public retiendra les images.

— Lenormand a démenti. On passe pour des bouffons ! explosa Karim.

— Personne ne se souvient des démentis. Bien sûr que tout est faux ! C'est juste un décor de théâtre ! Une reconstitution parfaite ! Vous vous êtes inspirés du Sphinx, non ? Un ancien claque très célèbre…

— Mais alors, tu le savais ? Pourquoi n'as-tu rien dit ? demanda Manuela.

— Bien sûr que je le savais, il n'a jamais été question d'un bordel dans les archives de l'immeuble… Mais j'ai trouvé la menace d'un classement aux monuments historiques intéressante. Un bon bluff peut affaiblir l'adversaire.

— Mais on n'est pas en train de jouer là, Max ! On risque nos logements, nos foyers !

— C'est pas cool, mon Dahan, on t'a suivi les yeux fermés, et toi, tu te crois encore au poker…, se désola Karim.

— C'est foutu maintenant, complètement foutu !

— Mais non ! C'est maintenant que tout commence ! s'exclama Max.

Vittorio et Massimo n'osaient plus prononcer un mot. La chambre égyptienne se vida sans bruit.

De retour chez eux, Max se servit un whisky et s'allongea sur le canapé pour réfléchir. Doria se réfugia dans sa chambre. Contrairement aux autres, elle était plutôt détendue, car elle avait confiance en Max. Pour l'heure, une autre question l'inquiétait : Léo. Elle jeta un coup d'œil aux fenêtres de son bureau. Les stores vénitiens étaient baissés, mais grâce à sa lampe allumée, elle le distinguait à travers les lamelles métalliques. Cela faisait plusieurs jours qu'il se cachait ainsi, et Doria trouvait ça trop louche pour ne pas aller voir de quoi il retournait. Deux minutes plus tard, elle sonnait à la porte du studio. Mais en vain. Léo ne vint pas lui ouvrir.

68

Des bijoux technologiques qui peuvent tous nous transformer en James Bond

Le lendemain matin, à la première heure, Max téléphonait à la Banque générale et demandait à parler au président. Il finit par obtenir son assistante personnelle.

— Qui le demande ?

— Max Dahan, président de l'association des locataires du 19 bis, boulevard Montmartre.

— Ne quittez pas.

Max avait le cœur battant. Il lui faudrait être froid, ferme, convaincant. Utiliser tous ses talents de joueur de poker. Il vérifia que l'écran de son portable affichait bien l'application dictaphone, pour enregistrer la conversation. À l'autre bout de la ligne, Jérôme Lenormand levait les yeux au ciel. Il se demanda un instant s'il allait vraiment perdre son temps à parler à cet homme. Puis il accepta l'appel.

— Monsieur Lenormand, je sais ce que vous préparez.

— Ce n'est pas un secret ! Je compte vendre l'immeuble dans lequel vous vivez. Je suis désolé que cela vous affecte à ce point, mais comprenez bien, mon *cher* Max, que tout cela n'est pas personnel. Considérez-vous comme la victime d'un système qui nous dépasse tous. Nous trouverons, j'en suis sûr, une solution de relogement qui pourra vous satisfaire.

— Je me suis mal fait comprendre, mon *cher* Jérôme. Je suis au courant pour votre plan à long terme. C'est-à-dire la transformation de la Banque générale en établissement virtuel, ce qui entraînera la fermeture de vos agences et la liquidation de l'ensemble de votre capital immobilier au profit de fonds spéculatifs, de titres, d'actions et d'obligations... Souhaitez-vous que je continue ?

— Vous ne m'inquiétez pas.

— Je suis également au courant de votre projet de déménagement du siège social au Luxembourg, plus avantageux fiscalement, j'en conviens, ainsi que de la multitude de licenciements qui surviendra suite à la dématérialisation de votre banque. Pensez-vous que cette information pourrait intéresser la presse ? Je pourrais tout balancer, avant même que vous n'ayez eu le temps de préparer un plan de communication plausible, menaça Max.

— Vous plaisantez, j'espère ? Tout cela est un tissu de mensonges ! s'écria le P.-D.G.

— Nous avons été contactés par d'autres associations de locataires, dans tous les coins de Paris, toutes les villes de France, qui se trouvent dans la même situation que nous : mis à la porte par la

Banque générale. Pourquoi vous débarrasser d'un patrimoine patiemment amassé depuis plus de cent cinquante ans ?

— Pour nous adapter aux lois du marché ! Si vous croyez que c'est facile à gérer…, soupira Lenormand. Le modèle économique a changé. Le foncier et le réel font partie de l'histoire ancienne. C'est dans l'abstrait que se trouve la richesse, dans ces titres qui changent de main et de valeur à la vitesse du haut débit. Les taux fluctuent sur la base d'une rumeur, d'un souffle, il faut pouvoir acheter ou vendre en un clic. Nous devons nous mettre à jour, ou disparaître.

— Mais quand vous aurez vendu vos immeubles, vos agences, vos sociétés, il ne restera plus que des hommes mis à nu, qui auront perdu leur logement, leur emploi, leur commerce…

— Ils devront aussi s'adapter et faire face.

— Merci pour ces informations, jubila Max. J'ai le plaisir de vous annoncer que notre conversation a été enregistrée. Ces nouveaux téléphones sont des bijoux technologiques qui peuvent tous nous transformer en James Bond !

— On ne me menace pas, Max ! s'affola Lenormand.

— Monsieur le président, vous êtes la menace ! Les dégâts que vous allez causer dans la vie de toutes ces personnes seront bien réels, et…

Max ne put continuer : Jérôme Lenormand lui avait raccroché au nez. Il inspira profondément. Ce qu'il venait d'entendre le faisait bouillir de rage… et le terrifiait. Ce monde à venir faisait froid dans le dos, et pourtant Doria et Simon devraient aussi s'y adapter pour survivre. Il se sentit soudain vieux et dépassé. Max éloigna son téléphone pour stopper l'enregistrement. C'est alors que son regard se figea. Il avait oublié d'enclencher le dictaphone. Leur conversation s'était dématérialisée, elle aussi. Le joueur de poker avait cru jouer son as, mais c'était juste du bluff. N'est pas James Bond qui veut.

69

Leurs pailles aspirant bruyamment les dernières gouttes au fond des verres vides

Joss était au téléphone. Elle discutait avec emphase des responsables de chaînes de télévision qui choisissaient les castings des films de cinéma en pensant qu'il s'agissait de téléfilms du dimanche soir : de vieux acteurs vus et revus, sans un pet de charisme... Comment pourrait-elle placer ses poulains pleins de talent ? C'était à pleurer ! Doria pénétra dans son bureau sur la pointe des bottes. Son agente lui avait donné rendez-vous pour faire un point. Elle se sentait un peu nerveuse. Joss raccrocha et la regarda sans sourire. Doria prit un air détendu. Elle était dans la peau d'une fille quasi nihiliste, qui n'en avait rien à foutre de rien.

— En décembre dernier, tu m'as dit quelque chose comme : « Si tu ne me trouves pas un vrai rôle, je me casse. Terminé la vache à lait. »

— Euh… C'était à peu près ça, oui.

— Je n'ai rien trouvé.

— Ah bon ? C'est vrai que c'est compliqué en ce moment, j'ai entendu la fin de ta conversation…

Joss lui offrit un sourire sans dents, lèvres serrées.

— Écoute, Doudou. On s'est donné six mois, ça n'a pas marché. Tu as raison, il vaut mieux qu'on en reste là.

— P… pardon ?

— Le directeur du théâtre des Nouveautés et le metteur en scène n'ont pas été éblouis par ton travail.

— Mais j'avais quatre répliques !

— Ça suffit pour faire ses preuves. On ne va pas polémiquer. Je vais te rendre ton contrat. Tu retrouves ta liberté. N'oublie pas de me tenir au courant de l'évolution de ta carrière. Ça me fera toujours plaisir d'avoir de tes nouvelles.

Il y a des jours où on aimerait bien se noyer dans la vodka. Mais Doria avait décidé d'être plus forte que ça, donc c'était juste une bière, merci Karim. Elle avait donné rendez-vous à Bettina pour préparer un plan d'attaque. Elle se relèverait de cette épreuve grandie, plus déterminée que jamais.

Bettina arriva au Broadway comme si elle glissait sur un tapis roulant. Il sembla à Doria que sa poitrine, déjà généreuse, avait augmenté de volume et que ses hanches tanguaient à un rythme encore plus sensuel. Elle adressa à Doria un sourire radieux et se posa dans un fauteuil.

— Qu'est-ce que tu prends ? Je suis à la bière.

Nouveau sourire irradiant, rose aux joues, paupières baissées. Bettina porta doucement la main à son ventre.

— Non, pas d'alcool pour moi, un Coca zéro.

— C'est vrai ? Oh, Bettina, c'est merveilleux ! Depuis quand ?

— Trois semaines à peu près…

— Ça va être génial pour Capucine ! Elle aura une petite sœur ou un petit frère ! Félicitations ! Je suis tellement heureuse pour toi !

Elles cognèrent leurs verres, bière contre Coca, et burent à la santé du futur bébé.

— Ça n'avait pas l'air d'aller tout à l'heure ?

— Joss m'a rendu mon contrat. Je perds ma principale source de revenus. Je suis dans la merde.

— Oh non…

Bettina aspira pensivement un peu de Coca à la paille, se rongea le bout d'un ongle, prit une profonde inspiration.

— Tu sais que ma copine Amanda m'a encore proposé de partager son stand au prochain salon Première Classe. J'avais hyper bien vendu la dernière fois. J'ai presque du mal à fournir toutes les commandes…

Doria lui coula un regard méfiant, paupières plissées et pupilles troubles. Elle était dans la peau d'une fille quasi au bout du rouleau.

— Ne m'annonce pas que tu veux arrêter les vidéos ?

C'était un de ces moments où une vieille amitié peut basculer. Quand deux personnes qui s'aiment pourtant tendrement se retrouvent face à face, avec des intérêts diamétralement opposés.

— Avec le bébé qui arrive, Capucine, les commandes et la prochaine collection à préparer, franchement, je ne vois pas comment je pourrai trouver le temps…

— Je t'avais dit que c'était une mauvaise idée, ces bijoux !

— Ça me rapporte de l'argent, Doria ! Franchement, ça faisait des siècles que cela ne m'était pas arrivé, et je t'assure que ça fait du bien !

Elles restèrent un long moment sans parler, leurs pailles aspirant bruyamment les dernières gouttes au fond des verres vides.

— Et puis, j'avoue, je n'y crois plus. Je ne pense pas que nous allons percer un jour grâce à nos vidéos.

— J'avais pourtant trouvé l'histoire marrante d'un type qui a braqué le Museum d'histoire naturelle avec une tronçonneuse pour voler des défenses d'éléphant…

— J'avoue, c'était une bonne histoire, sourit Bettina.

Doria s'écroula sur la table, la tête entre ses bras repliés.

— Il ne me reste plus que mon job d'hôtesse au Rex, tu te rends compte. À vingt-huit ans. C'est pathétique.

Elle se retrouvait finalement dans la peau de Doria Dahan, et cette fois, il n'y avait plus d'échappatoire possible.

70

Évaluer. Décider. Rien d'autre.

Jérôme Lenormand observa la grande salle de réunion du siège de la Banque générale d'un air dégoûté. Il n'en pouvait plus de ces pâtisseries baroques, ces dorures rococo qui dégoulinaient sur les murs, ces miroirs aux cadres surchargés, ces lustres en cristal qu'une armée de femmes de ménage entretenaient religieusement. Il étouffait dans ce décor pompeux qui lui rappelait la vanité des hommes d'argent d'autrefois. Il n'aimait que le verre, le cuir, la pierre, l'acier. Des lignes épurées au maximum. Du vide, de l'air, pour respirer. Il dévisagea froidement les personnes assemblées autour de la longue table en acajou, son assistante, le directeur de la communication, la *community manager*, l'attachée de presse, et puis ce jeune métis à lunettes, dirigeant d'une obscure filiale de la banque, qu'on avait convoqué parce qu'il travaillait dans le fameux immeuble du boulevard Montmartre, mais à qui on ne demanderait pas son avis, Félix Baltimore. Le directeur de la communication venait de repasser le documentaire diffusé sur France 3. Max Dahan avait la tête d'un type qui s'était amusé toute la vie. Un vieil enfant gâté à qui on retirait son jouet et qui n'était pas content.

— Il est pas mal quand même ! soupira Danielle Després, l'attachée de presse.

Jérôme Lenormand repensa à sa conversation téléphonique avec le président de l'association et détruisit consciencieusement un trombone. Il en avait toujours dans la poche de son pantalon pour se calmer les nerfs. C'était discret et efficace. Il le tordait dans tous les sens jusqu'à le casser. Après, ça allait mieux.

Mélanie, la jeune *community manager*, présentait maintenant la courbe exponentielle de fréquentation de la page Facebook qui, pensa le président, aurait aussi bien pu s'appeler « Si toi aussi, tu veux faire chier Jérôme Lenormand ». Mélanie analysait le succès des photos et des textes mis en ligne sur la page.

— Chaque locataire de l'immeuble est présenté avec son histoire. On les suit comme les héros d'une série télé. C'est hyper intelligent ! expliquait-elle.

Il fallait avouer que leur C.M. était une sacrée pointure. Jérôme Lenormand se demanda comment ces amateurs avaient pu s'offrir une perle pareille.

— C'est surtout le contenu des commentaires qui est alarmant pour nous. Ils sont clairement défavorables, voire hostiles.

Lenormand jeta un œil aux propos haineux et convenus contre le méchant monde de la finance en général, et la Banque générale en particulier, les affirmations approximatives, les saintes colères solidaires, les appels à la révolution, sans oublier quelques allusions au complot sioniste, allié naturel de l'argent, le tout saupoudré de fautes d'orthographe qui se multipliaient jusqu'à l'écœurement. En France, les banques avaient certes mauvaise presse, mais là, ça ressemblait à un lynchage. Il ne pouvait se permettre une publicité aussi négative, surtout avant le changement de cap. Au contraire, la B.G. devait avoir l'image le plus positive possible. Ils avaient d'ailleurs prévu quelques actions philanthropiques de grande envergure avant de basculer dans le monde virtuel.

Jérôme Lenormand raisonnait de manière fulgurante. C'était sa force. Évaluer. Décider. Rien d'autre.

— Merci Mélanie, interrompit le président.

Tous les visages se tournèrent vers lui. Le silence fut immédiat.

— Je veux me débarrasser de cet immeuble. Vite. Les quelques centaines de milliers d'euros de bénéfices d'une vente à la découpe ne valent pas les emmerdements que cela nous occasionne. On va vendre en bloc à un institutionnel – mutuelle, assurance, banque, fondation… Je veux que ce soit discret et très rapide. En contrepartie, nous exigeons la fermeture immédiate et définitive de cette maudite page Facebook.

Il se tourna vers son assistante :

— Mettez quelqu'un de *compétent* sur le dossier.

Le jeune métis silencieux, avec ses lunettes d'écaille, leva la main. Au bout de la longue table, Félix Baltimore transpirait légèrement, mais sa voix était ferme et claire quand il déclara avoir une solution à proposer.

71

Les hommes n'ont pas été créés pour consoler les femmes

Doria avait pris le métro pour arriver au Grand Rex. Parfois, quand elle avait le temps, elle remontait à pied jusqu'au boulevard Poissonnière, mais, ce soir, la déprime avait failli l'avoir. Ce n'était pas le genre de Doria pourtant, cette paralysie du corps et de l'esprit, mais elle avait mal à sa vie. Quand, prostrée devant son bureau, elle regardait mélancoliquement par la fenêtre, son regard butait sur le bâtiment d'en face, avec ses stores baissés. Léo Klein lui avait fermé sa fenêtre, sa porte, son cœur et même son téléphone. Elle aurait tout donné pour poser sa tête pleine de tristesse contre son épaule. Mais les hommes n'ont pas été créés pour consoler les femmes. Les hommes sont faits pour mener leurs propres combats et, parfois, tenir la main parfumée d'une compagne pour traverser un bout de vie. Elle devait s'en sortir seule, trouver la force de rebondir. C'est pourquoi Doria s'était soigneusement maquillée, avait chaussé ses boots les plus sexy et s'en était allée au Grand Rex. Ce petit boulot d'hôtesse, c'était concret. Elle devait avouer qu'elle aimait ce temple du cinéma, avec sa grande salle extravagante, ses fauteuils moelleux en cuir beige et son ciel étoilé. Ce soir, elle devait accueillir les V.I.P. invités à l'avant-première d'un *blockbuster* américain en présence de la star du film. Doria aperçut Bruno Blanckaert, le directeur du cinéma, qui discutait avec un petit groupe de personnes et le salua timidement. Il s'excusa auprès de ses interlocuteurs et se dirigea vers Doria avec un grand sourire.

— Justement, je voulais vous voir. Venez dans mon bureau, il faut que je vous parle.

— Mais je dois…

— Suivez-moi !

Doria demanda à l'une de ses collègues de la remplacer pour quelques instants et descendit avec le boss au sous-sol, où se trouvait son grand bureau décoré d'affiches de cinéma.

— Asseyez-vous, proposa-t-il en prenant lui-même place dans son fauteuil. Toutes mes félicitations pour le reportage sur France 3. C'est fabuleux ! Vous en êtes où avec la Banque générale ? Ils ont fait un geste ?

— Non. Ils campent sur leurs positions. Nous ne pourrons pas faire classer l'immeuble, bref… Mon père devra bientôt trouver un nouvel appartement.

— Quel dommage ! Vous savez que le Grand Rex, ce monument populaire, ce symbole des grands boulevards, a bien failli être détruit ? Un coup des promoteurs ! En 1981, les propriétaires ont heureusement réussi à le faire classer aux monuments historiques et nous avons échappé à la démolition. Bref. Où en êtes-vous dans votre carrière de comédienne ?

Doria réfléchit un long moment avant de répondre. Il s'agissait d'être franche avec lui, mais surtout avec elle-même. Ces derniers jours, elle avait eu l'occasion de se poser les bonnes questions. Qu'avait-elle envie de faire de sa vie ? Qu'avait-elle attendu de son métier ? Une évasion. Qu'en attendait-elle aujourd'hui ? Un gagne-pain. Mais il y avait peut-être d'autres façons de gagner son pain...

— Pas très loin. À vrai dire, je m'interroge quant à ma motivation à continuer...

— Ça tombe bien, parce que ce que je veux vous proposer ne s'accorde pas avec le métier d'actrice.

— Ah...

— Cela vous dirait de travailler avec moi ? Je pensais vous demander de me seconder dans l'organisation de nos événements, type spectacles, concerts, avant-premières, etc. Et puis, vous occuper de la presse, de la page Facebook... Un poste de community manager et relations publiques. Un contrat, un salaire : bref, un vrai job.

Si elle acceptait, Doria ne remonterait plus sur scène. Elle ne courrait plus les castings pour s'entendre dire qu'elle était une sous-Marion Cotillard, elle n'aurait plus à jouer dans des publicités humiliantes, elle ne tournerait jamais avec Quentin Tarantino, elle ne serait plus jamais la fille de l'amant du placard, elle ne donnerait jamais la réplique à Jean Dujardin ni à Adrian Brody. Elle n'aurait plus besoin non plus de quitter la peau de Doria Dahan, et ça, c'était un soulagement.

— J'accepte !

72

Vieillir dignement, ce n'est pas pour les mauviettes

Manuela préparait son dernier apéro coquin avant de partir pour l'Australie passer un mois avec ses filles. Autant dire qu'elle avait hâte. L'air était doux, pollen, kérosène, l'haleine de Paris, un soir d'été, quand tout le monde aime bien se coucher tard… Dehors, sur le boulevard, Karim avait installé des chichas sur les tables colorées de la grande terrasse du Broadway. Avec quelques palmiers en pot, cela suffisait pour se croire en vacances sur Casablanca Boulevard ! Plus tôt dans l'après-midi, il était venu frapper à la porte de la boutique Oh My Gode ! pour offrir à Manuela une belle chicha au corps de verre rose. Un couple de clients intrigués par l'objet avait imaginé avoir affaire à une sorte de sex-toy sophistiqué, avant de comprendre que ce n'était qu'un narguilé inoffensif. Manuela, elle, avait compris qu'il s'agissait d'un calumet de la paix oriental. Elle avait remercié Karim avec un très beau sourire, pas commercial.

Max Dahan avait adressé un mail à tous les locataires du 19 bis, boulevard Montmartre, les invitant à se retrouver dans la cour vers 18 heures. Pour l'occasion, Mira avait dressé un tréteau recouvert d'une nappe fleurie. Vittorio et Massimo y avaient déposé quelques-uns de leurs succulents *antipasti* italiens, puis Karim avait laissé une kémia marocaine, avec tramousses, moules à l'escabèche, olives piquantes, cacahuètes, pistaches, pois chiches grillés, fèves au cumin…

À 6 heures tapantes, tout le monde était là. On savait le dénouement proche. Certains souriaient, d'autres étaient inquiets, personne n'y croyait trop, la plupart grignotaient. Max se trouvait encore dans sa chambre. Il brossa ses cheveux avec soin, en arrière, se redressa avec difficulté. Le stress des derniers jours lui avait bloqué le dos. Il le savait déjà, son oncle l'avait prévenu : vieillir dignement, ce n'est pas pour les mauviettes. Les autres attendaient en bas. Il fallait y aller.

Contre toute attente, il avait aimé mener cette bataille et remerciait la vie de lui avoir encore offert cette surprise. Il devait descendre maintenant. Écrire les dernières lignes de l'histoire. Max s'encouragea, se promit que ce pantalon et cette chemise noirs lui allaient bien, et referma la porte de l'appartement. D'un coup, il apparut dans la cour. Le sens de la mise en scène était une qualité familiale chez les Dahan. Il savoura quelques secondes le silence qui suivit.

— Chers amis… Nous avons gagné !

Il ne s'était pas attendu à cette ovation. La petite bande du 19 bis, boulevard Montmartre criait de joie, applaudissait et applaudissait encore. Sans trop oser y croire. Alors comme ça, le cauchemar était terminé ? Ils allaient vraiment pouvoir rester chez eux, tous ensemble ? Max reprit la parole :

— Cette victoire est collective. Chacun d'entre nous a permis de faire avancer notre cause. Je salue néanmoins tout particulièrement le travail accompli par ma fille Doria qui, avec son talent, a emmené notre page Facebook à plus de cent cinquante mille fans ! Je suis très fier d'elle. Grâce à elle, grâce à vous, la Banque générale a renoncé à son projet de vendre l'immeuble à la découpe.

Max croisa le regard brillant de sa fille. Elle souriait, sûre d'elle, épanouie. Il se rappela le petit oiseau blessé qui avait débarqué chez lui un soir de novembre.

— Notre immeuble a été cédé dans sa totalité à une entreprise qui reprend nos baux, sans rien modifier. Le prix de cette victoire sera la fermeture de la page Facebook, dès demain matin.

— Vite, Doria ! Il faut poster les dernières photos ! lança Sacha.

— Compte sur moi !

Max leva les bras pour réclamer le silence, il avait encore des choses à dire.

— Ce nouveau propriétaire, vous le connaissez, nous le connaissons tous. C'est une société dirigée par un jeune homme qui a ses bureaux dans notre immeuble. Un jeune homme discret qui travaille très dur. Je vous demande donc d'accueillir chaleureusement… Félix Baltimore !

On vit le jeune homme sortir timidement de la loge de Mira. Il avait toujours la même tête un peu chafouine, les ongles rongés, de grosses lunettes en écaille et les cheveux ras. Il portait un gros paquet sous le bras ; il y eut des « ah ! » et des « oh ! » de surprise. Si on s'y attendait, à celle-là ! Elle était excellente ! Oui, c'était la meilleure. Félix affichait un sourire heureux qui révélait le gosse qui se cachait derrière le financier émacié.

— Grâce à lui, continua Max, j'ai pu comprendre que la société Laser Finance, dont il est président, appartient certes à la Banque générale, mais est néanmoins une structure autonome qui mène sa propre politique de développement. Finalement, la solution était là, juste sous nos yeux !

Le jeune patron de Laser Finance s'approcha. Il ne semblait pas complètement à l'aise, mais prit la parole avec une satisfaction évidente.

— Comme vous le savez peut-être, ma mère m'envoie souvent des colis de Fort-de-France. Elle aime avoir des nouvelles de ma vie parisienne, qu'elle trouve moins chaleureuse que celle qu'on mène en Martinique. Alors, quand je lui ai annoncé la nouvelle, elle m'a envoyé un nouveau colis, à partager avec vous.

Il posa le carton sur la table et en sortit plusieurs bouteilles de rhum, du sirop de canne et quantité de citrons verts, ainsi que quelques bouteilles de cocktail de jus de fruit.

— Alors ? Planteur ou ti-punch ? On va fêter ça au rhum !

Mira coupait et pressait les citrons, Félix remplissait les verres. Tout le monde s'embrassait, se congratulait, quelques larmes coulèrent. Vittorio et Massimo affirmaient que, sans leur histoire de maison close, on n'en serait pas là. Barbara Daquin tenait sa fille par la main mais celle-ci s'échappa bientôt pour jouer au ballon avec Enzo et Lucas Delgado. Angélique leur criait d'aller s'amusait plus loin, elle s'était assise sur les marches de la cuisine de Karim et regardait Simon danser de joie, son ti-punch à la main. Seule Doria semblait absente de la fête. Elle avait une nouvelle fois constaté l'absence flagrante de Léo et était montée sonner à sa porte. Mais, une fois encore, il n'avait pas ouvert. Pourtant, Doria savait qu'il était là. Elle l'avait surpris en train de les guetter à travers les lames de son foutu store. Elle avisa Sacha, qui discutait avec Karim, et lui annonça qu'elle avait un service à lui demander, là, tout de suite.

— Et pourquoi je ferais ça ?

— Parce que tu me le dois, répondit-elle.

Il soutint son regard un long moment et de nombreux non-dits furent silencieusement prononcés.

— O.K., soupira-t-il. Que dois-je faire ?

Elle lui expliqua rapidement son plan.

— Tu es dingue !

— Mais non ! J'ai juste besoin d'un peu d'aide...

Sacha soupira, pesa longuement le pour et le contre, se demanda s'il était vraiment obligé de faire ce qu'elle exigeait, si ça ne serait pas amusant, finalement...

— Écoutez tous ! rugit-il. Doria a besoin de nous !

Sacha avait du coffre. Il fut entendu. Les voisins s'approchèrent, écoutèrent, comprirent qu'il y avait une histoire d'amour à la clef, convinrent d'agir immédiatement.

— Il faut passer par notre appartement ! intervint Manuel Delgado.

Tout le monde se précipita vers l'escalier B. Max se retrouva seul dans la cour, en compagnie de Mira.

— Je ne vais quand même pas assister aux rebondissements de la vie sentimentale de ma fille. Ça te dirait d'aller voir un film au Max Linder ?

— Et si tu m'emmenais plutôt dîner au Café de la Paix ?

— C'est qu'on devient exigeante !

Il sourit néanmoins et offrit galamment son bras. Ils sortirent à pas tranquilles sur le boulevard pour descendre vers l'Opéra.

— Tu sais qu'avec cette victoire tu es condamné à me voir tous les jours pour encore longtemps ?

— J'en ai bien conscience, répondit Max. Que veux-tu, chaque médaille a son revers !

Au cinquième étage de l'escalier B, c'était l'effervescence. Vittorio et Massimo avaient obligeamment fourni une corde d'alpiniste que Manuel Delgado était en train de fixer solidement à un barreau en fer forgé du balcon de sa salle à manger. Se prétendant expert en nœuds marins, Karim le conseillait sur la meilleure façon de l'attacher. Sacha s'échauffait en faisant rouler ses épaules, en pliant et dépliant ses jambes. Manuela et Barbara Daquin demandaient à Doria si elle était bien décidée à aller jusqu'au bout. Félix Baltimore regardait autour de lui avec curiosité. Il faisait enfin partie de la bande et pouvait participer à toutes ces choses amusantes qui se déroulaient habituellement sous ses yeux envieux. Isabelle Delgado essayait de ranger rapidement son appartement et attrapait tout ce qui traînait pour le poser ailleurs.

— Ça y est ! Elle est bien attachée ! annonça Manuel Delgado.

Sacha s'avança, enjamba le bacon.

— Tu es sûre que c'est la bonne fenêtre ? demanda-t-il à Doria.

— Oui, c'est la salle de réunion ! Tu ne risqueras pas de te prendre le store. Bon, tu as bien compris : tu entres par la fenêtre et tu viens m'ouvrir la porte.

— Oui ! Mais pourquoi j'ai accepté ce plan foireux, moi ?

Sacha commença sa descente, bien agrippé à la corde, suivi anxieusement par les voisins. Manuel Delgado adressa un regard plus que soupçonneux à sa femme :

— On dirait qu'il a fait ça toute sa vie...

Penchée en avant, Doria vit Sacha poser les pieds sur le rebord du balcon de l'étage inférieur.

— Ça y est, il est arrivé ! Je descends !

On entendit un fracas de verre brisé. Sacha avait pénétré dans les locaux du Studio Klein Design. Doria se précipita dans l'escalier pour être devant la porte quand Sacha ouvrirait.

À l'étage inférieur, Léo Klein était vaguement en train de travailler sur un projet de lampe, mais son esprit était ailleurs. Il avait reçu le mail de Max et avait vu les voisins se réunir dans la cour. Il avait mis un point d'honneur à ne pas descendre. Et puis, il avait entendu les rires et les applaudissements, il avait vu les embrassades, la joie et l'émotion. Ils avaient gagné finalement. C'était tellement improbable, une poignée de pieds nickelés contre une banque tentaculaire. Il aurait dû être en bas, trinquer et se réjouir avec eux. Après tout, il faisait partie de l'association, il avait joué au poker avec Max, il avait assisté à un apéro coquin de Manuela... Il se demanda quelles névroses en lui l'obligeaient à se mettre en retrait des bonheurs possibles, quelle peur, quel besoin de se punir.

Doria, elle, savait l'entraîner dans la vraie vie. Doria donnait de la joie, de l'énergie, du temps et de l'attention. Doria était généreuse. Mais elle avait préféré cette pourriture de petit chanteur, avec son visage d'ange et son comportement de démon. Léo en était à ce stade désagréable de ses réflexions quand il entendit une explosion dans la pièce à côté. Ses vitres semblaient même avoir été soufflées par le choc. Il se leva, terrifié, se demanda le temps d'une fraction de seconde si ce n'était pas les cambrioleurs qui revenaient.

La fenêtre de la salle de réunion avait été complètement défoncée. Son assaillant, qui avait effectué un roulé boulé pour se réceptionner sans heurt, se releva souplement, et Léo découvrit le visage horriblement beau de Sacha Bellamy. Celui-ci eut le culot de lui sourire avant de se diriger tranquillement vers la porte. Une pulsion de haine incontrôlée s'empara de Klein. Son poing fermé s'envola pour atterrir violement sur le coin du menton de Sacha. Le chanteur partit en arrière et tomba raide sur le parquet, bras écartés. Léo le regarda, hébété. Le carillon de la porte sonna, suivi de coups violents assenés contre le blindage. Il entendit la voix angoissée de Doria demander à Sacha d'ouvrir.

Derrière la porte, c'était la panique. Les voisins étaient descendus en masse à la suite de Doria après avoir entendu la fenêtre se fracasser. Inquiets de ne pas voir Sacha leur ouvrir, ils se demandaient ce qu'il se passait.

— Ne séquestrez pas Sacha ! hurla Barbara Daquin.

— Léo, tout va bien ? Ouvre, s'il te plaît.

Félix s'approcha, jubilant d'avoir un rôle actif à jouer dans cette tragi-comédie de boulevard à laquelle il ne comprenait cependant pas grand-chose.

— Monsieur Klein, c'est monsieur Baltimore, votre nouveau propriétaire. Vous risquez de sérieux ennuis si...

La porte s'ouvrit sur un Léo Klein furieux.

— Qu'est-ce que c'est que ce bordel ?

Comme un seul homme, les voisins le bousculèrent pour se précipiter dans la salle de réunion où gisait toujours Sacha, inconscient.

— Il est vivant ! s'écria Karim après avoir vérifié son pouls.

— Qu'est-ce que vous lui avez fait ? demanda Barbara.

— Mon poing dans la gueule.

— *Yes !* s'écria Manuel Delgado. Depuis le temps que je voulais faire la même chose...

Sacha se réveillait doucement. Il ouvrit les yeux et leur offrit un sourire à faire fondre un ours polaire.

— Doria, je crois que nous sommes quittes ! grogna-t-il en se frottant la mâchoire.

Doria ne disait rien, elle regardait fixement Léo Klein. Il lui avait affreusement manqué. Elle le retrouvait avec émotion, sa présence bienfaisante, sa mèche impassible, sa mâchoire carrée, ses yeux transparents qui lui révélaient tout ce qu'elle avait envie d'y lire. Il portait une de ses chemises blanches et un jean. Il était hyper, *über, over* sexy.

— Ciel, mes clientes ! s'écria Manuela. Elles doivent être arrivées !

— Tournée générale au Broadway en l'honneur de notre victoire ! lança Karim.

— Hourra !

Sacha se releva doucement, soutenu par Massimo, qui le regardait avec un éblouissement hébété.

— Euh... Une seule tournée, hein, faut pas déconner, après, c'est vous qui rincez ! précisa Karim.

D'un seul coup, le studio se vida. La porte se referma. Ils étaient seuls.

— On a gagné, prononça Doria.

— Je sais.

— Tu n'as plus besoin de partir.

Léo sourit, amusé.

— Je ne sais pas. Tu peux me donner une bonne raison de rester ?

Elle s'approcha lentement de lui. Posa un baiser sur sa bouche.

— Mouais, je ne sais pas si c'est suffisant...

Défit un bouton de sa chemise.

— Bof...

Un autre baiser, un autre bouton.

— C'est déjà mieux...

La chemise fut retirée, les mains de Doria parcoururent avidement, tendrement, la peau brûlante, les larges épaules, le ventre plat et ferme, sa bouche se colla plus fortement contre les lèvres de Léo.

— Hum... Je crois que je commence à être convaincu, déclara Léo avant de la soulever et de la porter jusqu'au canapé rouge.

Il retira à Doria son tee-shirt, l'allongea et s'étendit près d'elle, collé serré contre son corps, n'arrivant pas à croire qu'elle était enfin là, avec lui, à lui. Il l'embrassa et ce fut comme s'il revenait à l'air libre, après avoir suffoqué pendant des jours au fond d'une cave. Doria gémit de bonheur. C'était tellement bon d'être là, dans ces bras-là, elle ferma les yeux, laissa échapper un soupir d'absolu bien-être.

— J'étais très très fâché, murmura-t-il.

— Je sais.

— J'ai cru que j'allais te tuer.

Elle enroula ses bras autour de son cou et murmura à son oreille :

— Tue-moi.

Ils recommencèrent à s'embrasser éperdument quand, tout à coup, une horloge sonna dans la tête de Doria. Elle se redressa vivement, consulta sa montre et bondit sur ses pieds.

— Merde ! Il faut que j'y aille !

— Où ça ?

Elle enfila son tee-shirt, se recoiffa vaguement avec les doigts.

— Au Grand Rex !

— J'espère que tu plaisantes !

— Je suis déjà très en retard, il faudra que je prenne le métro…

Léo se laissa retomber en arrière.

— Laisse tomber. C'est impossible. On n'y arrivera jamais.

Six mois plus tard…

Max s'affairait dans la cuisine. Il préparait une recette que sa mère avait l'habitude de lui servir dans son enfance, des aubergines au four, leur ventre fendu farci de viande hachée, épicée et assaisonnée d'oignons et de tomates. Doria avait dressé une jolie table et Simon avait allumé le feu. Ce soir, on recevait la famille.

Son petit-fils entra dans la cuisine pour prendre le bol de tarama et les pistaches de l'apéritif. Il huma le plat avec suspicion, même si Max lui avait promis que ce serait délicieux.

— Tu sers ça avec quoi ?

— Du riz.

— Cool, je suis déjà sûr de bouffer un truc !

Doria sortit de la salle de bains, une serviette autour de ses cheveux mouillés, et passa en trombe devant la cuisine.

— Je n'ai jamais été aussi en retard de ma vie !

Elle entra dans sa chambre où sa valise ouverte débordait de vêtements. Ses cartons empilés étaient déjà fermés et attendaient sagement les déménageurs. Les travaux de son futur appartement étaient terminés. Demain, elle partait.

Doria se séchait encore les cheveux quand sa mère et Laurette entrèrent dans sa chambre. La jeune fille lui sauta au cou. Elle avait encore grandi, une belle ado de dix-sept ans qui se maquillait et portait des bottes aux talons hauts.

— Tout est prêt pour le grand départ ? demanda Sophie.

— Presque !

— Nous t'attendons au salon. Philippe y est déjà avec Simon et Max.

Doria ne se demanda pas quand son père et son beau-père s'étaient retrouvés dans la même pièce pour un dîner, car la réponse était : jamais. Elle mascarisa ses cils, ombra ses yeux de noir, ajouta une touche de gloss. Il était temps de boire un peu de whisky, cette soirée menaçait d'être bizarre.

Alice bondit hors de son fauteuil et la serra chaleureusement dans ses bras.

Sur la cheminée, entre les deux défenses d'éléphant, était installé le chandelier à neuf branches de Hanoukka. On allait allumer les bougies pour célébrer la fête des lumières, en souvenir d'un miracle qui avait eu lieu plus de deux mille ans plus tôt dans le temple du roi Salomon, à Jérusalem.

On sonna à la porte au moment où Doria consultait discrètement sa montre. Elle courut ouvrir. Il était là, sur le seuil, et, comme chaque fois qu'elle le retrouvait, un voile de brume enfuma ses pensées, l'amour ensoleilla son cœur, ses lèvres heureuses se tendirent vers lui. Léo la serra longtemps contre lui, il avait toujours un peu peur de la voir s'échapper.

— Je suis passé faire un tour à l'appartement, dit Léo, il est nickel.

— Je n'arrive pas à croire qu'on emménage ensemble demain !

Doria l'entraîna vers le salon.

— Barbara Daquin m'a appelé de New York aujourd'hui pour vous souhaiter beaucoup de bonheur dans son ancien appartement, dit Max.

— Elle a eu une excellente idée d'aller vivre là-bas avec sa fille.

Max récita les trois bénédictions du premier soir et alluma deux bougies. Une pluie battante giflait les vitres au rythme du crépitement du feu dans la cheminée. Simon ajouta une bûche et alluma la télé, car Sacha était l'invité d'une émission de divertissement. Le whisky doré brillait dans les verres. On discutait tranquillement des projets de Simon qui se plaisait beaucoup dans sa nouvelle école d'architecture. Doria se dit qu'à les voir comme ça, réunis autour du feu, un inconnu pouvait tout à fait imaginer qu'ils formaient une famille normale.

— On s'en roule un petit avant de dîner ? proposa Max en sortant son herbe.

Sur l'écran de la télévision, Sacha Bellamy, plus authentique beau gosse que jamais, recevait son premier disque d'or des mains du présentateur et annonçait son prochain concert à l'Olympia.

— Parce que c'est là que tout a commencé pour moi, sur les grands boulevards.

Remerciements

Grands Boulevards est né d'un attachement à un quartier dont la beauté et le passé se sont révélés à moi au fur et à mesure que j'ai ouvert les yeux. Mais il est aussi fait d'une multitude d'histoires et de rencontres, c'est pourquoi je remercie profondément toutes celles et ceux qui m'ont inspirée, aidée et m'ont consacré du temps.

Merci à Laurent, évidemment. Un immense merci à Karina Hocine, mon éditrice et Anne Blondat, mon attachée de presse chez Lattès. Merci à toute la merveilleuse équipe des éditions Charleston qui a donné une nouvelle vie à ce roman si important pour moi.

Pour l'inspiration, tout d'abord, merci à mon amie Olivia Roland qui a vécu, avec son père Fred et son neveu Julien, une chaleureuse expérience de colocation à trois générations dans leur cosy kibboutz de Boulogne. Et *cheers* à la mémoire de

Fred qui aimait beaucoup son *drink* du soir. Merci à la productrice Nathalie Drouaire, qui un jour m'a demandé de créer un immeuble et ses habitants pour un projet de série.

Merci à Bruno Blanckaert, directeur du Grand Rex, qui m'a si bien parlé des boulevards qu'il est devenu un personnage du roman. Merci à Julie Judd qui m'a raconté un soir les affres et les bonheurs de la vie de comédienne, à Maître Myrtille Mellet, qui m'a expliqué les rouages et les subtilités de la vente d'un immeuble, à Élisabeth Haïk qui m'a parlé de son grand oncle Jacques Haïk, fondateur du Grand Rex, au designer Jean-Marie Massaud dont les travaux et le sous-marin m'ont aidée pour le personnage de Léo Klein, à Justine Tanguy, pour les histoires insolites que je suis allée piocher sur son blog. Merci également à mon père qui aime autant le poker que Max, à mon ami Théo pour son écoute et ses conseils, à Angélique Himmeur, Hugo Bergson, Maurice et Vanessa Ephrati et à Khadija Chahid pour son soutien.

Un énorme merci à mes merveilleux parents et ma sœur, tellement impliqués dans mon écriture ; à mes enfants, Charlotte, Ilana et Benjamin, qui suivent et subissent au jour le jour mes démêlés avec mes personnages, me donnent patiemment conseils et avis, et sont assez adorables pour rire quand je crois avoir écrit quelque chose de drôle et ma nièce Julia, future grande R.P.

Merci à mes lectrices et lecteurs, de toujours et d'aujourd'hui, à celles et ceux qui me suivent sur les réseaux sociaux, m'écrivent me soutiennent et m'encouragent. C'est magique de vous avoir.

Enfin, un grand « pas merci » à la Société générale, qui s'est tant gavée d'agios et autres frais injustes sur mon dos que j'ai eu envie de me venger un peu !

Retrouvez Tonie Behar sur les réseaux sociaux :
Instagram : @toniebehar
Facebook : Tonie Behar Romancière
Site : www.tonie.behar.com
Blog : www.comedieromantique.com

FSC
www.fsc.org
MIXTE
Papier issu de sources responsables
FSC® C108412

Cet ouvrage est composé de matériaux issus de forêts bien gérées certifiées FSC®, de matériaux recyclés et de matériaux issus d'autres sources contrôlées.

Le Forest Stewardship Council® est une organisation internationale non gouvernementale qui encourage une gestion écologiquement adaptée, socialement bénéfique et économiquement viable des forêts de la planète. Pour en savoir plus, consultez le site www.fsc.org

Achevé d'imprimer en mars 2024
par CPI Bussière
À Saint-Amand-Montrond (18)
Deuxième tirage
Dépôt légal : janvier 2024
N° d'impression : 2077195
Imprimé en France